Nil'e Hayat Dersleri

DOĞAN NOVUS TARAFINDAN YAYIMLANAN DİĞER KİTAPLARI
Nil'in Kelebekleri (Doğan Kitap)
Kelebeğin Hayat Sırları

NİL'E HAYAT DERSLERİ

Yazan: Nil Karaibrahimgil
Hürriyet gazetesi *Kelebek* ekindeki yazılarından derlenmiştir.
Editör: Handan Akdemir

1. baskı / Mart 2018 / ISBN 978-605-09-5091-5
Sertifika no: 11940

Kapak illüstrasyonu: Aykut Aydoğdu
Kapak fotoğrafı: Tamer Yılmaz
Kapak konsept: Serdar Erener
Kapak uygulama: Uğurcan Ataoğlu
Baskı: Ana Basın Yayın Gıda İnş. San. Tic. A.Ş.
B.O.S.B. Mermerciler Sanayi Sitesi 10. Cad. No. 15 Beylikdüzü - İSTANBUL
Tel: (212) 422 79 29
Sertifika No: 20699

Doğan Egmont Yayıncılık ve Yapımcılık Tic. A.Ş.
19 Mayıs Cad. Golden Plaza No. 3 Kat 10, 34360 Şişli - İSTANBUL
Tel. (212) 373 77 00 / Faks (212) 355 83 16

Nil'e Hayat Dersleri

Nil Karaibrahimgil

Doğan novus

Bana her gün yeni bir şey öğreten oğlum Aziz Arif'e...

İçindekiler

Hikâyenin peşini bırakma

Hayat bu, bazen olur.
Durur. Düşer. Yuvarlanır. Tepetaklak olur.
Ayaklarını havada, başını yerde, kollarını düğüm bulursun.
Bazı şeyler noktalanır.
Böyle zamanlarda, sana söylediğim o içindeki ateşi yakacaksın.
Başına oturacaksın, bağdaş kuracaksın.
Ellerini ateşine tutup ısınacaksın biraz.
Hikâyeni dinlemek isteyecek içindeki tüm canlılar.
Kuşların, kurtların, böceklerin.
Onlara taa en baştan anlatacaksın.
Böylece sen de hatırlamış olacaksın.
Nereden geldin, nereye gidiyordun.
En çok nelere gülüyordun.
Dinleyince hatırlayıp, "Hemen atları hazırlayın, sabah erkenden yola çıkıyoruz" diyeceksin.
Kovboy filmlerindeki gibi.
Müziğin başlayacak.
Hah, diyeceksin, işte şimdi oldu.
Kalbinin ritmiyle yola koyulacaksın tekrar.
Anlayamayacak içlerindeki ateşi unutanlar.
Anlam veremeyecek hikâyelerini çabucak unutanlar.
Hatta kızacak bile sana, gülmeyi kolayca bırakanlar.

Sen ellerinde ateşinin sıcaklığı, kulaklarında kalbinin müziği, altında atın, hikâyenin devamına doğru yol alacaksın.

Hayat unutturamamış olacak sana seni.

Hazinenin yerini.

Hazinen bugün, hazinen şimdi, hazinen sahip olduğun tek hayat.

Hazinen burası, hazinen yanındakiler, çocuğun.

Devam edeceksin kaldığın yerden.

Bugün öyle kıymetli bir şey ki.

Dünde kızarmadan başlamalı, çiğ çiğ.

Evet bazen bir Japon balığı gibi olmalı.

Her şey her gün yeniden daha başka olduğunda, sen de bu başkalıkta, kendi başkalıklarınla tanışmalı

ve kendini şaşırtabilmelisin.

Dün olanları bilenler sana inanamamalı:

Dün o burada değil miydi? demeliler.

O dünden gelmiyor mu?

Ben dünden gelmiyorum, demelisin.

Ben hikâyemden geliyorum ve hikâyeme dönüyorum.

Olanlar bana bazen hikâyemi unutturur ama ben içimde yanan ateşin başına gider onu hatırlarım.

Atıma atlar, sabah erken yoluma devam ederim.

Sadece senin yapmayı bildiğin bütün o güzel şeyler varken, adımlarına devam etmek yerine niye yerinde sayasın?

Elbette yola devam ediyorsun.

Hepimize güzel hikâyemizde heyecanlı bir sayfa diliyorsun.

Her zaman bugünün kavgasını et!

Bir arkadaşım düğününde, kocasının annesine soruyor: Altmış yıllık mutlu evliliğinizin sırrı nedir?

Yeni kaynana cevap veriyor: Biz hep bugünün kavgasını yaptık. Hiçbir kavgamızda geçmişe gitmeyiz. O dosyaları tekrar tekrar açmaz, yüzümüze vurmayız. O anki mesele neyse, onu halletmeye bakarız.

Bu hayatımda duyduğum en güzel öğütlerden biriydi, unutmadan size söylemek istedim. Siz siz olun, her zaman şimdinin kavgasını yapın.

Geçenlerde bütün kızlar kahvaltıda toplanmıştık. Biz kadınlar bir araya gelince sadece ilişkilerden bahsederiz. Sevgililerimizle, çocuklarımızla, arkadaşlarımızla, kocamızla, eski kocamızla, annemizle, babamızla, işimizle. Hayatı ilişkiler üzerinden okuruz ve hep iki şeyin arasındaki ilişkiden, köprüden bahsederiz.

O ilişkinin materyalinden, geçirgenliğinden, sıcaklığından, samimiyetinden, gerçekliğinden, duygusundan. Saatlerce ama saatlerce anlatıp birbirimizi dinlemeye doymayız. Kadınlar tek bir kişinin hikâyesinin herkesin hikâyesi olduğunu bilir. Kulak kesilirler, dikkat kesilirler.

Bu buluşmada fark ettim ki, erkeklerle ilişkide en büyük zorluk iletişim. İki kişinin konuşa konuşa anlaşamaması kulağa tuhaf geliyor ama oluyor işte. Sanki arada bir *decoder* var.

Benim söylediklerimi karşı tarafın diline çeviriyor. Fakat söylediklerim o tarafın diline çevrildiğinde bambaşka bir anlama geliyor olmalı. Bunu cevaplardan anlıyorum. Cevap bu olamaz. Ben "ne" diyorum, o "ne" diyor.

Niye buna sinirleniyor, alınıyor? Dediğim bu değildi ki... Bozuk bu *decoder*. Korsan DVD'lerin uydururuk altyazıları gibi, başka hikâye anlatıyor. Ve konuştukça kelimeler bir makas gibi bizi ayırıyor. Kırt kırt kesiyor ortadan ikimizi.

Sussak, dokunsak, yemek yesek, uyusak daha iyi olacak. Deşmesek. Deşmeyi seviyoruz biz kadınlar. Bazen dilbilgisi sınavı ya da bir sorgu odası gibi çaprazlama sorularla erkeği afallatıp duymak istediğimizi ağzından döküveriyoruz.

Sonra da gel temizle şimdi her yeri. Tuz buz olmuş cam kırıklarını çıkar tek tek gövdenden. Kanayan yaraları sar. Kaşıma, kanatma, oynama. Ama yok. Onu da kurcalarız. Erkeğin de yılan dillisi olur, onun da unutmayanı, kincisi, affetmeyeni olur. Burada önemli olan cinsler değil, yaptıkları cinslikler! Ben de öyleydim eskiden, bir konu açtım mı, bütün bibliyografyayı dökerdim. Alıntılardan, tarih bilgisinden, kayıtlardan göz gözü görmezdi. Sonra bir gün bu lafı duydum ve bıçak gibi kesildi dilim.

Turuncu bir balık gibi dünü unutur oldum. Kayıtları sildim. Neyin kavgasıysa onu yaptım. "Zaten sen"le cümleye başlamadım. "Sen hep" demedim. "Sen şu vakit şöyle yapmıştın" cümlesini kurmadım.

Bugün bize yeter de artardı. Tozlu dosyaları yığan, arşivci tutumu bıraktım. Her şey daha hallolur oldu. Enteresan bir şey daha var. Hatırlatmazsan hatırlamıyorsun. Çoğu kızdığım, üzüldüğüm şeyi söylemeye bahsetmeye unuttum. Duygusunu unuttum en başta.

Deneyin, göreceksiniz. Naparsanız yapın, kavgada, tartışmada bugünde kalın. Altmış yıllık evliliğin sırrını alın saklayın, kullanın. Bazen birinin ağzından düşen bir cümlecik öyle bir farkındalık yaratır ki, alkışkanlıklar bile kendine çekidüzen vermek zorunda kalır.

Hep inşaat halinde ama hep

Bitmeyecek benim şu inşaatım. Kendimi bir türlü istediğim gibi bitiremiyorum.

Bitmiyor katlarım, balkonlarım, temelim.

Merdivenlerim bitmiyor.

Bazen bir kat çıkıyorum gibi oluyor ama gel gör ki merdiveni yok.

O kata çıkılmıyor. O balkondan bakılmıyor.

Musluklardan şorul şorul sular akmıyor, kaloriferler gürül gürül yanmıyor.

"Olmuyor olmuyor" şarkısındaki gibi olmuyor.

Ben de levhayı asıyorum tabii, "inşaat halinde" diye

Acaba diyorum kendini istediği gibi tamamlanmış hisseden, dekore eden, geçip oturan, manzarasına da bayılan var mı?

Ben miyim bir kendini çekiştirip duran? Ve en önemlisi de, nereye kadar...

Şimdi ben kendimle ilgili dandiklikleri kendime sayarken, e hatırı sayılır bir kısmını da etraf sayarken, hangi ara burada yerleşik düzene geçeceğim?

Bakın "yani" lafını bile kullanamaz oldum.

Kriminal psikoloji uzmanı bir tanıdığımız, tezini "yani" kelimesini çok kullananlarla ilgili yazdı.

Yani ben de o ara hatırı sayılır derecede yani diyordum.

Oturup da sormadım, ne gibi bir solucan yaşıyor olabilir bu kelimenin altında.

Ama muhakkak vardır. "Ama"da da var ve ben çok ama derim.

Bunlar böyle giderken, ben de şu an sizin yaptığınız gibi, "Ee yeter be!" dedim.

Eksiksem de eksiğim. Yersizsem de yersizim. Beceriksizsem de beceriksizim.

Ben böyleyim deyip de, hani diyorum, geçip otursam mı şu inşaata...

Bir çay demlesem, şu çerçevesiz manzarama nazır içsem...

Nolur ki. Nolur yani bundan zevk alsam, kışın gerekirse, beni böyle kabul edenlerle dip dibe durarak ısınsam.

Dudağımı daha fazla ısırmasam. Kendimi daha fazla sıkıştırmasam. Yayılsam şöyle kendime. Çekiştirmesem.

Evet size dandik geliyor ama ben böyle yapıyorum bunu, sonuçlarına da kat kat ben katlanıyorum desem.

Ha ama bakın, katlansam da.

Şimdi kendine katlanmadan bu aşamaya gelinmez değil mi ama.

Kendinle kavganı bitirecek şey, kendinle barış kadar biraz da kendine katlanma.

Yoksa narsist oluyorsun zaten ki o en fena. Özellikle de evladın varsa, aman diyeyim.

Vaktini kötü harcadın, o gün yapmak istediklerinden sadece birini yarım yamalak yaptın, bak yapmayacağım artık dediğin şeyi de bir güzel yaptın diye, şöyle uzaktan kendine bakıp, "E beni niye yıkıp yerime yenisini yapmıyorum" demek yerine acaba...

Ormanda önümüze çıkan ilk ağaca sarılır gibi sarılsak mı kendi boynumuza?

Kendimizi boğmasak da sarılsak mı? Yani kendini suçlayıp durmaya bu kadar muktedirken, bu girdaplarda boğulmak yerine kendini olduğun gibi, başın dik taşımaya ne dersin?

Ooop-paaa!

Aziz Arif yürümeye başladı. Her dengeyi kaybedip düşüşünde, gayriihtiyari şu sesi çıkardığımı fark ettim: Ooop-paa! Düşmek gibi paldır küldür ve büyük hayal kırıklığı yaşatan bir şeyin ardından bu ses pansuman gibi oluyor.

Sanki düşmek de yürüme oyununun bir parçası. Sanki düşmek de kendi içinde çok tatlı bir şey. Kendisi sert olsa da sesi yumuşatıyor düşmeyi.

Ooop-paaa diyince kalkıp yürümeye devam ediyor Aziz Arif. Hatta bu küçük müzikli sesi duymak hoşuna bile gidiyor. Düşmek korkutucu olmaktan çıkıyor. Halbuki biz yetişkinler için öyle mi? Çocuğun olunca her şeye baştan bakıyorsun. Baktığın gözler ne yazık ki eski gözler oluyor ama yenilenmeyi öğrenmek, gözünü temizlemek için de fırsatlar dolu.

"Buna bayılacak!" dediğin şeyi hiç sevmiyor, "Burada ne var bu kadar uzun durup bakacak" dediğin şeyleri seviyor. Taptaze. Yepyeni dünya onun için. Yolları hızla geçip gitmek için yürümüyor. Yolun kendisi gideceği yer onun. Olduğu yer cenneti.

Hatırlıyorum. Bir seyahatimizde, bir ev kiralamıştık. Ev fotoğraftakinden o kadar farklı çıkmıştı ki, oturup kara kara düşünüyorduk napalım diye. O sırada evlerden, dekorasyonlardan, lokasyonlardan, fotoğrafta farklı çıkan şeylerden ve bunun gibi kurulmuş binlerce ilişkiden bihaber, Aziz Arifim mutlu mutlu bir köşede arabasını sürüyordu.

Ondan öğreneceğim çok şey olduğunu düşünmüştüm. Bir evin bende bu kadar hayal kırıklığı yaratabilmesi bile aslına bakarsanız utanç vericiydi. Ooop-paaa! da bana bunu, düşündürüyor. Düşmemek için, başımıza bir şey gelmemesi, kaybetmemek, kaybolmamak, rezil olmamak için o kadar kendimizi kasıyoruz ki bazen kıpırtısız kalıyoruz.

Keşke her kaybedişimizde, kendimize de, içimizden şefkatli bir "ooop-paaa" diyebilsek. Kendimize de bir bebeğe gösterdiğimiz hassasiyet ve sevgiyle yaklaşsak.

Aptalım, beceriksizim, kaderim bu, yine düştüm, demesek; kalkarım hacıyatmazlar gibi, desek. Düşmeyi de yaşasak, yaşatsak kendimize. Yeri de tanısak, göğü tanır gibi. Devam etmeye, silkelenip yürümeye engel olmadığını bilsek. Annemizin bir zamanlar bize fısıldadığı o baldan tatlı sesle, yerden yay gibi fırlasak... Ooop-paaa'nın gücünü gözlemlediğimden beri içimden kendime de söylüyorum.

Evet, belki yürürken düşmüyorum ama kaç defa kapaklanıyorum yere içimde. İşte öyle zamanlarda size de okus pokus yapsın diye yazıyorum: Kendinize bir ooop-paaa deyin, bakın nasıl da kalkıyorsunuz.

Gram gram Instagram

Telefonumu değiştirince, şifremi unutunca Instagram'a bir hafta boyunca giremedim.

Şimdi hemen, "Unuttum şifremi dersen yolluyorlar" demeyin, onların hepsi denendi.

Teknik bir arızaydı. Biraz zaman aldı.

Ne yalan söyleyeyim, biraz zaman alması işime de geldi.

Herkes insanlığın yeni beden duruşu olan, "boynu eğik ekran bakar / hareketsiz zaman akar" halindeyken, ben ekranda bakacak bir şey bulamadım.

Kim nerede seyahatte, kim hangi kıyafetle, kim hangi afetle göremedim.

Kahvenin yanında bugünlerde masada hangi kitap var, bulutların üzerinde hangi cümle yazar, kim sporunu bu sabah nerede yapar yakalayamadım.

Tabii sanat etkinlikleri, güzel dağlar taşlar, sanat eserleri ve komik birkaç şeyi de kaçırmış oldum.

Olsun, işime baktım ben de.

Kendi kahveme, kitabıma, kendi manzarama, kendi işime gücüme baktım.

Madem başkalarını bilemiyorum, kendimi bileyim dedim.

Bu bir fırsattı ve uzun zaman daha yakalayamayacağım bir fırsat olduğunu fark ettiğimde, hayatıma ve gözlerimin hafızasına güvendim.

Paylaşmamanın dayanılmaz hafifliği diye bir şey de varmış.

Güzel bir resmin oluyor, aklına bir şey geliyor, kendine saklıyorsun.

Yorum denilen şeyden uzak kalıyorsun ve üzerine fırlatılan "like" kalplerinden.

Birileri, çoğu tanımadığım kişiler, hayatımın kareleri hakkından "olmuş olmamış" demiyor.

Bu jürinin kalkıp gidişi de iyi oldu yani.

Onların like'ları için mi yaşıyoruz, kendi love'larımız için mi?

En yakın arkadaşların "like"lamadın diye birbirine küstüğü bir çağda yaşıyoruz.

Ekran performanslarımız, hayattaki etten kemikten halimizden bile önemli hale geldi.

Koca bir gündeki paylaşmaya en değer gördüğümüz anımızı, bütün anlarımız gibi gösterip sepete kalpler atıyoruz ama gerçekte biliyoruz ki, günümüzün tamamı hiç de o resimdeki gibi geçmedi.

Ne demek istiyoruz arkadaşlarımıza?

Özetle, benim harika bir hayatım var.

Peki kendimize ne demiş oluyoruz, bunu düşündük mü?

Hayatım harikaymış gibi yapıyorum ama aslında ne kadar normal.

Bir de ekranın yarattığı sahte harikalar diyarını gerçek zannedersek, kendi hayatımız artık bizi hiç kesmez oluyor.

Bu da sosyal medyanın yarattığı sonsuz bir tatminsizlik hissi.

Bugünlerde herkes bir diyet tavsiye ediyor.

Ben de bu diyeti tavsiye ediyorum.

Hayatınızın paylaşmaya değer olup olmadığını düşünmeyip sadece "yaşadığınız" bir hafta ruhu besliyor.

Bundan güzel diyet mi olur diyorum.

Kuş ölür / Sen uçuşu hatırla

Beş kelime. Kuş. Ölür. Sen. Uçuşu. Hatırla.

Füruğ Ferruhzad onları yan yana dizmiş. Ve neredeyse her şeyi anlatmış.

En son, yıllar önce Saint Antuan Kilisesi'nde Bach dinlediğimde böyle hissetmiştim.

O akşam da, anlatılabilecek her şeyi duydum gibi olmuştu. Bu şiirde de oldu.

Durdum. Kafamı kaldırıp bir buluta bakmak istedim. İçime mürekkep gibi hüzün yayılacak sandım. Ama sevgi yayıldı içime, iyi mi.

Uçuşlar benimdi. Ne güzel. Kuşun önemi yoktu. Kuş bir gün vardı, bir gün yoktu. Ama önemi yoktu işte kuşun. Kuşun uçuşundaydı her şey.

Kitaplar hep diyor ki, hayat anlardır. Anlar oldu oldu, olmadı olmadı.

Pek yaratılacak şeyler de değil.

Saatlerin, dakikaların hediyeleri gibi. Zaman akıyor, sonra bir bakıyorsun, hop bir hediye. A aaa, şu an bunu hiç beklemiyordum dediğin zamanlarda geliyor hediyeler.

Hatırlayın bak. Hesaplanmış şeyler mi unutamadıklarınız, yoksa sıradan şeyler mi? Anlatsak, ne var canım bunda diyeceğiniz.

Ama işte bir şey olmuş, unutulmaz yapmış o anı. Ruhun havalanmış.

Bir elin eline değişi. Olur olmaz bir şeye gülüş. Vapurun geç gelmesi. Dönüp edilen bir laf.

Sanki bir kutuya konulmuş harikalar diyarı malzemeleri. Ama basit şeyler işte.

Altın değiller, parlak değiller, simli bile değiller.

Beklenmedik şeyler. Beklenmedik zamanlarda. Beklenmedik şekilde.

Hayatın harikuladeliği burada işte. Bu açılıp duran, küçücük hediye paketlerinde. Birisiyle, bisküvi gibi, ılık bir hayat anına banılıp çıkıyorsun. Bazen gözünü açıp farkına varıyorsun o rüya gibi anın.

Sonra hatıranda çalıyorsun tekrar tekrar. Uçuş onlar işte.

Uçuş, aşk.

Uçuş, uzun uzun yürüyüp kaybolduğumuz, sonra da tanımadığımız bir evin balkonunda oturup manzaraya baktığımız o gün.

Uçuş, lapa lapa kar yağarken ettiğimiz o kahvaltı.

Uçuş, bölüp yediğimiz ekmek. Çalınca açtığın kapı.

Uçuş, yolladığın o şarkı. O şarkıdaki söz.

O sözdeki biz. Bizdeki müzik. Ne müziği, musikiyiz biz. Uçuş nihavend.

Bir keresinde kaliteli zamanın saçmalığı üzerine bir yazı okuyup hemen ikna oluşum da bundandı.

Diyordu ki, yahu senin kaliteli dediğin zaman sen dedin diye kaliteli olur mu? İnsanlar en derin dertlerini, en beklenmedik anlarda söylemez mi? Sıkılınca olmayacak şeylere cesaretlenmezler mi? Zaman geçirdikçe açılanlarımız çok değil midir?

Siz bırakın bu kaliteli zaman safsatasını, diyordu. Mümkün olduğunca kalitesiz zaman geçirin ki, o sihirli anlarınızı yakalayabilin.

Bu şiiri okuyunca anladım.

Kuşu boşuna arıyoruz. Uçuşu kaybetmeyelim.

*Kardeşimin evliliğine şiir**

Şimdi başkasının hayallerine ortak olmayı öğreneceksin,
Sevmekten önce saymayı,
Ağzına gelen dikenli lafları geri yutmayı.
O bulutluyken sen güneşli,
O güneşliyken sen ağaç olmayı.
Ekmeğini ikiye bölmeyi,
Alevlendiğinde çabucak sönebilmeyi.
Ben yerine biz diyebilmeyi,
Ama beni de yolda kaybetmemeyi.
Kusuru görmemeyi,
Sırrını sormamayı,
Elini bırakmamayı.
Kalbine birini koyup orada unutmayı,
Gözyaşlarını şefkatle kurutmayı,
Kâbusla uyandığında geri uyutmayı.
Bazen başka olsa da sevebilmeyi,
Hep aynı da olsa kabullenebilmeyi.
O sana kafa vurduğunda, önce göğse
Sonra ayağa indirmeyi,
Topraklamayı.
Onun için hep orada olmayı,
Onun için hep ama hep orada olmayı.
Anladın işte,

* Bu şiiri kardeşim Onur evlendiğinde yazmıştım.

Onun için hep orada olmayı.
Bazen ortada kocaman
Bazen kenarda küçücük durmayı.
Bazen onun adımlarıyla
Bazen de senin adımlarınla yürümeyi.
Yürümek kolay,
O adımlarla dans etmeyi dans,
Dediklerini dinlemeyi değil
Duymayı.
Her akşam hiç bıkmadan
Nasılsın diye sormayı,
Biliyordur demeyip seviyorum demeyi,
Gözlerine bakarak ve şükrederek yemeyi...
Hep güzel, hep kibar, hep düşünceli
Hep orada, hep sıcacık
Hep en yakın olmayı.
Koca aynalarda
Kaba, kırıcı ve haksız kendinle baş başa kalmayı,
Bir sokak köşesinde sarılıp, ne mutlu bize diye durmayı...
Kelimeleri sarf ettikten sonra hiçbir zaman geri çağıramayacağını,
Onları ağzından salarken hep üstlerini başlarını düzeltmeyi,
Ama en çok da yıllar içinde birlikte değişirken
Tekrar şu âlemde yine ve hep onu seçmeyi öğreneceksin.
Bu öğrenme hiç bitmeyecek canım kardeşim Onur,
Dilerim hep şunu diyesin: Taneler içinde bir tanem odur.

Başını göğe kaldıranlara

Hepimizin karamsarlığa kapıldığı günler oluyor.

Unutuyor insan bir güneş olduğunu. Sabahları doğduğunu.

Her şeye yeniden başlama şansı verdiğini.

Suda yürür gibi ilerliyor gününün içinde.

Can sıkıntısı gelmiş, koca poposuyla göğsüne oturmuş sanki.

Nefesler bile tereddütlü.

"Karanlık bir geceden geldim, şimdi dünya ışığı yakmış dönmeye devam ediyor, fakat benim güne başlayacak mecalim yok" diyoruz.

Oluyor. Herkese oluyor. Hayat hep mutlu değil. İşler hep yolunda değil. Sevdiklerimiz hep iyi değil. Biliyorsunuz işte.

Hani eskiden yazmıştım hatırlıyor musunuz: "Sadece güneşli günlerde yürürsen, gideceğin yere varamazsın..."

Böyle zamanlarda, bu cümleden kendine bir sal yaparsan, batmıyorsun.

Bir de "Bu da geçer yahu" var çok sevdiğim. Başucumda asılı.

Çok seviyorum ona bakmayı. Bir mürekkep gibi huzur yayıyor içime.

Bu iki cümleyi hayattaki tünellere yerleştirdim. Ne zaman ki, tepemizden mavi gökyüzü ve güneş gidiyor, hah diyorum tünele girdik, şimdi şu iki cümlemi çıkarayım cebimden.

Çıkarıp, iki kuş gibi iki omzuma koyuyorum onları, fısıldıyorlar bana. Ben yürümeye devam.

Tünel bitene kadar müziğim oluyorlar. Tın tın ilerliyoruz beraberce.

Kimsenin bizi sevmediği, bizim kendimizi sevmediğimiz zamanlarda feneri yakmak lazım. Önüne tutmak lazım. Yola bakmak lazım.

Yol yoldur. Engebelisi de yoldur, düzü de demek lazım.

Bir elinde sopa, her adımda ondan güç ala ala, yokuşu tırmanmak lazım.

Tepede dünyanın en güzel köyü varmış gibi.

İnsan umudunu yakmazsa yolu tıkanır.

İçindeki ışığı hiç kapatmayacaksın. Karanlıkta otursan da o yanacak.

Ateşböceği gibi. Avucunda duracak.

Hayat tozpembe değil. Pembesi kadar, tozu da var. Onu toz beziyle düzenli olarak almak lazım. Kimse kimseyi düştüğü yerden kaldıramıyor da... Kendin kalkacaksın. Çayın suyunu koyacaksın. Başlayacaksın. Saçma bir yerden de olsa.

Bütün bunları bana bir arkadaşımın yolladığı bir fotoğraf düşündürdü. Asabı bozukmuş, başını kaldırıp gökyüzüne bakmış, pembe bulutları görmüş.

Tepemizdeki pembe bulutlar gökyüzünü boyamaya devam ettiği sürece aslında her şey çok güzel. Hayat tüm ihtişamıyla akıyor.

Bu iki cümleyi ve bu anlattığım fotoğrafı alın.

Hadi gidin şimdi, buluta sözünüzü geçirin.

İçimizde bir harita

Şayet bir şeye gereğinden fazla tepki veriyorsanız, bu sizde o şeyden bol miktarda olduğunun habercisi olabilir.

Bazen fırtına dindikten sonra, "Yahu neden ben buna bu kadar bağırıp çağırdım, alındım, kaskatı kesildim" dediğim oluyor.

Gerçi ben pek bağırıp çağırmam ama sessiz kaskatılığı iyi beceririm.

Biri hakkında yargılama yapıldığında, "O zaten şöyle biri" denildiğinde, "Onun bu huyundan nefret ediyorum" denildiğinde...

Dedikodunun en dikenli yerlerinde. Ya da beklenmedik bir anda garsona, bekçiye, yandaki şoföre sesimiz yükseldiğinde.

Sahi neden bazı şeyler, bizi diğerlerinden fazla tetikler, düşündünüz mü?

Kim olsa böyle tepki verir, demeyin. Vermiyor herkes.

Nefes alıp sakinleşeni var. O lafları etmeyeni ya da sizi kıran, delirten, çileden çıkaran şeyi görmeyeni, duymayanı, konuşmayanı var.

Bir anda neden kurbağa gibi gıdımız şişiyor bazı şeylere? Küçük şeylere mesela.

Çayı geç getiren garsona, otoparkımız dolu diyen otoparkçıya, yeni sevgili bulmuş dul bir kadına?

Höt diye çıkışıyoruz ya.

Hop hoop diyoruz.

O şişen gıdı ruhtaki hangi sinire bağlı?

Hangi hassasiyet?

Hangi düğmemize basıldı?

Hiç düşündünüz mü?

Hiç dışarıda kırmızı ışıklar yakmanıza sebep olan kabloyu takip ettiniz mi?

Edince kendimize ait haritalar açılıyor masaya.

Mesela bizim garsona çıkışmamızın sebebi, garsonun bizim önemli biri olduğumuzu yok sayarak davranması oluyor.

Yani taşı kaldırdım, ne çıktı? Ben önemli birisiyim. "Ben önemli birisiyim" taşını da kaldıralım ne çıkar?

Bana önemli birisiyim gibi davranılmaması beni çıldırtıyor. Bunu da kaldıralım...

Benim önemli birisi olup olmadığım başkasının davranışlarına bağlı. Kaldır...

Benim önemli olup olmadığıma başkaları karar verir.

Ne yani şimdi bu adam böyle davrandığına göre ben önemsiz mi oldum?

Bu adam beni önemsiz görürse ben sahiden önemsiz mi olurum?

Dışarıdaki önemimi korkuyla, sesimi yükselterek yönetebilir miyim?

Basit bir ses yükselmesi buralara kadar gidebilir.

Olan her şey içimizde oluyor. Dışarısı diye bir yer yok. Hatta başkaları bile yok.

Sadece aynalar var gibi düşünün.

Dayanamadığımız, tahammül edemediğimiz her şey biziz. Herkes biziz.

O duyguyu çok iyi tanımamızın sebebi, içimizdeki miktarı.

Ayıpladığımız şey kendimizde bastırdığımız şey. İçimizde burkup burkup top yaptığımız o kumaş, başkaları giyince bize görünür oluyor.

Etraftakilerin tepkilerine ve kendi tepkilerinize bir de bu pencereden bakın, "İçimde ne var da ben böyle celallendim" deyin.

"Bendeki neyi gördüm de çekilmez buldum, bende olan ne onda var da, bana dayanılmaz geliyor" bir sorun.

İnsanın kendine yolculuğu bir ömür. Kendisiyle tanışması bitmiyor. İçimizde kablolar, çek çek gelmiyor.

Kimi çocukluğa, kimi anaya babaya, kimi yaralara...

Piri Reis gibi, haritamızı çıkarıp girinti çıkıntılarımızı bilsek daha güzel limanlara gitmez miydik?

Çocuğun bildiği, benim unuttuğum

Ben durduğum yerde durmayı ondan öğrendim. Her yerin durulabilecek bir yer olduğunu da.

Hep bakılacak, üzerinde uzun uzun konuşulacak, koklanıp dinlenecek bir şeyler olduğunu da.

Her anın içinde, o an neredeyse ne, bir sürü görmeye değer şey varmış meğer.

Bilmezdim ben. Anlar peşinde koşardım.

Hayali anlarım vardı. Bir sürü anı montajda atardım. Bakmaz, görmez, koklamaz, dinlemez, dokunmazdım.

Ta ki seyahat ettiğim hayat gemisine bir çocuk binene dek.

Hep diyorlar, okuyorum da, boyutlarına bakınca insanın ciddiye alası gelmiyor: Bunların beyinleri orman. Bizimki fidanlık. Bunlar birer sünger, biz keçe.

Bunlara her şey olur, bize az şey olur. Bunlar meraklı, biz bilmiş.

Bunlar soru soru soru, biz cevaplar. Beyinlerindeki trafik o kadar gelişkin ki, onlara en sofistike müzikleri çalabilirsiniz. Mesela John Coltrane'in "A love Supreme" albümünü.

Size bir sene bir Çinli car car konuşsa, Çince öğrenebilir misiniz?

Onlar öğreniyor. Dili müzik gibi dinliyorlar. Bütün olarak yutuyorlar. Maviydi, gramerdi, kuştu ezberlemiyorlar okullardaki gibi.

Ben parka, "Canım işte biraz koşar, hava alırız, oradan da

yemek saati eve döneriz" diye bir önyargıyla giriyorum.

O ise taptaze yepyeni gözlerle, "Yaşasın park" diye giriyor.

Tabii doğal olarak da, bambaşka şeyler yaşıyoruz.

Ben parktaki göle baktığımda, "Kaplumbağalar yok" diyorum.

O, "Ordalar ama biz görmüyoruz" diyor. Haklı çıkıyor.

Suyun içindelermiş, yeterince bakınca kafayı çıkardı biri.

"Tavus kuşu bugün yok. Alıp götürmüşlerdir, hastadır, belki de ölmüştür, biri yemiştir" filanlar geçiyor benim kafamdan.

Karanlık bir soğukkanlılıkla çabucak vazgeçmeye meylediyorum.

O, "Bulalım buralardadır" diye parkta dört dönmeye ikna ediyor beni.

Ve noluyor tahmin edin.

Birden köşeyi dönüp, binanın arkasında kaybolan o güzel varlığı görüyoruz. Peşine takılıyoruz sessizce.

O çalılara girip kaybolunca, benim için artık çıkmaz oluyor. O bekliyor.

Elmasını ısırarak gözlerini çalılardan elbet çıkacak tavus kuşuna dikiyor. "Zaman akmıyor mu ona" diye düşünüyorum.

Ne güzel, "Burada buna bakacağıma gider oyun oynarım" gibi alternatif evrenleri doğmamış henüz.

Sadece o, ben ve tavus kuşu.

Sanki buna doğduk ve hayat burada geçecek.

Ve bunda hiçbir sorun yok.

Zaten neredeysek orada geçmiyor mu?

Üzülerek şunu fark ettim: Biz geçip gitmesine izin veriyoruz. O ise zamanla birlikte geçiyor. Kocaman bir bulvardan, bir kraliçenin geçişi gibi. Atlarla, şarkılarla, şanlı bir geçit. Yavaşça selamlayarak halkını. Olan biteni. O ana uğramıyor. Yatıya kalıyor.

İşte çocuktaki erdem bu.

Saatlerimi ona ayarlıyorum ben de.

O tavus kuşunu belki on dakika bekliyoruz. Biraz gezinip yine uğruyoruz, sonra yine, sonra yine.

Sonra başka bir kız çocuğu beliriyor yanımızda.

Lara. Lara'yla bekliyoruz bu sefer. "Uyumuştur ya da yalnız kalmak istiyordur" diyor Lara.

Ceviz yiyoruz tavus kuşunun çıkmak bilmediği çalılığa bakarak.

Sonra Lara'yla ağaçların altındaki mantarlar... Salyangozlar ısırmış evet... Sonra yokuş aşağı koşmalar... İnsan hızlanıyor evet... Sonra aslan heykelinin sırtına binmeler...

Havuza ördeklerin yanına uçuyorlarmış, hayal bu ya...

Küçücük park oluyor bir âlem.

Yirmi dakika bir anda oluyor iki saat. Bulut bırakıyor güneşi.

Güneş giriyor gözüne. Göz kapanıyor. Gülüyor. Güneşi kim bıraktı birden?

İki şey getiriyorum size naçizane, bu park gezisinden.

Biri her gün yeni bir şey yapın. Bir de yaptığınız her şeye ilk kez bakın.

Güneş gözünüze girene dek.

Her aşkın bir karışık kaseti vardır

Biz çocukken karışık kasetler yapardık.

En sevdiğimiz şarkıları, yavaştı hızlıydı, aşktı, isyandı demeden yan yana dizerdik. A yüzü ve B yüzü vardı kasetlerin... Bir yüzü bitti mi elinle çevirirdin. Kasetin kapağını sen yapardın. Tükenmezkalemle şarkıların isimleri yazardı kapakta.

En en sevdiğin A1, sonra diğerleri. Hatta bayağı bir süre, bu kaset alışkanlığından ötürü plak şirketleri sanatçılarına "Hit'in var mı" yerine "A1'in var mı" dediler.

Bana karışık kasetini söyle, sana kim olduğunu söyleyeyim denecek kadar parmak izimizdi bizim bu kasetler. Kimseninki berikiyle bir değil. Çocukluğumuzun soundtrack'iydi onlar, avuçlarımızda taşırdık. Başucumuzdaki çekmecede saklardık. Biriyle mi tanıştık, ilk onu paylaşırdık.

Unutmuştum gitmişti. Ta ki *Love Is a Mixtape* (Aşk Bir Karışık Kasettir) kitabını görene dek...

Aşk karışık kasetsiz olmazdı tabii. Âşık olduklarına karışık kaset yapardın. Seni işte bu şarkıların gittiği yerler kadar çok seviyorum derdin. Müziksiz aşk olmaz zaten. Anlatamazsın. Anlayamazlar. Bugün bile, bir şarkıyla aşk başlatır, bir şarkıyla terk edersin, sonra da oturur bir şarkıyla yad edersin... Ağır aşk işçisidir yani şarkılar.

Hatta şu vardı, alıp eski bir kaseti, "E artık tamam bıktım

ben bu albümden" der, üzerine yeni favorilerini çekerdin. Bazen annenin Nükhet Duru albümünün üzerine, "E napalım evde boş kaset yoktu ve acilen yapmam lazımdı" deyip Michael Jackson'lar, Whitney Houston'lar, Abba'lar, Beatles'lar çekerdin. Üzerine de bant yapıştırır yeni sahibini yazardın. "Nil'in favori kaseti 23".

Sonra konseptli karışık kasetler vardı. Koşmak, coşmak için... Tabii ki Rocky'nin şarkısı "Eye of the Tiger" A1... Bonnie Tyler, "Total Eclipse of the Heart" (Allahım ne kadar çok dinlemiştim bu şarkıyı)...

Slow dans ederek hoşlandığın çocukla yakınlaşmak için, "Better Days Ahead"...

Odanda yalnız geleceğini hayal etmek için, Madonna "Papa Don't Preach"...

Her duyguya şarkıyla dokunan, tozlu tozlu karışık kasetler. Keşke şimdi bir tanesini bulsam. Kardeşim doğduktan sonra benimkilerin üzerine kendininkileri kaydetti hep, neymiş, "Onur's favorites"!

Sonra Elvis geldi bizim eve. Sonra Doors. Sonra içimden şarkı söylemek geldi benim...

Onları kasetlere kaydetmeye başladım. Kendi sesimi dayanılır buldum. Söyleyeceklerim vardı.

Her şeyin ortasındaydım. Duygularım cezvelerden kabarıp kabarıp taşıyordu.

Kimse bunu anlayamazdı. Söyleyeceklerim vardı. Saklayacaklarım vardı. Karışık kasetlerin üzerine kendi şarkılarımı kaydetmeye başladım. Nil's favorites (Nil'in favorileri) oldu "Besteler 1, 2, 3..."

Bugün artık karışık kasetin yerine cepteki playlist'ler var. Şimdi düşünüyorum da, bugün bir çocuğun listesine girebilsem amma mutlu olurum.

O odaya, o avuca, o yorganın altına. Gecenin karanlığında tavana... Sevgiliye verilen en güzel hediyeye...

Evet, kitapta doğru söylüyor. Karışık kasetsiz aşk, aşk değildir. Her gerçek aşkın karışık bir şarkı listesi vardır. Sadece sevgili için dizilmiş şarkılar. Ona olan aşkı unutmaması için. Verdiği mutluluğun tarifi için...

Kırıldığında yüreğinden çıkan o sesi duysun diye. Ah sevgili! İnsan var oldukça olacak aklı başından alan eşsiz varlık.

Başkalarının karışık kasetlerini merak ediyorum şimdi. A1'e ne koydular? Neyle ağlayıp, neyle cesareti toplayıp, neyle değiştiler? Kasetlerine ne isimler koydular? Hiçbir şey bir ana bir şarkı kadar götüremez insanı. Ne koku ne de tat. Şimdi koysalar Depeche Mode'dan "One Caress"i, on sekiz yaşımda Kilyos'a giden bir arabadan kolumu çıkarırım.

Güzel şiirler yazabilen insanlarla dolu bir arabada gözümü kapatır, rüzgârda dans ettiririm elimi. Açalım sesi biraz derim.

Benim canım karışık kasetlerim.

Yolculuk büyüktür

Eskiden derdim ki, "E şimdi bu falanca vara vara buraya vardıysa, geçtiği bütün o güzel yerler boşa mıydı yani? O çiçekli mis kokan yollar burası için miydi?"

Artık öyle düşünmüyorum. Varılan yeri önemsemiyorum.

Varılan yerlerin matah olmadığını varanlar bilir.

Etrafınızda hayallerine varmışlar vardır, sorun onlara. Hayalleri umdukları gibi çıkmış mı? Önemi de yok.

Hayalin seni koyduğu yol mühim. Yollara düşmek meziyet. Varsın, varmasın.

Yollar da günlerden yapılıyor. Günün nasıl geçiyorsa ömrün öyle geçiyor.

Nasıl yaşadığını merak ediyorsan şayet, bir gününe bak. İşte öyle yaşıyorsun.

Yolun böyle seyrediyor.

Yoldasın.

Şehirlerarası bir otobüsün penceresinden, kâh kendini, kâh ışıkları kapatıp uyumuş köyleri izler gibi izle günlerini.

Nerelerden geçiyorsun?

Molaların nerede?

Gündüzünde neler var, gecelerinde neler? Dizini dizine değdirmiş seninle yola koyulanlar kim?

Muhabbetleri güzel mi? Seni güldürüyorlar mı? Yoldaş oldular mı sana?

Yoldaşlık mühim.

Lakin hayat yolda geçecek. Ve bazıları duraklarda inecek

bu yoldaşların. Kalanlarsa, ömürlük sevdiklerin olacak.

Ne zaman ki varılacak yeri tozpembeye boyamayı bıraktım, günüme baktım. Bir şeyi değiştirmekse niyetim, günümde değiştirdim.

Yarına inanmıyorum.

Geç geliyor bazen.

Bugünüm var benim.

Canım günüm.

Bana bahşedilmiş tertemiz sayfam. Şükürle başlayıp şükürle bitirdiğim.

Ona ekliyorum eksiklerimi. Ona söylüyorum diyeceklerimi.

Onda bırakıyorum artık yanımda götürmeyeceklerimi.

Değişeceksek, o gün bugündür, diyorum.

Şunu unutmayalım.

Elimizde sadece kendimiz varız. Baktığımız yere kafamızı biz koyuyoruz.

Baktığın yeri beğenmiyorsan, kaldır kafanı başka yere koy. Başka şey görürsün o zaman.

Düşüncenden ibaret değilsin.

Yeri geldiğinde düşüncenin de efendisisin.

Evet, bazen zor oluyor gülümsemek.

Ama gülümseyebilirsen, bütün hücrelerin gülümsüyor işte, tuhaf. Sonra sen güldün diye, el âlem de gülüyor.

Onlar güldü diye öbürleri de merak ediyor neye güldünüz. Yayılıyorsun böyle küçük küçük. Yolculuk bu küçük ayarlarla geçiyor.

Bunlar büyük virajlar dönüyor sonra.

Yolculuğu sev. O senin her şeyin. Daha güzel yarını bekleme. Bugüne neresinden sarılacağına bak.

İnsanın kendine yapacağı en büyük iyilik, günün sonunda kendi sırtına, "Ne iyi ettin de şunu yaptın bugün" diye iki kere şefkatle vurarak uyuyabilmektir.

Yolculuğu es geçmeyelim. O bizim konakladığımız yer.

"Günün sonunda kendine ne demek istersin?" defteri

Niye "Bir sabah, bir de akşam meditasyon yap" diyorlar buldum. (Ben beceremiyorum, o ayrı.)

Sabah sabah, önünde uzanan koca güne savrulmadan bir nefeslen, akşam da o yaşadıklarından bir silkelen diye.

Yatağımızdan kendimizi önce banyoya, oradan da günün telaşlarına atmadan önce, yapacaklarımızı başucumuza koyup şöyle bir dünyadaki toz halimizi hatırlasak fena mı olur?

Denediğimde gördüm, iyi oluyor. Salona telaşlar içinde bir tavşan gibi değil de, kuyruğu dik bir kedi gibi girebiliyorum.

Eskiden başucumda bir resim dururdu. Kendi çizdiğim. "Sabah düşünceleri"ydi ismi. Kafama saç yerine yemler koymuştum ve bir sürü kuş gagalıyordu.

Sabahları gözümü açar açmaz beynime pike yapmaya başlayan kuşlardı düşünceler ve sonra beni ısrarla gagalıyorlardı. Lady Gaga yani.

Hâlâ öyle hissediyorum. Fakat bir farkla. Eskiden o yemleri kafama serpiştirenin ben olduğumu bilmezdim, şimdi kendim olduğunun farkındayım.

Sabahları nefeslenmek güzel ama günün sonu da bir başka âlem.

Bir filmin sonu gibi, bir şeyler oldu, e peki n'oldu gerçekten? Hepimiz filmimizin başrol oyuncusu olduğumuza göre, bir bakalım kahramanımızın başından neler geçti? Bunlardan ne sonuçlara vardı?

Ben tesadüflere inandığım kadar tesadüflere inanmıyorum da. Hiçbir şey tesadüfi olmadı.

Üzerinde seni şaşırtan yazının yazdığı o kamyon bile, sokağında tesadüfen durmadı.

Evden nasıl çıktın, eve neyle döndün? Ruhuna ne çentikler atıldı, omzuna ne payeler konuldu? Daha da önemlisi, kendine neler fısıldadın gün boyu? İşte defter burada devreye giriyor.

Adı, "Günün sonunda kendine ne demek istersin?" defteri. Başucunda durur. Alırsın ve dürüstçe yazarsın.

Acele kararlar veriyorsun. Makasla saçı tutam tutam kesmeden önce bir nefes boşluk bırakmıyorsun.

Bak görüyorsun, hayatta herkes gidebiliyor. İnsanın çocukları bile büyüyüp kendi hayatlarına dalıp kayboluyorlar. Elinde arkadaşların kalıyor. Arkadaşlarını sıkı tut.

Neden hemen ilk ağzına geleni söyledin? Sana hep diyorum, ilk ağzına gelen cümleni yut.

Sen gülümseyince onlar da gülümsüyor.

Hiçbir şey, sağlık hariç, o kadar da ciddiye alınacak şey değil, abartma.

Yazıyorsun işte. O günkü derslerini temize çeken bir çocuk gibi. Rüyalar kütüphanecisi her şeyi raflarına kaldırmaya başlamadan önce bir aslan sokuyorsun kütüphanene. Ortalığı önce o düzenliyor.

Yatmadan önce geçirdiğin zamanda aklından geçirdiklerin çok önemli. Onlar kayda geçecek gece boyu.

Üşenmesi olamayan bir kâtip var kafamızın içinde. Efendim ister bilinçaltı de, ister işgüzarın teki de, oturup kalem kalem yazıyor olup bitenleri.

Bir de uydurukçu ki sorma gitsin. Gitar yazacağına süpürge yazıyor. Bütün sokakları halı kaplıyor bazen, halbuki olacak şey mi?

Ona az iş bırakmaya yarıyor işte bu defter. "Bir dakika

ben yazayım, sonra siz üzerine uydurursunuz yine" der gibi.

Hem insan en çok kendi içsesini dinliyor ya, bu defter "iç-ten sesler korosu" gibi aynı zamanda. Günün satır araları. Günün tercümesi. Günün cümlesi.

Çünkü her gün, okunmak istenen bir cümle bırakır okuması yazması olana.

Demem odur ki, bu ödevi ihmal etmeyin.

Hayat yaşayana güzel

Hani bazen biri, dışarıdan bir fotoğrafa bakıp deyiveriyor: "Oh, hayat sana güzel!"

Bu genellikle, "Hayat tabii sana güzel, senin paran var, eğleniyorsun, yiyip içiyorsun, giyinip kuşanıyorsun, geziyorsun, kahkahalar atıyorsun, saçıyorsun, zamanın bol, aklın havada, gerçek dertlerin yok ki" anlamlarına geliyor.

Halbuki uzaktan görünen köy kılavuz ister. Bilemeyiz. Fotoğraflara ve donmuş anlara değil, hayatın yaşandıkça güzel olduğuna ikna olmalıyız. Peki, hayat nasıl yaşanırsa güzel olur? Hah işte soru burada.

Hayat her anına kendini banabiliyorsan güzel olur. Yazın deniz kenarında yemek yerken dalgaların getirdiği denizyıldızını selamlayabiliyorsan. Aklına bir şarkı gelip çekinmeden mırıldanmaya başlayabiliyorsan.

Yandaki masadaki oğlan karnede kırık getirmedi diye kutlanırken, dönüp onu alkışlayabiliyorsan. Masanda oturan sevdiklerinin her birinin gözlerine bakıp, "Seni çok seviyorum biliyor musun, şimdi biliyorsun işte" diyebiliyorsan. Batan güneşe, "Demek sayfayı çeviriyorsun, yarın sabah başka maceralarda görüşmek üzere" diyebiliyorsan.

Ne yaparsan yap, laf olsun diye yapmıyorsan. Yaptığın şeye kendini kaptırıp o şeye dönüşebiliyorsan...

Mesela bu, bir çocukla kovaya kum doldurmak olabilir. O

sırada, "çocuk, sen, kum, kova" olup başka her şeyi unutabiliyorsan. Kafandaki tilkileri avlamayı biliyorsan.

Birisine güzel bir şey söyleyince hayattan sana gelen gizli teşekkür mektubunu açıp okuyabiliyorsan. Soğanı yağda kavururken üzerine koyacağın her malzemeyi şükürle yemeğe katabiliyorsan. Hiçbir şeyi, en başta da kendini, "Zaten her gün burada, dikkatime ihtiyacı yok" diye görmüyorsan...

Her şeye her gün, en başta kendine, yeniden dikkat vermeyi öğrendiysen. Avucuna konanları bölmeyi biliyorsan. Hiçbir şeyin tamamını zaten sevmiyorsan. Başkalarıyla paylaşılmayan her şey sana biraz eksik geliyorsa...

Yağmurdan kaçmıyorsan, yarından korkmuyorsan...

Hiç yapmadığın şeyleri yaparak değişebileceğini gördüysen. Mesela, hep hızla yanından geçtiğin bir köpeği durup sevmek gibi. Mesela, duyduğun bir müziğe dans etmek gibi. Mesela, "gelmez o" denilen bir yere atlayıp gitmek gibi.

Hayat böyle zamanlarda yaşanır. Böyle güzel yaşanır. Seni öper hayat böyle anlarda. "Hayat sana güzel" böyle olur.

Öyle değil.

Bir şeyi alıyorsan, bir şeyi ver

Yeni kuralım bu. Gitgide yükselen bir eşyalar imparatorluğunun azla da mutlu olabilen mizacımı ele geçirmesini istemiyorum.

Kimsenin çok şeye, "bir tane daha"ya ihtiyacı yok.

İnsan büyüdükçe anlıyor dükkânlarda aradığının başka şey olduğunu.

Eve gidip suluboya yapmanın bir parfüm daha almaktan daha iyi bir şey olduğunu.

Kasada, parası neyse verdikten sonra kolaycacık senin olan bir şey eve götürene kadar eskiyor zaten.

İhtiyaç için almak başka. Onu ayırıyorum. Lafım, "bitandaa"lara.

Evdeki sonbahar temizliğiyle bu konu üstüme üstüme geldi.

Yılların müsrifliğinden utandım.

Kendimi barbi gibi giydirip durmuşum. Halbuki çok az şeyi hep giymişim.

Torbalarda nefes alamamış elbiseler.

Kutularda dolaşmayı beklemiş ayakkabılar.

Tepelerde gökyüzü görmemiş şapkalar.

Kim aldı bunları? Ne düşünerek? Kendini mi tanımıyordu?

Bir ara kitap ayracından diş fırçasına sahip olduğum (ki hiçbir şeye sahip değiliz aslında o da ayrı konu, onlar bize sahip. Sonra koşarak yeni sahiplerine gidecekler naftalin kokularıyla) her şeyi yazayım dedim.

Bunun bana vereceği ıstırap o kadar çok olacaktı ki dersimi alacaktım.

Fakat bu ceza bir insanın kendisine vermesi için ağır geldi.

Ev tıkış tıkış. Kitaplar da üstüme geliyor ama kütüphane inşa ediyoruz diye ona bir şey diyemiyorum.

Kendim için başlattığım bu "bitandaa"sız dünyayı oğluma öğretiyorum.

Kamyon isterse, "Senin kamyonun var" diyorum.

Elindekini sevmeyi, onunla bıkmadan yüz binlerce kere oynamayı öğrense harika olmaz mı?

Yeninin kokusunun müptelası olmasa.

Bir arkadaşım evine gelen misafiri anlattı. Anne oğul gelmişler.

Oğlan bir buçuk saat bir iple –evet ip– oynamış.

O ip, ev olmuş, TIR olmuş, yol olmuş...

Kim bilir neler olmuş.

Geçenlerde, elini araba yapmış yokuşları çıkan Aziz Arif'in eline araba tıkıştırırken yakaladım birini.

Yapmayın, dedim. Onun arabası var. Araba eksiği olsaydı emin olun söylerdi.

Özellikle çocuklara, minicik yaştan, "bitandaa"sız yaşamayı öğretmemiz lazım.

Ne bizim ne de üzerinde yaşadığımız güzel dünyamızın bitandaa'yla baş edecek kaynağı var.

O bitmez, doymaz bir şey.

Geçen yaz, arkadaşımın beş yaşındaki oğlu bana dönüp, "You get what you get and you don't get upset" (Aldığını alırsın ve hayal kırıklığına uğramazsın) dedi, tekerleme gibi tonlayarak.

Okulda duymuş. Herhalde oyuncakların evdeki gibi sadece onların değil, başkalarının da olduğu gerçek dünyaya hazırlık için öğretmişler.

Bir iç disiplin tekerlemesi, cebinden çıkarıp hatırlaman için.

Eşyaları tek tek yazmaya üşendim ama fazlalıkları dağıtıp sadeleştikten sonra, her yeni gelen, bir şeye yol verecek.

Kıyafetlerde de, oyuncaklarda da.

Bir şeyi alıyorsan bir şeyle vedalaşacaksın.

Ancak böyle boğulmadan yaşayabilir, hatta belki bir gün suluboyaya başlayabilirsin.

Marie Kondo'nun *Hayatı Sadeleştirmek İçin Derle Topla Rahatla* kitabında dediği gibi, eşyanızı elinize alıp, "Bu bana hâlâ neşe veriyor mu" diye sormak en iyisi.

Var mı artık sana neşe vermeyenin başkasına vermesi gibisi?

Ninecim, un yerine tatlı patates lütfen!

Birkaç yıl önce bir spor kulübüne üye olmamak ayıptı. Şimdi diyet yapmamak ayıp.

Hayatımızı diyetimiz yönetiyor artık.

Kimimiz sadece protein yiyerek, kimimiz günde sadece 800 kalori tüketerek, kimimiz ekmek, pilav, baklagil, meyveyi keserek, kimimiz de bütün bunlara aval aval bakıp bir şeyler yememeye çalışarak kilo vermeye çabalıyoruz.

Yaz yaklaşınca artan ama kışın da rahat vermeyen bir ses var. Sürekli ince, daha ince, daha da ince olabileceğini fısıldıyor kulağına.

Hangi sporu hangi diyetle birleştiriyorsun? İşte bütün mesele bu.

Ağzımıza doğru yaklaşan lokmayı, gönül rahatlığıyla yutmadan önce soruyoruz: İçinde un yok di mi? Şeker? Ha, şeker yerine bal var demek hmmm, peki tuz?

Bu sorular sorulmadan artık gümrük kapısından geçiş yok. Emin olayım da ağzımı öyle açayım.

Ben de yıllardır sağlıklı beslenmeye çalışıyorum. Tatlı patatesle browni yapmayı, sabah kalkınca ip atlamayı biliyorum da, artık sinirimi bozmaya başladı bu konu.

Yakında bir de buna estetik düzeltmeler eklenecek. Bermuda şeytan üçgeni tamamlanacak.

"Hangi sporu yapıyorsun, hangi diyeti yapıyorsun, yüzüne

vücuduna ne yaptırıyorsun?" soruları "Nasılsın? Günün güzel geçiyor mu? Bugün en çok neye güldün?"den önemli hale gelecek.

Tartılar odaların karanlık köşelerinde bizi bekleyen sırdaşlarımız oldu.

Valla benim bu seneye kadar hiç tartım olmamıştı. Artık var.

Ve ağzıma tereyağlı, sıcak bir dilim ekmek atar atmaz gözümün önüne bacaklarıma doldurulan portakal kabukları, damarlarıma kurulan bariyerler filan geliyor ve yediğim burnumdan geliyor resmen.

Birine söylesem acıyarak yüzüme bakıp, "Yaa demek irade gösteremedin, yazık, ben ekmeği keseli herhalde bir yıl oluyor" diyecekmiş gibi geliyor.

Buğday zehir. Tamam. Şeker felaket. OK. Doymuş yağ kâbus. Anlaştık. Süt berbat. Peki. Terlemiyorsan insan değilsin. Kabul.

Her gün bunlara yenisi ekleniyor ve biz mutfakta onun yerine bu, bunun yerine şu manyağı olduk.

Ben yine antik çağ filozoflarına koşup sarılmak istiyorum. Aristoteles'e mesela.

Aristoteles olsa derdi ki: "Nilcim ortayı bul." Saçlarımı okşar, aklımdan portakal kabuğunu, bariyerleri, tatlı patatesleri siliverirdi.

Ben de onların yerine daha önemli sorular koyardım bir güzel.

Demiyorum ki çöp kovası olalım, ne bulursak ağzımıza atalım ama bu konuyu bu kadar çok konuşamasak, normalleştirsek çok rahat edeceğiz. Bitse artık şu zayıflığın diktatörlüğü.

Acaba Rize'de güzel bir köye gidip kapıyı açan nineye, "Ninecim artık buğday yerine tatlı patates koyun her şeye olur mu?" desem, bana ne cevap verecek...

Onun da ötesi, acaba ileride skinny jeans'leri olan nineler mi kapı açacak?

Evet'lerde hikmet var

Şu yaşıma kadar düşüne düşüne buldum ki: Bir şeye başlamamanın en önemli sebebi, beceremeyeceğin korkusudur.

Hepimizin kafasında bir toplum oturur. Hadi bilemedin, bir topluluk.

Çocukken olmayan bu topluluk hangi ara toplanır da, sana çekidüzen vermeye başlar bilmiyorum ama iyi olmaz gelip yerleşmeleri. Bütün topluluklar gibi, onları da birbirlerine bağlayan şey korkudur çünkü. Sana da fıs fıs koku gibi bu korkuyu salarlar.

"Bu söz konusu şeye başlayacak olursan rezil olursun, beceremezsin, eline yüzüne bulaştırır sonra da oturur ağlarsın" derler. Senin de ödün kopar. Varolan halini değiştirmezsin. İçgüveysinden hallice de olsan haline şükreder, kalkışmalardan aman aman kaçarsın.

Genellikle en engellenmeye çalışılan şey başlangıçtır.

Başlangıç çok güçlü şeydir çünkü. Bitirmenin yarısıdır denmesi boşa değildir. Kalkışanın oku yaydan çıkar.

Eğer sizin de hayatınızda, benimki gibi başlamaktan korktuğunuz şeyler varsa botlarınızı giyip yola koyulma vaktidir. Herkesin saati, zamanı kendinedir. Geç ya da erken yoktur.

Geç kalınmamıştır, erken de varılmamıştır. Her şey vaktindedir.

Bu benim hayattaki en büyük batılım.

O sebeple, başlangıca geç ya da erken diye sıfatlar takmayın. Altmış yaşında ilk romanını yazan da var, on altısında yazan da. Hayat, birden karar verip hayatını değiştirip dönüştüren güzel insanların hikâyeleriyle dolu.

Hepimizin, hele benim gibi "ya mükemmel olmazsa" hastalarının kaçınıp durduğu işlere girişmenin çanlarını duyuyorum. Kendimi bir kenarda erteleyip duruyor buluyorum. Girmiş bir yere tavşan gibi titriyor. "Gel sen bakayım" diye kulaklarından kavrayıp kaldırıyorum, gözlerinin içine bakıyorum, ne görüyorum dersiniz? Topluluk... Korku...

Mükemmeliyetçilik. Ya da bazen düpedüz tembellik. Bunları mazaret kabul etmeyelim.

Dikkat ettiniz mi, üşenmeyip gitmeyi düşünmediğiniz bir yere evet dediğinizde ne güzel beklenmedik gelişmeler oluyor?

Benim ikinci en büyük batılım da bu: Evet'lerde hikmet var.

İçinizdeki "hayır olmaz"ları "evet neden olmasın"a çevirebildiğinizde, hayat senaryosunda büyük değişiklikler yaparsınız.

Evet deyip gittiğiniz yerde biriyle tanışırsınız, hayatınız değişir, ya da duyduğunuz bir cümle size yol işareti olur ya da gördüğünüz bir şey size kapı olur.

Evet diyarları, en küçük önemsiz gibi görünen tekliflere bile olsa, sihire açıktır. Aklınızda dans etmenin d'si yoktur ama bir arkadaşınıza evet demişsinizdir, kendinizi bir salonda döne döne dans edip eğlenirken bulursunuz.

"Neden daha çok dans etmiyorum ki?" dersiniz hayatınıza dans girer.

Evde miskin miskin oturuyorsunuzdur, "Çıkıp bir yürüyeyim"e evet dersiniz, taptaze oksijenle dolar, kendinizle baş başa kalır, taptaze fikirlerle dönersiniz.

Aklınıza gelen bir kalkışmaya evet dersiniz, oturup yazmaya, çizmeye, söylemeye başlarsınız.

İçimizdeki topluluk tutucu.

Değişmemizi istemiyor. Halimizden memnun aynı şeyleri tekrarlamamızı söylüyor. En azından, "Böyle devam edersen, başına çok kötü bir şey gelmez ve yorulmazsın" diyor.

Hayatsa bir şeyi tekrarlayıp durmak için çok kısa. Yorulmadan da, evet'ler vay be'lere dönüşmez. O halde evet'lere başlamanın, korktuğumuz şeylere kalkışmanın tam zamanı.

Hepimize bol şans.

Minik tavsiyelerin yazısı

rtan minik bir davranışa cüret edi-
a gerek yok. Küçücük bir şey. Daha

f bir sınır genişletme çalışması. Kat çık-
m aktan, öyle büyük bir inşaattan bah-
tekmeyle ileri itmekten bahsedi-

bile. Bu yapmak isteyip de bir
y de olabilir: o kitaba başlamak.
rika olacağını düşündüğümüz
ir egzersiz.
ak kadar küçük bir şey olabilir.
Ye ade olmayan bir kalkışma olsun.

Bugün ve çok memnunum. Nil şöyledir, gününü de böyle geçirir dediğim şeylere kırmızı kalemle yeni bir şey ekliyorum, o kadar. Tavsiye ederim. Eğlence oluyor en azından.

Bir arkadaşım Tal Ben Shahar'ın Youtube'daki kırk beş dakikalık mutlulukla ilgili konuşmasından bahsetti.

Youtube mutlulukla ilgili konuşanlarla dolu da, Shahar belki de hepimizin için için bildiği bir şeyi söylüyormuş konuşmasının özetinde: sosyal ilişkiler. Arkadaşlar. Bakkal çakkal, taksi şoförü, otobüsteki teyze.

Eğer sağlıkla, mutlulukla uzun bir ömür peşindeysek kendimizi bir grup insanın parçası hissetmeliymişiz.

Bu bana hiç saçma gelmiyor, çünkü aslında hepimiz küçük kabilelerden geldik.

İnsanlık şehirleşmeden, endüstrileşmeden ve hızla birbirinden kopmadan önce birbirine güvenen gruplardan oluşuyordu.

Kocan ava giderken sen de tohum toplamaya giderdin ve çocuklarını da bu gruba bırakırdın. Şimdi komşuna bırakırken bile başına anneni dikiyorsun.

Elli yıl önce sokakta tanışıp evlenirdin. Şimdi sokakta biri seninle konuşursa, kafasına çanta yer.

Yabancılar düşman oldu. Herkes evine kapanıp, eşine çocuğuna sarılıyor.

Fakat ruhumuz arkadaşlarda, dostlukta, sohbette kanatlanıyor. Yanağımıza sağlığın pembeliğini onlarla geçirilen vakitler getiriyor.

Arkadaşlarınıza sarılın. Gün içinde gördüğünüz insanların hatırını sorun, hikâyesine girip çıkın.

Geçen gün bir taksi şoförüne, "Sakızınız var mı?" dedim, sohbet organik tarım yapan bir bahçıvanın adresine kadar gitti.

O da, ben de yolu suskun ya da radyodan gelen kötü müziklerle geçirmekten kurtulmuş olduk.

Çocuklara masal anlatın. İçinde canavarlar, cadılar, kötüler, bataklıklar olsun. Kurtarıcı periler, yol gösteren erdemli ihtiyarlar, bir anlık cesaretler olsun.

Çocukken masal anlatılmayan, sihrin varlığına inanmayanlar büyüyünce o sihri başka şeylerde ararmış.

Ruhun biraz fanteziye ihtiyacı var. Ruh hayalin gücüyle doyuyor ancak.

Bugünlerde bu konuda bir kitap okuyorum. Çocukların gerçeği duymaya ihtiyaçları yok. "Dünya güneşin etrafında 30 kilometre hızla dönüyor ve uzayda onu hiçbir şey tutmuyor yavrum" yerine, "Dünya yaşlı ve bugünlerde burnu akan bir kaplumbağanın sırtında duruyor" demek onlara daha iyi geliyor.

"Boşlukta mı? Kilometre mi? Düşmeden durmak mı?" gibi şeyler hayatı asla anlayamayacakları bir karmaşa haline getiriyor.

Biz büyükler de her zaman onlardan akıllı olacak olan dev otoriteler oluyoruz.

Onların, devlerin minik fareler tarafından alt edilebileceğini duymaya ihtiyaçları var. İçlerinde olan bin bir duygunun ismini duymak istiyorlar. Öfke ve kötülük de bunun parçası.

Kötünün değişebildiğini, cadının kazana atılabildiğini duymaya ihtiyaçları var. Duygularını düzenlemek için yeteri kadar peri tozu yutmuş olmaları gerekiyor.

Masal dinlemiş olanlar, en kötü anlarda bile hayatın değişebileceğine inanıp bunun için çabalarmış. Bir insanı ilk gördükleri halleriyle yargılamazmış. Çünkü masallarda herkes payına düşen değişimi yaşar.

Çocuklarımıza resimli hikâye kitapları değil, kafalarında boyayacakları korkunç masallar anlatmaktan korkmayalım. Bırakalım cadı Hansel'le Gretel'i beslesin. Sonunda kimin cadılık yapacağını hepimiz biliyoruz.

Nil'den size üç tavsiye: Hadi şimdi şaşırtmak için dönün kendinize, konuşmak için bakın birbirinize ve masallar katın gecelerinize.

Kalpten yazılmış bir aile manifestosu!

"Şu an hayattaki en büyük derdin ne?" diye sorarsanız, ne şarkılar, ne şan şöhret, ne para ne de başarı.

En büyük derdim, oğluma iyi anne olmak. Oğluma hayat yolunda acıktığında çantasında gerekli şeyleri bulacağı, sevgi dolu "aile kumanyası"nı vermek. Böyle bir çantaya sadece kurabiye koyamazsınız, yabani otlardan kendini kurtarmaya yarayan bıçak da olmalı. Kulağına sırf ninni fısıldayamazsınız, ağıtı da bilmeli. Ben daha yeniyim, öğreniyorum. Okurken, okurken Dr. Brene Brown'ın "Kalpten Yazılmış Aile Manifestosu"na rastladım. İçindeki palavra olmayan tarafı sevdim. Kusurlarımızı göstererek onlara ne kadar çok şey öğretebileceğimizi okudum. Kendimce çevirdim. Aziz Arif'e her gece uyumadan önce fısıldadığım şu cümleyle de gurur duydum: Kim olursan ol, ne yaparsan yap, seni seveceğiz biz.

İşte manifesto: "Her şeyden önce emin ol ki, seni çok seviyoruz ve sen bu kadar sevilmeye değersin. Bunu benim önce davranışlarım, sonra kelimelerim sana söyleyecek. Sevgiyle ilgili dersler hep benim sana ve benim kendime davranışlarımda saklı olacak. Hayatta önce kendine değer vermeyi bil. Sevilmek ve mutlu olmak senin doğuştan hakkın. Kusurlarımı senden hiç gizlemediğimi ve kendime n'olursa olsun iyi davrandığımı göreceksin. İhtiyacın olduğunda yanında olacağız. Zayıflıklarımızdan utanmayacağız. Sana cesareti böyle öğreteceğiz. Ailece nelerle mücadele ettiğimizi de, nerelerde galip geldiğimizi de seninle paylaşacağız. İkisini de göreceksin. Şefkati, merhameti ilk başta kendimize ve birbirimize göstererek sana öğreteceğiz. Ortak hayatımızda sınırlarımız olacak ve onlara saygı göstereceğiz. Kararlılığı, çok çalışmayı ve umutlu olmayı her şeyin üstünde tutacağız. Dinlenmek ve oyun da hayatımızın önemli bir parçası olacak. Sen benim hatalarımı göreceksin, gerektiğinde nasıl özür dilediğimi ve duygularımı asla gizlemediğimi göreceksin. Bunlar sana sorumluluk almayı ve başkalarına saygı göstermeyi öğretecek. Belirsizlik, sıkıntı ve yoklukla karşılaştığında bunlar sana ışık olsun. Beraber ağlayıp korkunun ve yasın gözlerinin içine bakacağız. Acını dindirmek istediğimde seninle oturup onu hissetmeyi öğreteceğim. Güleceğiz, şarkı söyleyeceğiz, dans edip bir şeyler üreteceğiz. Birbirimize hep kendimiz olmak için izin vereceğiz. Hayatta ne olursa olsun, burası senin yuvan olacak. Sen hayat yolculuğuna başlarken sana verebileceğim en büyük hediye, kendi hayatımı sevgi dolu ve içimden geldiği gibi yaşamak ve kendi hayallerimin peşine düşmektir. Ben seni kusursuz bir şekilde sevemem, kusursuz bir öğretmen olamam, her şeyi en doğru şekilde de gösteremem ama ben sana kendimi her zaman olduğum gibi göstereceğim ve seni her zaman olduğun gibi göreceğim."

Kendine ait bir oda

Viginia Woolf aslında cümleyi şöyle kurmuş: "Bir kadın yazmak istiyorsa şayet, kendi kazandığı parası ve kendine ait bir odası olmalı."

Ben genç bir kızken, odamın kapısında bu alıntı asılıydı. Şimdi düşünüyorum da, o odanın kapısını bir tünel haline getirmiş bu yazı.

Ben kazmışım büyürken ve bu cümleler sayesinde kendime ait bir gökyüzüne çıkmışım.

Şimdi en azından biliyorum ki, yağan benim bulutumun yağmuru, doğan benim güneşim, parlayan da benim ayım.

Benim gibi kendi tünelini kazmış kadınlara bakınca da, onlara ilham olmuş cümleleri, insanları hep merak ediyorum. O neyle kaşıkladı toprağını da açtı yolunu?

Yıllar sonra kendime yeniden bir oda açtım.

İçine ilk girdiğimde derin bir nefes aldım. Sadece bir masa, bir sandalye, bir gitar, bir koltuk, bir de halı var içeride.

Ofisim diyorum soranlara ama aslında oksijen çadırım, kırlarım, dağlarım, yollarım.

Bana kendime ait bir oda bulmamı tavsiye eden o tatlı kadının şu cümlesini unutamıyorum: "Oraya hiç gitmesen bile, senin içinde açacağı mekân mutlaka dolacaktır."

Dediği oldu. Ben o odayı bulur bulmaz, içimdeki kaynaktan sular fışkırmaya başladı. Daha odama geçmeden içimde panayırlar kuruldu.

Sanki kafamın içinde bir Nil'in bağlı ağzını açtı haydutlar. Susmuyor. Şakıyor. Anlatıyor. Soruyor. Ama en önemlisi yapıyor.

Bir oda bana yapıp etme yolunu açtı.

Aziz Arifimin annesi, Serdarımın kadını, Berin'le Suavi'nin kızı, Onur'un ablası Nil'ler bu odanın dışında.

Nil'in Nil'inin yeri. Hatta Nil'in Nil'inin Nil'inin Nil'inin Nil'inin yeri.

İnsan boş bir odaya girip de kendini soymaya başlayınca görüyor. Matruşka gibi içinden bir küçük halini çıkarıp bakabiliyor.

Kaldırımda dökülen çantalar ne kadar utanç verici olursa, odanın içinde dökülenler o kadar ilham verici.

İş başlarda tuhaftı. Hiçbir rolümün olmadığı bir senaryoya girmiş gibi hissettim. Zaman içinde açılmış boş bir odaya girdiğinizde öyle oluyorsunuz.

Sonra fark ettim ki, evet diyaloğum yok ama yazarıyım be ben bu senaryonun! Oturdum masaya. Başladım anlatmaya.

En güzeli de kendini hiç yargısız dinlemek. Demek böyle düşünüyorsun, e peki niye hiç söylemiyorsun, otur yaz hadi tamam...

Otur yaz,
Kalk yürü,
Pencereden bak düşün,
Bir çay demle,
Otur dizlerinin dibine
Kendini dinle bazen.
"Beni gidi ben" diye iki gıdıkla kendini.
Bak nasıl şakıyorsun.

Mış gibi yapmanın erdemi

Bize hep dediler ki, kendin nasılsan öyle davran, mış gibi yapma.

Olmadığın gibi davranma. Halbuki Konfüçyüs, ta milattan önce ışığı görmüş. Kendinizi "kendim" diye bir tanıma sokmamanın öneminden bahsetmiş. Arada bir mış gibi yaparak kendi zenginliklerimize şahit olabileceğimizi ve bu sayede daha "iyi" bir halimize doğru küçük adımlar atabileceğimizi söylemiş.

Hepimiz kendimizi başkalarına yansıtarak görüyoruz. Doğumumuzdan itibaren annemiz babamız, akrabalarımız, konu komşu, arkadaşlar, okuldakiler, artık kim varsa hayatımızda, bize kendimizi yansıtmaya başlıyor. Bir aynalı lunaparka doğuyoruz yani.

Kimilerinde dev kimilerinde cüce... Kimilerinde yamuk kimilerinde köşeli. Bu yansımaları seyrede seyrede kendimizle tanışıyoruz. Güvenilirsin diyorlar, daha da çok öyle davranıyoruz. Midene düşkünsün diyorlar, yiyoruz. Tembelsin diyorlar, oturuyoruz. Yaratıcısın diyorlar, korkmadan üretiyoruz. Bu laflar bize yapışıyor. Gerçeklik payı taşısalar da, taşımasalar da kendilerini gerçekleştiriyorlar. Gerçek olup çıkıyorlar karşımıza.

E n'apalım canım, herkes kaşı gözü gibi, huyu suyuyla da doğuyor diyeceksiniz ama o kadar da basit değil mesele. İnsan büyük bir potansiyel. Beyin mükemmel bir yazılım. Telefonlar gibi, güncelleniyor. Değişiyor. Daha iyi bir yazılımla daha iyi bir halimiz olabiliyoruz. Doğduğumuz halimizi, bize yansıtılan halimizi alçıya alırsak, yazık etmiş oluruz başka Ali'lere, Elif'lere, Zeynep'lere, Halit'lere.

Kendimizi sürekli kurşunkalemle yazmalıyız. Bir elimizde de silgi olmalı. Daha iyi bir ben mümkün olduğunda silip yeniden, silip yeniden, silip yeniden yazabilmeliyiz. Peki nasıl? Mış gibi yaparak mesela.

Diyelim birisiyle ya da bir şeyle ilişkiniz hep aynı gerilimde süregeliyor. O sizde hep aynı yıkıcı duyguyu uyandırıyor, siz de ona hep aynı tepkiyi veriyorsunuz. İlişki kurulmuş bir tavşan gibi, kurdukça aynı şeyleri yapıyor. Bunu kırmanın tek yolu, gerekirse senden hiç beklenmeyecek şekilde mış gibi davranmak. Başka bir tepki vermek.

O gün konuya başka yerinden yaklaşmak. Sinirli olacağına sinirlenmiyormuş gibi yapmak. Üzüldüğüne üzülmemiş gibi yapmak. İstemediğini istiyormuş gibi yapmak. Mış gibi davranışı, kendinizin başka bir haline seyahat oyunu gibi düşünün. Ben küçükken çok yapardım. Daha olgun tepkiler verebilmek için saçlarımı topuz yapar, siyah boğazlı kazak giyer, o günkü kendime çekidüzen verirdim. Bu beni öbür Nil'lerle buluştururdu.

Şimdi tabii ki, bu mış gibi davranış sonrası hemen eski halimize döneceğiz, bu oyun kısa sürecek. Fakat izleri, kokusu, tadı bizimle kalıyor. Tekrarlandıkça güçleniyor. Birdenbire karşındaki de değişiyor tabii ki.

O da değişik bir sana, değişik bir kendisi olarak karşılık veriyor. Dönüşüyor ilişki. Hep beraber daha iyi hallerimize taşınıyoruz cümbür cemaat.

Bu hafta bir deneyin. Mış gibi davranın. Hem yeni kendinizle, hem yeni ötekiyle tanışacak ve belki de onları daha çok seveceksiniz.

21 bilezik eşittir 1 alışkanlık

Yoga öğretmenimin kollarında gördüm ilk. Üç tanesi diziliydi. "Bunlar 21 gün şeker yemememi için" dedi. "Nasıl yani" dedim, "bu üç bilezik sana onu mu hatırlatıyor?"

Yok, şöyleymiş. Üç gündür şekersiz beslendiği için üç tane takmış. Bu bilezikler "alışkanlık kazanma" bilezikleriymiş. Toplamda 21 tanelermiş. Beynin yeni bir alışkanlık kazanmaya alışması 21 günmüş. Yeni alışkanlığını uyguladığın her gün yeni bir bileziği takıyormuşsun.

Ha, ama işin zor bir tarafı var. Mesela 18 gün şekerli bir şey yemedin. 19'uncu gün yedin. Haydi bakalım bütün bilezikleri çıkarıp baştan başlıyorsun.

Hiç alışkanlığı bozmadan 21 gün gitmen gerekiyor ki, beynin yeni ağını örsün.

Bu arada, bir şeyi bırakmak için kullanabileceğin gibi, kendine yeni bir alışkanlık kazandırmak için de kullanabilirsin bu 21 bileziği.

Mesela "Her gün yürüyeceğim" gibi. Başlarsın yürümeye ve tek tek bilezikleri geçirmeye. Tabii ki bayıldım. Tabii ki ben de istedim aynılarından.

Tamam, hangi renk isterdim, siyah mı sarı mı? Siyah çok sıkıcı geldi, sarıyı seçtim. Şimdi sıra alışkanlık seçmeye geldi. "Mesela" dedi, "kardeşim aynı anda iki alışkanlık edinip bir tane de bırakmak istiyor. Bütün kollarında üç değişik renk bilezik var."

Yok artık, bu bana fazla. Ben teker teker giderim.

Hepimiz düşünürken, düşünegeldiğimiz gibi düşünüyoruz. Buna sinir oluyorum ben. Yani sizinkine değil, kendiminkine. Bazen de başkalarınınkine tabii. Çoğu şeyi aynı şekilde yapıyoruz.

Bir zaman sonra nedeni kaybolup gidiyor. Neden o şeyi öyle yaptığımızı unutuyoruz, kendisi kalıyor kabuk gibi. Ama mühim olan içiydi. Yani boş kabuğu ne yapayım, değil mi?

Çocuklarda ilk bayıldığım şey o olmuştu. Oluşmamış alışkanlıkları, derinleşmemiş düşünceleri, yaz yağmuru gibi bir anda bastırıveren duyguları var. Halbuki biz? Alışkanlık, nokta. Düşüncem bu, stop. Duyguya yer yok, bitti.

Bu bilezikleri bundan sevdim ben. Her gün bir şeyi düşünmeyi bile deneyebilirsin. Sana ait olmayan bir şeyi giyip prova eder gibi.

Ortaokuldayken, yaz tatillerinde kökten değişmeye çalışırdım. Olduğum halimden pek memnuniyetsizdim. Hele bir sonbahar gelip de okullar açılsın, herkes görecekti. Bambaşka biri olacaktım.

Şimdi hatırlamıyorum bu geliştirilmiş Nil'i. Ama her kimse hâlâ peşimi bırakmadı. Bir dinlenmek nasip olmadı gölgemde. Hep bir inşaat. İşte bu bilezikler o sebeple tam benlik.

"Her sabah yirmi dakika meditasyon" bileziğine ihtiyacım yok, onu bileziksiz de yapmayı başardım. Ama mesela her gün sihirli kutumu açıp bakmayı unutuyorum. Benimkinden müzik ve sözler çıkıyor.

Çocukken fısıldamıştı kulağıma periler:

Onu her gün açmalıyım. Hem hava alıyor. Hem ne geleceği belli olmuyor. Yine de unutuyorum günün hayhuyundan çoğu zaman.

İnsanın kendini hayal kırıklığına uğratacak şeylerine de ihtiyacı var. Kutumu n'olursa olsun açmam lazım.

"N'olursa olsun üretme" bileziği diyelim. "Bir iki satır, üç beş nota bileziği" diyelim, işte ondan sağlam bir, 21 ayar dizmek isterim koluma.

Bir de, ilkin ekmeği, sonra şekeri, sonra da süt ürünlerini keserek vücudumu dinlemek isterim. Yani üç kere 21. Neredeyse yazın sonu.

Yazın da insanın iradesi tembelleşiyor. Bileziklerin bu tembelliğe iyi geleceğini umuyorum.

Her gün yürümeyi, okumayı, bir sayfa yazı yazmayı da eklersek kollar omza kadar dolar, işin ucu kaçar. İnsanın kendi üzerine bu kadar da gitmemesi lazım. Her yerimizden başlayamayız işe. Bir yerimizden başlayabiliriz. Mühim olan başlamak. Katılaşmamak. Biliyorum, böyledir, bu budur dememek.

Deneyelim mi, ne dersiniz? Evdeki iplerden bir bilezik, başucumuzdaki kâğıda bir çentik, bir sepete 21 bilye, fark etmez. Maksat benimle ben arasında gizli bir 21 gün sözleşmesi. Kimseye söylemek zorunda değiliz.

Şeker, sakız, spor olmayabilir. Her gün gözlerini göğe dikip bir teşekkür etmek kadar basit olabilir.

Mademki 21 adım bize bir yol olarak geri dönüyor, o halde neden yaz sonuna bambaşka olmayı denemeyelim, değil mi?

Süper kahraman kadınlar ve kostümleri neredeler?

Kız çocukları, "Otur oturduğun yerde ve kız gibi davran" laflarıyla kodlanmadan önce, tıpkı erkekler gibi istedikleri her şey olabileceklerini düşünür.

Bir süper kahraman mesela.

Fakat onlara kadın süper kahraman kostümü bulamazsınız. Çünkü satılmıyordur. Satılanlar Ironman, Batman, Hulk ve Kaptan Amerika'dır.

Şayet kazara bunların içinde süper kahramanlık yapan kadın varsa da, oyuncakçıdaki paketlerde resimleri yoktur. Kostümlerini koymaya değmez.

Kim alacak canım Black Widow kostümünü?

Şimdiki bu durum ben çocukken tam olarak böyle değildi.

She-ra vardı ben çocukken. Kardeşim He-man'se ben de She-ra'ydım.

Kardeşim He-man olduğunda onun yapabildiklerini yapamazdım ben.

Kollarımda, bacaklarımda onunki kadar kas da yoktu.

Fakat ben She-ra'yken, o da benim yapabildiklerimi yapamazdı. Bana ihtiyaç duyardı.

Onun beni kurtardığı kadar ben de onu kurtarırdım.

Bugünkü kız çocuklarının She-ra'sı yok.

Disney gibi büyük şirketlerin elindeki süper kahramanların kadın versiyonları yok. Varsa da satılan ürünleri yok.

Oyuncakçılar erkek kahramanların kostümleri, bardakları, silahları, kılıçları ve araçlarıyla dolu.

Kazara *Star Wars*'taki Prenses Leia olmak isteyen bir kız çocuğuysan, üzgünüm. Sana ancak Jedi kostümü ve ışın kılıcı verebiliyoruz.

E, el mahkûm alacaksın o ışın kılıcını, alacaksın masa örtüsünü, ortadan üçgen gibi katlayacaksın ve işte sana pelerin. Artık biraz da yaratıcılığını kullan canım!

Bu "otur oturduğun yerde, kocan gelene kadar oyalan"cılık bana ters geldiğinden, She-ra olduğum günlerde, anneme asla evlenmeyeceğimi şimdiden bilmesini beyan etmiştim.

Bir erkeğin kanatları altına girmek bana gölgelerin en büyüğü gibi gelirdi, hâlâ da öyle geliyor.

"Evlenmek Gerek" şarkısını yazdığımda yirmi yaşındaydım.

"Anne benim koşmam gerek / İstemiyorum pilav yapmak / Sana bir de torun gerek / İstemiyorum çocuk bakmak / Anne ben aşka inanmam / Önce âşık olmam gerek / Gözyaşlarıyla sulanmam / Evlilik benim solmam demek" diye bas bas bağırdığım bir nakaratı vardı.

Emindim kendimden. Emindim her şeyden.

Bugün evli olmam ve bir de oğlumun olması, içimdeki o isyancı ruhu bastırmadı.

Her zaman, "evinin kadını-çocuğunun annesi" rolüne sıkışmaya karşıydım. Bugün de karşıyım.

Ben çok daha fazlasıyım. Öyle hissediyorum.

Yoluma devam ettim. Yanıma bir yoldaş, kollarıma bir oğul alarak yürüyorum.

Kanatlarımı sonuna kadar açabiliyorum. Salonların camdan biblo dolaplarına çarpmasın diye onları sonsuza dek kapatmadım. Bunda She-ra'nın payı var.

"Bir insanın anavatanı çocukluğudur" demiş Epiktetos.

Belki şimdi, Aziz Arif Bey çocukluğunu yanımda geçiriyor diye, bu cümleyi daha dikkatli dinliyorum.

Kızlara da süper kahramanlar vermeliyiz. Ben nasıl başım sıkıştığında anavatana dönüp She-ra'ya sarılıyorsam, onların da özdeşleşebilecekleri süper kahramanları olmalı.

Bilmeliler giden bir vagondan öbürüne atlayabileceklerini, bilmeliler karanlıkta ellerinden ateş çıkabileceğini, bilmeliler kahramanların düştükten sonra tekrar tekrar ayağa kalktıklarını. Kızlara da pelerin dağıtmalıyız.

Bunları düşünürken, Açıkhava konseri zamanım geldi. Bu hikâyeyi anlattım konserimde.

Bazen anneler yanlarında kendi anneleri ve çocuklarıyla kulise geliyor. "Hepimiz farklı nedenlerle sizde buluşuyoruz" diyor. Gözlerim doluyor.

Demek kız çocukları ve kadınlar üzerinde böyle bir etkim var, ne mutlu bana diyorum.

Belki gidip tektaşlarını kendileri aldılar. Belki hem çocuk hem kariyer yaptılar. Belki buraya çıplak geldiklerini düşündüler ve bundan utanmayacaklarına karar verdiler.

Bilmiyorum nasıl yanıma geldiler, bilmiyorum nasıl bütün kızlar toplandık ama oldu işte. Tek yumruk gibi olduk biz.

Kek yaptıklarımız gün geldi nasıl bize kelek attılar, onu da konuşuruz bir gün.

Beynimle bir dakika umutlandırıyor beni

Geçen gün yine, istasyonda oturup tren bekler gibi, düşüncelerimi bekliyorum...

Bir baktım, beyni böyle iki yüz gram kıyma gibi kafanın tasında yalnız bırakırsan, gidip korku filmi açıyor hemen.

Kapatırsan gerilim açıyor. Onu da kapatırsan, yine böyle ormandan sesler gelen bir şeyler açıyor.

Bir yerde okumuştum, bu türü sevmesinin nedeni, evrimin ilk başlarındaki eski beyin alışkanlıklarıymış.

Yani eskiden çok eskiden, belki de henüz dörtayağın üzerine dikilmemişken biz, dünya gerçekten de sürekli kükreyen kanatlı şeylerle doluydu.

Yürürken yem olurdun.

Geceleri gözüne uyku girmese iyi olurdu.

İşte beyin hâlâ o eski yazılımı kullandığından bizi bir huzurlu bırakmıyor.

Fakat kumandayı ona verir ve yalnız bırakırsan durum bu.

Kumandayı ona vermemek de, yalnız bırakmamak da mümkün. Yeter ki beynini tanı.

Yeter ki arada kamerayı ona çevirip bir bak.

Ne dolaplar döndürdüğünü görüyorsun.

İlla benim gibi, düşündüğünü niye düşündüğünü de düşünen bir tip olman gerekmez.

Peşine dedektifi tak, anlarsın.

Bir kere bir şey hayal etmeye gör, hemen onun olmazlarını çıkarıyor önüne.

Moral bozucu bir Google gibi.

Daha önce bunu deneyenlerin başına şunlar geldi.

Bakın buna kalkışırsanız neler olabilir, izleyin.

Durun, pişman olanların videolarını açayım da görün gibi. Zaten insan olan hemen vazgeçiyor kalkışmasından.

Eski beyin yazılımı, hayalleri okuyamıyor çünkü.

Gerçekleşeceğine inanmıyor. Gerekirse, sana ait geçmiş yenilgileri de açıyor tek tek.

Yeter ki kıpırdama. Arkasına saklandığın kayadan çıkma.

Güneşe çıkma. Kalkışma. Yem olursun. Ham olursun. Yazık olursun. Rezil olursun...

Bu oyunlarına kanmayalım arama motorumuzun.

Biz onu yeniden programlayabiliriz. Hayallere odaklayabiliriz. Cesaretle çalıştırabiliriz.

Bir kitap düşünün.

İlk bölümler hep, terapist koltuğuna uzanınca yalan yanlış anlattığımız çocukluk dönemi.

Neden yalan yanlış biliyor musunuz, ah işte bu da beynin başka bir oyunu... Sürekli hatıraları dağıtıp dağıtıp düzenliyor şu beyin. (Kimin beyniyse artık.)

Kafasına göre. İspat mı istiyorsunuz, gidin çocukluğunuzdan hatırladığınız bir anıyı ona şahit olmuş birinden dinleyin.

Tamamen farklı bir kurgu dinleyeceksiniz.

"Hayır o trendeydi" dersiniz, "Trende değildi, steyşın reno arabasıydı o komşunun" der.

E tabii hal bu olunca, kitabın ilk bölümleri palavra ve uydurma dolu oluyor.

Şu anki halinize uygun olarak biçilmiş kaftanlar: Ben ilk bestemi üç yaşında, sahile vurmuş bir balığa yapmışım. Gibi.

Beyni yalnız ve işsiz güçsüz bıraktığınızda, oturup yeni sayfaları doldurmuyor.

Eski bölümleri açıyor.

"Previously on Nil" (Nil'de geçmiş bölümler) ve size tekrar onları izletiyor.

Hayır doğru olsalar canım yanmayacak, bir de yalan yanlış yorumlarla izletiyor dediğim gibi.

Kısaca, büyük vakit kaybı.

Bazen de gidiyor, taaaa ilerideki bir sayfaya korkulu resimler çiziyor.

Yahu bu senin resim defterin mi! Git canavarını başka yere çiz.

Ben bu sayfaları hayallerimle dolduracağım. Ben şu an yaptıklarımı yazacağım.

Yoksa şu an burada olmamış olurum.

Bütün gün eski bölüm izlersem ya da geleceğe canavar resmi çizersem, bugünkü bölüm çekilmemiş olur.

Bugün yapacaklarım bulaşık gibi günün kenarında kalır. Yaşanmamış olur. Yapılmamış olur.

En fenası da, hayallerim gerçekleşmemiş olur.

Çünkü bir tek şeyden eminsem o da şu: Yapmazsam olmaz.

İşte bir sabah oturup da, kafatasına konmuş beynimi izleyince bunları gördüm.

Kendi haline bırakırsan grisi koyulaşıyor. Korkuları yükseltiyor.

Geçmiş gitmiş bölümleri oynatıyor. Ya da gerilim filmi açıyor.

Onu her sabah tatlı bir çocuğu gezintiye çıkarır gibi, parklara bahçelere götürmeli.

Hayal kurdurmalı. Hayallere giden yolları düşündürmeli.

Her güne kamış batırıp dibine kadar içmeli.

Yastığa başını koyunca da teşekkür etmeli.

Israr ederse, geçmişin ve korkuların set olarak DVD'sini çıkarırız. İsteyen izler.

Çocukluğu hızla yaşlananlara

Sokakta, dedesiyle gezen beş yaşındaki bir çocuğa rast geldim. Merhaba, nasılsın dedim...

Ağzındaki lolipopu hızlıca çıkarıp, "Heeeyt det!" filan gibi bir savma nidası fırlattı üzerime.

Adını sordum, kötü kötü baktı. Kamyon sever misin? dedim. (Çok sever, dedi dedesi) Başını salladı desem yalan olur.

Sonra, "çüüüş!" diye bağırarak sağ elini dayak yersin gibilerden salladı. Dedesiyle anneannesine bunlar hiç tuhaf gelmedi, ben şaştım. Üzüldüm... Neden beş yaşında böyle cümleler bu jestlerle dökülür ağzından? Neden saldırganlaşırsın yabancılara?

Şimdi yargılamak istemem, çünkü hakkında hiçbir şey bilmiyorum ama haşin bir yerde büyüyordu. Evime yürürken onun minikliğini düşündüm. Büyükmüş gibi yapıyordu. Çocukluğu hızla yaşlanıyordu. Her ev, yuva değildi. Aklıma yıllar önce Maçka Parkı'nda gördüğüm o baba oğul geldi.

Maçka Parkı'nda oğlumu sallıyordum. Bir adam geldi oğluyla. Adamın, çantadan büyük bavuldan küçük ama kesinlikle bir parkta tuhaf duracak büyüklükte deri bir çantası vardı. Ne iş yapıyor acaba, diye sorduran ağır bir çanta.

Çocuk deliler gibi bağırmaya başladı. Öbür salıncak boş olmasına ve bizimkinin tıpatıp aynısı olmasına rağmen ille de bizimkinde sallanmak istiyordu. Adam onu, "Bana bak!"

diye havaya kaldırdı, tam bir tokat atacaktı ki beni gördü. Vazgeçti...

Çocuk deliler gibi kendini yerlere atıyordu. Biz o salıncaktan öbürüne geçince de, bu sefer bizimkini istiyordu tekrar. Sonra fark ettim. O salıncağı değil, o salıncakta yaşanan duyguları istiyordu.

Bir annenin onu sevgi dolu bir bıkkınlıkla sallamasını. İsyanı o duyguya duyduğu özlemdi. Ona dönüp, "Sen şu şarkıyı biliyor musun peki?" diye bir şarkı söylemeye başladım. Bir çocuk şarkısı. Bu parka gelmeyi neden çok sevdiğimizi anlattım. Sakinleşti...

Çocuk olmaya ihtiyacı var gibiydi. Çocukluğu hızla yaşlanıyordu.

Sokakta rastladığım çocukla Maçka Parkı'ndaki bu çocuğun evinde belli ki küfür kıyamet, dayak olağandı.

Evde babanın gölgesi yaşıyordu. Anne de boynunu eğmişti. Onlar erkekseler gölgeleriyle her yeri kaplamalıydı, kadınlarıysa anneleri gibi boyun eğecekti zaten.

Gelecekteki hallerini düşündüm. Sevgili hallerini, koca hallerini, baba hallerini, arkadaş hallerini... Nasıl bu ilişki örgüsünü tekrar edeceklerini.

Çok şey bilmiyorum, karanlıkta herkes kadar görmeye çalışıyorum. Bazı şeyleri sezgiden biliyorum. Sezgi öyle bir kızdır ki yalan söylemez.

Sezgim şu: Hayatın ilk yılları çok mühim. Çünkü o vakit "ilişki" örmeyi öğreniyorsun, örgü örmeyi öğrenenler gibi. Annen baban başlıyor anlatmaya, iki ters bir düz...

Bak ipi alıyorsuun, burdan dolayıp, hop burdan atlatıp buraya geçiriyorsun gibi. Nasıl her yiğidin bir yoğurt yiyişi varsa, her evin de bir ilişki örüşü var. İşte o örülen ilişki yeleği, bir giyiliyor bir daha da üzerimizden çıkmıyor. Aşkla, işle, eşle dostla, çocukla ilişkide onu giydiriyoruz. Napalım biz de garibim, başka şey bilmiyoruz ki.

Kimse, o muhteşem ışıklı yeleği örmedi evet, ama yine de, sıcak tutanı var bunun. Dua ettim, o ikisi ve daha nicesi yollarında sevgi dolu maharetli bir elin marifetiyle yandaki salıncakta sallansınlar.

Tazelensin çocuklukları.

Özgürlük ve sıkıntı

Yaşadığım krallığın kral ve kraliçesinin adı: özgürlük ve sıkıntı. Bu ikisi olmadan prensle prenses kavuşmuyor, ejderhalarım korumuyor şatomu ve fıskiyelerim yıkamıyor sonsuz vadilerimi.

Bahar gelince yeşermiyor dallar bunlar yoksa. Uzun yollardan gelen haberci su isteyince içemiyor çeşmelerimden.

Saçlarım ta aşağı kadar inmiyor kulelerimden. Tırmanmıyor yakışıklı.

Özgürlüğüm ve sıkıntım olmadan telleri kopuk oluyor enstrümanların. Çalmıyorlar bir şey.

Kadehlerim dolmuyor. Güzel bir hikâyem olmuyor. Kuruyup kalıyorum ben bu ikisi yoksa.

Ne çıkarsa bunlardan çıkıyor, inanın bana.

Bakın bir özgür kalın, bir de üstüne sıkı bir sıkılın, cin çıkıyor şişeden.

Ne dilersen dile diyor benden.

Bu iki kavanozun da ağzı açık.

Biri kapamaya çalıştığında içim daralıyor.

Biri özgürlüğümü havasız bırakır ya da sıkılmamam için bebekmişim gibi beni oyalarsa bitiyorum ben.

Bence her insan bu ikisinin kıymetini bilmeli. Özgürlük zaten kolay iş değil, bir de üstüne sıkılmak da zorlaştı bu çağda.

İnsanın özgür şekilde sıkılması ya da sıkkın şekilde özgürleşmesi... İkisi de çaba gerektirir oldu.

Benim Nilime sözüm var.

Siz de Eda'nıza, Aykut'unuza, Sema'nıza, Veysel'inize söz verin.

Seni özgür bırakacağım ve sıkılmana izin vereceğim, deyin.

Seni tutsak kılan her düşünceden, insandan, yerlerden uzak tutacağım, deyin.

Seni seninle bırakmayan, yalnızlığının tadına baktırmayan, oyalayıp duran zaman hırsızlarından seni koruyacağım, deyin. Yapın da bunu.

Her insanın bir şarkısı var içinde. İlla bunu bağıra çağıra söylemesi gerekmez, ama duyması gerekir.

Herkes şarkısını, kimsenin olmadığı bir yerde ezbere söyleyecek kadar tekrar tekrar duymalıdır.

Neden biliyor musunuz?

Şarkınızın ritmini, tonunu, nakaratını ve ne dediğini bilirseniz hayatta nelerle dans edeceğinizi, kimlere eşlik edeceğinizi kolaylıkla bulursunuz.

Sizinle asla uyum sağlamayacak, kulağınıza batıp duracak ruhlarla işiniz olmaz.

Bu bana uymuyor, benim şarkımla iyi duyulmuyor, dersiniz.

Kendinizi için için mırıldandığınızdan yolunuz şaşmaz. Doğru rüzgârı yakalar, yelkeni çevirirsiniz.

Bunun için de özgürlük ve sıkıntı şart.

Özgür olmayan yalnızlığıyla kaçamaz, sıkılmayan içini didikleyemez. Didiklemeyen şarkısını duyamaz, duymayan ezberleyemez, ezberlemeyen tekrarlayamaz, tekrarlamayan sorunca söyleyemez, sorunca söyleyemeyen yolunu kaybeder.

Masaldaki Hansel'in yol boyu bıraktığı ekmek kırıntıları gibi, eve dönüştür o şarkı.

Bazen başkalarının şarkılarını duyuyorum... Uzaktan sesi geliyor.

Sonra bakıyorum, kendisiyle uyumsuz başka seslerle birleşmiş, dinlenmez olmuş.

Şarkısına uymayan yerlerde geziyor.

İşte o zaman, özgürlüğünü ya da sıkıntısını kaybetmiştir, diyorum. Başka bir şey olamaz.

Özgürlük, istediğin yere koşmak değil, seçenekler arasında ne yöne koşacağını seçebilmek.

Sıkıntı, boş boş duvara bakmak değil, bulma derdinde olmayan bir arayış.

İşte bunlardır benim annem babam, iki çocuğum, iki gözüm, kulağım, iki kolum, iki ayağım.

Yolumu aydınlatan iki lamba.

Krallığıma havadisler getiren iki dev.

Benim o devlere ikram ettiğim iki tas çorba ve onlara naçizane verdiğim iki nasihat.

Kendin et, kendini bul

İçinde Kendi adında, küçük tatlı birinin yaşadığını düşün. Kendi seninle ilgili her şeyi bilen tek kişi.

Öyle biri ki, sırlarını bilir, zayıflığını bilir, gücünü bilir. Öyle biri ki, ne yapman gerek en iyi o bilir. Kalbine yakın, gözünün içine bakar, peri gibi biridir.

Fakat uzun zaman önce birileri sana bu Kendi'nin pek güvenilmez, hayli tecrübesiz ve yanılgıya meyilli biri olduğunu söylemiş. Söylemekle kalmamış, tembihlemiş.

Aman, şu içinde adeta tatil yapan Kendi'ni ciddiye alma. Bilmez o. Dışarıya sor. Annene sor, babana sor, öğretmenine sor, uzmana sor, ünlü birine sor. Kendi bilmez seni, başkaları bilir. Kendi karar veremez, başkaları verir.

Bu o kadar tekrar edilmiş ki, biz de kanaat getirmişiz pek bir şey bilmediğine Kendi'mizin. Başlamışız dışarıya kulak kabartmaya.

Şimdi dışarısı içeriyi pek göremez. İnsan pencerelerinden içeriye pek güneş almaz, dolayısıyla çoğu yerimiz kilerdedir. Kilere de bir tek Kendi inebilir.

Yine de bilirlermiş gibi ya da görebilirlermiş gibi başkalarının kılavuzluğuna ihtiyaç duyarız.

Hayatta ne zaman tüh dediysem Kendi'me, "Sus içeri git, başkalarını duyamıyorum" dediğim zamanlardır. Sonra küsüp oturur, "Bak sana dediydim" der.

Ben, "Duymadım" derim. O, "Duymazlıktan geldin" der.

Ben, "Söz, bir daha hep seni dinleyeceğim" derim. Sartre gibi, "Başkaları cehennemimdir" derim. Ama sonra hemen unuturum bu lafımı, küstürürüm Kendi'mi.

İnsanın kendisini, yolunu, girdisini çıktısını, hayalini, kaderini en iyi Kendi'si bilir. Olacak olanın ve oluyor olanın haberini kuşlar ilk ona getirir.

Ama işte adımız üstümüzde, en kaba tabiriyle sosyal hayvanız.

Sosyalliğin ılık suyunda kendimizi güvende hissediyoruz. Birisine "ben de" demek, en minnoş hücrelerimizi okşuyor. Şimdi yerini "aynen" aldı. Sürekli bir "aynen".

Yahu, tipimiz aynen değil, hayatımız aynen değil, seçimlerimiz aynen değil, neden sürekli bir aynendir aramızda gidip gelen. Neyimiz aynı da, dilimizde bir "aynen"! İşte bütün bunlar ait olma duygusunun sıcak kurabiye kokuları.

Nereden çıktı şimdi bu Kendi hatırlatması diyeceksiniz. Bir an geldi şunu fark ettim ki, iyisiyle kötüsüyle, acısıyla tatlısıyla, doğrusuyla yanlışıyla Kendi'mize sarılmalıyız.

Çocukken bizi biz yapan farklılıklarımız hep kendimizi dinlediğimizdendi. Ne zaman güya büyükleri dinlemeye başladık, onların Kendi'lerini ağırlamaya başladık.

Başkalarının gözlerini lens gibi gözümüze takıp ne göreceğiz ki!

Başka bir dünya. Hayallerimizin olmadığı. Güzelliklerimizin kutlanmadığı. Sevdiklerimizin yanımızda durmadığı. Başkasının filmi, başkasının hikâyesi. N'apsın bizim kahraman aniden belirip başkasının arabasında, di mi?

Biz Kendi'miz olalım, önce Kendi'mizi dinleyelim. Aynen deyip dursak bile aynen olmayalım. Başka olalım. Bir tane olalım. Kendi'm istedim. Kendi'm hissettim. Kendi'm düşündüm. Kendim karar verdim, diyelim.

Kırmayalım Kendi'mizi daha fazla.

Her anını sahnelesen mesela?

Bazı anlar oluyor, anlamsız geliyor insana. Hani hiçbir şey olmuyormuş ya da hiç istemediğimiz bir yerde zaman uzadıkça uzuyormuş gibi.

Sakız gibi üzerimize yapışıyor o an.

Kurtulmak için alelacele ve sinirli davranıyoruz. Bir an evvel bitmesini ve asıl beklediklerimizin olmasını bekliyoruz. Alelacele bir bekleme.

Nasıl geliyor kulağa? Çöp bir zaman gibi değil mi?

Ama düşünün, bazen günün tamamı böyle geçiyor. İstenmedik şeylerden çıkmaya çalışma zinciri gibi. Bir sinek kâğıdına yapışmış sinek gibi çırpınıp durmuşuz. Bir yere de varamamışız işin kötüsü.

Olanı yaşayamadığımız için bir şey yaşamamış gibi olmuşuz. Gün geçmeden gitmiş nasıl olduysa.

İşte bu hislerden birindeyken aklıma bir şey geldi. Sahne kurma benzetmesi.

Beğenmediğim, sıkıldığım, yaşamayı beceremediğim bir anın benim için hazırlanmış bir kurgu olduğunu düşündüm. Bir sahne.

Başrolde ben. Doğaçlama yapmam bekleniyor.

Ve ben çoğu zaman sinek misali çırpıntılar içindeyim.

O anı güzelleştirmek var halbuki. İçine girmek, yayıldıkça yayılmak var. Hatta, "Siz gidin, ben buradayım" diyecek kadar yayılmak var.

Size daha önce anlattım mı hatırlamıyorum. Bir keresinde

Ryan Gosling'le oyunculuk çalışmasına katılmıştım.

Demişti ki;

"Benim için rolün büyüğü küçüğü yoktur. Filmdeki tek rolüm, beş saniye görünen, barda içki içen adamsa, ben yine sonuna kadar oynarım arkadaş! O adama hikâye yazarım kafamda. Barmenle dost yaparım onu. Kameranın ne gördüğünü umursamadan o adam olurum."

Sonraları hep düşündüm bu cümleleri. Demek her anı hikâyelendirmek ve sonuna kadar oynamak mümkün.

Trafikte beklemeyi bile. Sıkıcı şeyler yapmayı bile. İstemediğin bir konuşmayı bile. Otobüste camdan bakmayı bile. Olmak istemediğin bir yerde bazen oluvermeyi bile.

Her şeyi hikâyelendirip anın neyse yaşayabilir, yaşatabilirsin. Hayatının başrolünde olanlara da bu yakışır. Hiçbir sahneyi laf olsun diye yaşamamak. Sadece nefes almış olmamak, o anlara tek tek nefes vermiş de olmak.

Neden olmasın? Neden her an parıldamasın? Parıldatmayalım?

Bir insan isterse, evini toparlamayı bile, kek yapmayı bile sanat haline getirebilir. Yeter ki önemsesin. Yeter ki eşsiz bir hayat şansının içinde akıyor olduğunu hatırlasın. Yeter ki saniye kıymeti bilsin.

Şimdi artık nasıl olurlarsa olsunlar, anlarımın içine sokuyorum kendimi.

Dışında kalmaya, değmemeye çalışmıyorum. "Madem buradayım ve sahne bu, ben de burada olup canlandırayım" diyorum.

Demek sahne böyle kurulmuş, bana yakışan onu en kendim şekilde yaşamaktır.

Tıpkı Ryan'ın dediği gibi, barda hiç konuşmadan oturan adamsam da bazen, kimse o bar sandalyesinde benden fiyakalı oturamamalı.

Yaşamak dediğin de budur zaten.

İyi bir hayat öğretmeni

Bir haftalık tatilde, iyi öğretmen, hatta iyi bir hayat öğretmeni nasıl olur gördüm. Her sene bir hafta beni zorlu bir zaman bekliyor dağlarda.

Ankaralı biri olarak hayatımda ne denizlerle, ne dağlarla, ne de vahşi doğayla boğuştum. Tunus Caddesi'nde sokakta oynayarak büyüdüm.

Gel gör ki, doğada olmaya ve onunla oyun oynamaya âşık bir adamla evlendim. Uyum paketim iyi çalışır benim. Her yere, her ortama kısa zamanda uyum sağlayan bir yapım var.

Polene alerjim var ama bir ay kırlarda hapşıra tıksıra yaşarım. Üşümeyi sevmem ama -12'de bir hafta kayabilirim. Büyük dalgalardan ürkerim ama onların üzerine binip inmeyi öğrendim.

Bu hafta da benim, dağlarla imtihan haftamdı. Bu defa, gözlerini dikmiş beni izleyen dağ İsviçre'deki Matterhorn'du.

Alışık olmadığım, hoşuma gitmeyecek, zorlanacağım her şeyi kendimi genişletmek için fırsat olarak görüyorum.

Kat kat giyinmeyi de, üç bin metre tepelere gondollarla çıkmayı da, *board*'u ayağıma takıp kayacak olmayı da sevmiyorum.

Tepeye çıkınca o sessizlikte, bomboş güneşli pistlerde tek başıma kaymaya, bir dağın eteklerinden aşağı hızla, şarkılar söyleyerek inmeye, "Yok burası çok dik" dediğim bir yerden korkusuzca dönüşlerimi yapıp "Aferin Nil" demeye ise bayılıyorum.

Her şey, başlayana kadar. Her şey bazen birinin söylediği bir cümleyi duyana kadar. Her şey kimse olmadan yapabildiğini görene kadar.

Bu bir haftada, sadece iki gün iki farklı öğretmen eşliğinde aşağıya indim. Bir gün birinin, öbür gün ötekinin gözleriyle dağa baktım. Gördüklerimin arasında "dağlar vardı".

İlk günkü öğretmen beni ikide bir durdurdu. "*Board*'un neden döndüğünü biliyor musun?" dedi. "I ıh" diye başımı iki yana sallayınca oturdu kara çizdi.

"Teknik olarak böyle oluyor, şöyle oluyor, sen ağırlığını verince dizini kırınca bükülüyor aslında..." filan dedi.

Mühendismiş. O kadar çok durduk, o kadar çok düzeltti, o kadar çok konuştu ki, günün sonunda, "Nasıl geçti?" diyenlere, "Bol bol konuştuk, *board* neden dönüyormuş biliyor musun?" dedim.

Nasıldım deyince, "İyisin ama kendine güvenin yok" dedi. Korkuyormuşum.

Fren yapıyormuşum sık sık. "E olabilir, ben anneyim artık. Ondan temkinliyim. Napayım" dedim.

O günün sonunda Nil'i, "Pek de iyi kayamayan korkak biri" olarak katlayıp rafa kaldırdım.

Ertesi gün bu öğretmen yoktu. Rafael geldi. Rafael yazın dağlarda tamircilik yapan, kışları da kayak öğretmeni olan biriydi.

Matterhorn, Alplerin hatta Avrupa'nın en yüksek tepelerinden biri.

Bugüne kadar 500 kişi tırmanırken hayatını kaybetmiş. Rafael dibinde yaşadığı bu dağın tepesine tam üç kere tırmanmış.

Fazla konuşmayan, iyi hayat öğrencisi. Şanslıyım ki benim bir gün öğretmenim oldu.

Onunla da, önceki günkü gibi dağın bir yerine çıktık.

Onunla da aşağı doğru inmeye başladık. Beni hiç durdurmadı. "Bir şey söylemek ister misin? Dizlerim doğru mu, öne fazla mı eğiliyorum?" diye sorunca, "Eğleniyor musun?.. O zaman her şey yolunda. Fazla konuşmanın faydası yok. Dinleyerek değil, çok yaparak öğrenebilirsin sadece" dedi.

Sürekli, çok çok, hiç durmadan kaydık. O önden ben arkadan, kahkahalar atarak dağla oyun oynadık.

En dik yerlere geldiğimizde, "Buranın düz olduğunu düşün" dedi. Sadece bu cümleyle, cesaretle indim aşağı.

Güzel dönüşlerimle vals yaptım aşağı doğru. Ben dik yerlerde döndükçe, Rafael o pofuduk eldivenleriyle alkışlıyordu.

Dansıma kimse bir şey diyemezdi. Harikaydık dağ ve ben.

Giderken dedi ki: "Dizini, kolunu, duruşunu boş ver. Eğer kendini tehlikeye atacak bir tekniğin yoksa, *board*'a hükmün geçiyorsa ve en önemlisi eğleniyorsan, gerisinin önemi yok. Yüzüne baktığımda hep gülüyordun, demek ki kayarken mutlusun, sana neşe veriyor. Önemli olan tek şey bu."

Son bir soru sormak istedim ona: "Sence kayarken ruh halim nasıl? Endişeli miyim, korkuyor muyum, fazla mı temkinliyim?"

Soruları tuhaf buldu. Kendime sıfat yapıştırmaya çalışmam ona yabancıydı. "*You're alright*" dedi. (Gayet iyisin)

Ben de o gece, cesur, dağlardan aşağı neşeyle kayan, *alright* Nil'imi alıp katladım.

Son zamanlarda bir kitaptan öğrendiğin en ilginç şey neydi?

Yazın saat 11'le 4 arası, güneş etrafı yakmaya karar verdiği zamanlarda ne yapacağımı bilemiyorum. Sonbahar çocuğuyum. Üşüyeyim, yağmur yağsın, sis bassın, seviyorum.

E ama döngü bu. Dönüp dolaşıp yaz geliyor işte.

Kafam duruyor benim güneşte. Düşüncemi toparlayamıyorum. Kendimi hissedemiyorum. O kadar sıcak ki. Nietzsche mi demişti, "Düşünce güneşte gölgeye kaçar" diye. İşte aynen öyle.

Neyse ki ağaçlar var. Ben de bir erik ağacı buldum. Yaprakları "güneş güneş" diye tutturan.

Onlar yüzlerini güneşe vermiş güneşlenirken, ben gölgesinde aklımı başıma alıyorum.

Hele bir de rüzgâr çıkarsa, hele hele bir de güzel bir kitap varsa, tadından yenmez oluyor bu yazın.

Nasıl güneşin altına değil de gölgeye tutkunsam, cevaplara değil sorulara da tutkunum aynı derecede. Bir cevap beni hiçbir zaman tavlayamıyor.

Sorularaysa âşık oluyorum.

Cevaplar limansa, sorular gemi. Cevaplar noktaysa, sorular virgül. Sorular kralsa, cevaplar saray soytarısı.

Cevapsız uyuyabilen insan azmış. Şanslıyım demek. Bir şeyin cevabını bulmadan uyuyabiliyorum ben. Rüyada da arıyorum. Sabah uyanıp, "Neden böyle bir rüya gördüm acaba" diyorum bu sefer.

Hayat saklambaçsa, cevap saklananda, soru ebede. Cevap çıksın, ben sobelerim hızlıca koşup.

Cevap çocuklarının saçlarına sorudan kurdele takarım.

Oyunum bu. Hayatla flörtüm bu. Neşem bu.

Bu soruyu duyar duymaz âşık oluşum bundan: Son zamanlarda bir kitaptan öğrendiğin en ilginç şey neydi?

Bunu tanıdığım tanımadığım herkese sormak istedim.

Yaz diye, güneşin elini alnımıza koyarak düşünceyi durdurmasına izin mi vereceğiz? Ben de koydum bu soruyu @niltakipte Instagram adresime, bekledim.

Kendi cevabım hemen aklıma geldi. Kayalarla ilgili bir kitap okuyordum. (Güya çocuk kitabı, tek sayfasında yazanı bile bilmiyorum.)

Diyor ki, taşlar çok işe yarar. Bazı kuşlar yemeklerini sindirmek için taş yutar. İşte buna, "Vay be!" dedim.

Yazın sıcak saatlerini bir ağacın gölgesinde, içinden binbir soru çıkarabileceğim ve cevaplarıyla gıdıklanabileceğim bir kitapla geçiriyorum.

Geçsin diye beklemiyorum o zaman öğle vaktini, gelsin diye bekliyorum.

Zamanı anlamlandıran biziz. Zaten oğlumun da çocukluğunu, elinde kitabı ya da gitarı olan, ona bol bol soru soran ya da gülerek öpüp koklayan bir anneyle geçirmesini isterim.

Teklif etme, reddetme

Okula giderken okul hakkında hiç düşünmemiştim. Okulu veri kabul etmişim her çocuk gibi.

Sabah erkenden kalkıp servise biniyorsun, o seni bir binaya bırakıyor ve akşama kadar içinde vakit bir şekilde geçiyor, sonra hırkan biraz kaymış, beynin biraz yorulmuş, saçların da bozulmuş şekilde eve dönüyorsun.

Servisin camından dışarı bakıyorsun, kulağına bir müzik takıyorsun ve bir şeyler düşünüyorsun. Büyük şeylere kalkışmanın hayalini kuruyorsun bazen. Bazen de eve dönüp tost yiyerek dizi izlemenin.

Okul hayatının büyük bir kısmını bir öğütme makinesi gibi mideye indirirken hiç sormuyorsun bile: Bu vakitlerde başka ne yapılabilirdi? Bunu soran çocuk duymadım. Okul bunu sormaman için seni rutinleriyle meşgul ediyor zaten.

Peki şimdi nerden çıktı bu "Okul?" sorusu diyeceksiniz. Oğlum, anaokulu bile olsa, yakında bir okula gidecek ve ben araştırdıkça okul fikrini iyiden iyiye sorgular oldum.

Şimdi kaşları kaldırmadan önce, lütfen üşenmeyin, konuyla ilgileniyorsanız Ken Robinson'un bugüne kadarki en çok izlenen TED konuşması da olan "Okullar yaratıcılığı öldürür mü?" konuşmasını YouTube'dan dinleyin. Türkçe altyazılısı da var.

Evde minik bir insan büyüyorken, insan olmak, canlı olmak, büyümek gibi konularla ilgilenmeye başlıyorsunuz. Anne olmak, baba olmak, aile olmak, bir şeye evet demek, hayır demek, cevap vermek nasıl bir şey yakından bakıyorsunuz.

İlk yıl sonra gözünüze ilk çarpan şey, çocuğunuzun bir şey öğrenmek için size ihtiyacı olmadığı oluyor. Bunu bana daha önce söyleselerdi inanmazdım.

Ne yani, bir yaşında çocuk ben öğretmeden bir şey mi öğrenebiliyor? Vallahi bal gibi öğreniyor. Rahat bırakılırsa, sabırsızca, "Ya işte öyle değil, böyle yapıyorsun oluyor, bak beni taklit et" diyen bir çokbilmiş büyük yoksa, deneye deneye şişe de açıyor, yapboz da tamamlıyor, ray da döşüyor.

Asıl okula gitmesi, bir şey öğrenmesi gereken bizleriz, ben bunu anladım. Onlar zaten tamam. Hayatımda hiç, bir şey hakkındaki fikrimi bu iki yılda değiştirdiğim kadar değiştirmedim. Gözledikçe, gördükçe, okudukça, sordukça çocuk denilen bu yeni insancıklar hakkında bir şey bilmediğimi görüyorum. Her gün önceliklerimi, boncuk dizer gibi, farklı diziyorum.

Merakı öldürmemek ve cevabı vermemek, kendisinin bulması için cesaretlendirmek, geldiğim son nokta. İrlanda'dan, üç çocuğunu da evde eğitmiş bir arkadaşım ziyarete gelmişti.

"Nasıl yaptınız, ne zor" iş dediğimde, "Çocuklar kendi kendilerine okumayı da matematiği de dili de öğreniyor, benim için önemli olan yelken yapmayı bırakmamaları... Çünkü orada, denizle yağmurla fırtınayla her sabah baş başa, karakterleriyle mücadele ediyorlar, kendilerini tanıyorlar" demişti.

"Sana tek söyleyebileceğim, 'Don't offer, don't refuse' (Teklif etme, reddetme)" dedi. "Yani üst raftan bir şey alamıyorsa ve senden yardım istemiyorsa, teklif etme. Ama denedi denedi yapamadı ve sana döndü, 'Alır mısın?' dedi, reddetme."

O günden beri hep bunu yapıyorum. Hiçbir zaman yardım teklif etmedim. Hatta istediğinde bile parçaları birbirine geçirmiyorum. "Sen geçirebilirsin" diyorum. Gıcık oluyor.

Başını yukarıya kaldırıp, gözlerini kapayıp tavana doğru haykırıyor ama sonra deneyip geçiriyor. Ben de onunla gurur duyuyorum ama, “Aferin oğlum” demiyorum. Biri bana aferin dese amma sinir olurdum, diyorum.

Başladıklarının sonunu getirebilenlere

Hayatta başladığının sonunu güzelce getirmeden başını yastığa koyanlara saygım yok.

Başladığımız kitapların sadece yüzde 3'ünün sonuna geliyormuşuz.

Demek başladığımız şeylerin de çoğunun yüzde 3'ünü nihayete erdiriyoruz.

Sormalıyız bence, bizi yolları tamamlamaktan alıkoyan nedir?

Çoğu zaman koca bir tembellik.

(Ki yaz mevsim olarak buna çanak tutar, kanmamak gerek.)

"Gel kucağıma uzan" der yaz, sonra orada, sıcacık elini alnından çekmeden seni bir güzel uyutur.

Karnını doyurup durur.

Masal bilmez, dedikodu bilir.

Kucağından kalktığında neden yorgun olduğunu merak edersin.

Bazen de hırsızlık.

İçten yanmalı motorun olmayışı.

"Yahu bitireceğim de n'olacak, gelip geçiyoruz işte" anlayışı.

Ruhunda gaza asılacak güçlü bir sağ bacağın olmayışı.

Bu konuda üstümüze çok gelinmesin ama.

Ne yazık ki gözlemim şu: Bu doğuştandır.

Gen babayla Gen ana bunu ya vermiştir ya da vermemiştir.

Bir çocuğa, bir insana, "Bak bitirdin ve ne kadar güzel hissettin di mi?" öğretilemiyor.

Keşke öğretilse, "başladığını bitir".

Keşke öğrenilse, "bir şeyi elinden geldiğinin en iyi şekilde tamamlamak gibisi yoktur".

Herkesin bir gideceği yer var mıdır bilmiyorum.

Dürüst olmak gerekirse, insan sadece kendini bilebiliyor.

Hepimiz ruhen miyobuz.

Kendi yakınımız, hatta kendi gözümüzün önünü netleyebiliyoruz sadece.

Benim gideceğim yerler var. Gitmek istediğim.

Gözümü kapayınca bir filmdeki en heyecanlı sahnelerimi izleyebiliyorum.

Hayat yönetmen. Diyor ki: "Senarist sensin, hadi yaz çekelim."

Eğer heyecanlı bir şeyler olmuyorsa senariste kızacaksın, hayata değil.

Yaz ki çekilsin. Çek ki izlensin.

Herkes doğarken, filmlerin başındaki o aslan kükrüyor, evet.

Ama çok az insan kalemi bırakmadan güzel sahneler, güzel diyaloglar, unutulmaz anlar yazıyor.

O çok azın içinde olmaya çalışmıyorsak, niye sıkıcı bir filmin başkahramanı olalım?

Geç kalınmışlığa, yaşlara başlara inanmıyorum ben.

İnsanın zamanı kendine. Herkesin ritmi kalbinin atışında.

Kalbinin ritmine dans etmiyorsan da, ne yazı suçla ne başkasını.

Sen yazdın, sen oynuyorsun hayatını.

Kalırsan gitme, gidersen de kalma

Hiç unutmam. Aziz Arif yeni doğmuştu. Doktora kontrole gittiğimizde bendeki bebeği her şeyin merkezine koyma ihtimalini görüp kapıdan çıkarken şöyle demişti:

"Evet, bebek önemli ama aile daha önemli."

Kapıdan çıkarken söylenen şeylere dikkat etmeli.

Onlar yolluk.

Ben de bunu alıp cebime koydum.

Sonra bir süre unuttum.

Cepteki fişler, saç bantları, bozuk paralar gibi bekledi benim onu çıkarmamı.

Biz kadınlar çocuğumuz olunca dünyayı unutuyoruz.

Hayat bir küçük oğlanın etrafında dönüyor.

Onun yemeği, onun oyunu, onun hayatı. Onun küçük çorapları, üflenen çorbaları, itfaiye arabaları.

Hatta uyuduktan sonra bile, bugün ne dedi ne yaptı ne âlem ne tatlı.

Ben de işte bunun içinde lavabo deliğinde dönen su misali dönüyordum.

Onunla ilgilenmeyi aileyle ilgilenmek sanıyordum.

Halbuki evin içinde bir kalp daha var.

Onu senin kadar seven, ama seni de seven.

Sen biraz da gözünü şu küçük oğlandan yukarı kaldır da onu da gör isteyen.

Eve geldiğinde, okuldan dönen çocuğuna koştuğun gibi ona da koşmanı bekleyen.

Boynu kollar, koynu saçlar bekleyen.

İşte onu biraz da unutmuştum ben.

Sonra tesadüfler birbirinin üzerine devrildi ve ailece gidip arkadaşlarımızı göreceğimiz tatile hiç gitmemekle çocuksuz gitmek arasında kaldık.

Anneannesi ona pekâlâ bakardı. Canım her şeyi de pedagoğa sormaya ne gerek var, dendi.

(Yine de sordum tabii.)

Sonra aslında gidemeyenin ben olduğumu, kalamayanın o olmadığını itiraf etmek zorunda kaldım kendime.

E, onu itiraf edince gitmemek korkaklık ve Nil'le Serdar'a da haksızlık olacaktı.

Akşam topladım bavulu. Sabaha kadar uyumadım.

Ona buna endişelendim.

Sabah oldu, giyindim, herkes uyurken çıktık evden.

Tabii ki habersiz değil. Çocuğunuza her şeyi büyükmüş gibi anlatmalısınız.

Hiç kaçıp gitmemelisiniz ki, o da size her şeyi anlatsın, o da hiç kaçıp gitmesin.

Hayat karşılıklı oynanan bir oyun.

Sonra işte buraya geldim. İngiltere'de okyanus kenarında Kent diye bir yerdeki bu eve. Arkadaşlarımızla, birbirimizle, Nilimle muhabbete.

"Bir yaşı bir gün, iki yaşı iki gün, üç yaşı üç gün bırakın" diyorlar, ben de üç gün bırakmış olacağım.

O kadar güzeldi ki kalkar kalkmaz buz gibi havada koşup okyanusa günaydın demek.

Soğuğu atkıyla kovalayıp, "Yeter artık yanağımı ısırmayı bırak" demek.

İkide bir Serdarıma kafamı devirmek.

Arkadaşlarımın bugünkü halini dinlemek onlardan.

Beraber sofralar kurup toplamak.

Beraber bir şarkı tutturup bağırmak.

Beraber bir şaka bulup tekrarlamak. Bu üç güne ait laflar, anılar, fotoğraflar biriktirmek.

Kışı ben bu yüzden yazdan daha çok seviyorum.

Dışarıda insanın kafasını açan bir soğuk, içeride de yüreğini açan bir ateş oluyor.

Ne bileyim, kazağını giymiş birine daha yakın hissediyorsun kendini.

En güzeli de, oğlunun sensiz de mutlu olduğunu bilmek ve sevgilinle meyve vermeden önce yemyeşil koskoca bir meşe ağacı olduğunuz zamanlara dönmek. Başka şeylere de bakmak.

Hayatı seven, kendini seven, sevdiğini seven, arkadaşlarını seven, çocuğunu da daha güzel sever gibi geldi bana.

Kendime bir söz vermiştim yola çıkarken.

"Ya evde kal" dedim "ya da git. Ama kalırsan oraya gitme, gidersen de burada kalma."

Evet dönmeyi, koşup sarılmayı iple çekiyorum ama burada olmaktan dolayı da damarlarımda ılık bal gibi bir his dolaşıyor.

Gidip orada kalmamayı başardım desenize.

Demek telefondaki içerik benim içeriğimden iyi

Bu harika cümleyi bir arkadaşım, onunla sohbet edeceğine telefonuna bakan en yakın arkadaşına söylemiş.

Hepimiz bu minik kalp kırıklıklarını her gün yaşamıyor muyuz?

Çözümümüz genellikle, yumuş ayıcığa sarılır gibi, bizim de telefona sarılmamız oluyor.

Eşitlik sağlanıyor.

"Sen bakıyorsan, ben sıkıcıysam, ben de bakacağım, çünkü sen de en az benim kadar sıkıcısın!"

İlişkilerde bir tür soğuk savaş.

Evlerin kanepelerinde, restoranların loş ışıklarında, otobüslerin uzun yollarında artık tek kişilik kalabalığımızla yapayalnızız.

Biz ve telefondaki tanıdık tanımadık "friends" işte. Biz bize.

Sizi bilmem ama ben ileride oğlumun koyduğu fotoğrafa kaç *like* aldığıyla kendi değerini ölçmesini istemiyorum.

Like, follower, comment, tık.

Sosyal medyada biri sana kötü bir şey yazsa, iklimin değişiyor.

Tanımadığın ya da tanıdığın fark etmez. Aslında hepimiz bağlıyız, o yüzden fark etmez diyorum.

Evrensel bir his ağıyla bağlı olduğumuz aşikâr.

Geçenlerde Instagram'da gezerken düşündüm.

Bu kadar insanın hikâyesi beni gerçekten ilgilendiriyor mu?

Hayatın kumları sürekli azalırken vaktimi neyle geçirmiş oluyorum.

Beyin hafızama neler yükleniyor? Bu beni nereye götürür?

Onun yerine kendi hayatıma baksam, bir çay koysam, kâğıt kalem alıp otursam daha iyi olmaz mı?

Sana *story*'nden bakacağıma yanına gelsem, beraber yürüsek...

Ya da mutfağında beraber açıp o hamuru ekmek yapsak.

Bir alıntı okuyacağıma kitaptan, sabredip tamamını bitirsem, aklımda kalanlar bir cümleye sığmasa.

Vallahi bunlar size romantik mi geliyor bilmiyorum ama, Dr. Olaf Koob'un konuşmasını dinlediğimde, televizyon izleyen beş yaşındaki çocuklarla izlemeyen çocukların çizdikleri insan resimlerinin farkını görünce inanamadım.

Televizyon, tıpkı telefon ekranı gibi "görsel obezite' yaratıyormuş.

Oturup happuru huppuru görsel bir şeyler yiyoruz.

Normalde doğamız, şahit olduğumuz şeylere tepki vermemizi gerektiriyor.

Fakat ekran karşısında binlerce şeye şahit olup mıh gibi oturuyorsun.

Biraz da telefona pis pis bakalım diye yazdım bu yazıyı.

Size derken kendime de söylüyorum.

Kendi hikâyeme odaklanacağım bu hafta, telefona değil, sağıma soluma, gözümün önüne ve en önemlisi de yanıma, yanı başımdakilere bakacağım.

Türkçe pop neden kızgın?

Anlamıyorum. Bu kadar kızacak ne var?

Neden son on yılda, bu ülkedeki çoğu Türk pop şarkısının ana teması "'sana gününü göstericem"?

Hatta "seni mahvedicem, zaten kahrol, ne halin varsa gör, beterin beteri ol e mi" tonunda?

Aşk hayatları berbat mı? Kalp kırıklıkları düşmanlığa mı sebebiyet vermiş? Şimdi artık bir tuvalet kâğıdı kadar değeri olmayan bu insan, geçmişte sevilen insan değil miydi?

O çok kötü bir şey yapmış. Aldatmış. Gitmiş. Başkalarıyla olmuş, fıstık gibi de yaşıyor, hatta nispet mi yapıyor? Son yıllarda bu konuya taktım ben. Milletçe bu şarkılarda kopamamızın, avaz avaz söylememizin bir sebebi olmalı. Çünkü bu bize has. Dinlediğim İngilizce popta böyle bir trend görmüyorum. Burada bütün o batasıcalar!

Şarkılara yakıştıramıyorum belki de, bu eli belinde azarlayan insanı. Eli maşalıyı. Bütün derdi ayar vermek olan bir kadın mesela, bana aşkı biliyor gibi gelmiyor.

Öcünü alan, acımasızca eski sevgiliyi yerle bir eden biri gerçekten bir vakit sevmiş olabilir mi? Belki de büyüdüm ben. Öfkeyi unuttum belki...

Ama yok o da değil, ben yirmi yaşındayken de, çok üzgünken de, kırgınken de, hep aşkımı söyledim ilk. Hiç "ben seni var ya..." diye şarkı yazmadım. Birini aşağılayan şarkılar dinlemedim de, dinletmedim de.

Whitney Houston da söylemezdi. "You are still my man, nothing can change it" (Hâlâ erkeğimsin, hiçbir şey bunu değiştirmez) derdi. Güçlü kadın, ağız dolusu hakareti sıralayan kadın değil benim gözümde.

Duygusunu, kırgınlığını, neşesini, aşkını apaçık, çırılçıplak anlatabilen.

Kalben'in albümü çıktı. O onlardan değil. Hatta, "Ben olsam bakmam bana, bir çorba bile yapmam bana" diyor. Hiç duymamıştım böylesini.

Ben de, "Gel de bir çorba yap bana" demiştim. "Değmezsin" yerine "Değmem bazen", "Gel ya, değerim bazen" demişiz biz. Kalp kalbe karşı. Çok beğendim bütün şarkılarını, bütün sözlerini, "Haydi Söyle"yi yorumlayışını, o şarkıyı seçmesini, en çok da sesini.

Güzel ruhlu Kalben, kanatlan ve uç, bize başka bir ruh halinin mümkün olduğunu göster.

Kim olduğun, kiminle olduğundur

Düşün ki sen bir tohumsun. İçinde seni sen yapan biricik bilgicikler var. Saçının, gözünün, teninin rengi orada. Boyun bosun, huyun orada. Yeteneklerin, maharetlerin, bahanelerin orada.

Derken sen bir toprağa düşüyorsun, yeşerip büyümek için. O toprak sana vitaminler, mineraller verecek. Tohumuna en uygun topraksa şayet, seni fışkırtacak gökyüzüne. Ailen mesela, senin toprağın sayılabilir. Annelere babalara kitaplar der ki: "Tohumu değiştirmekle uğraşmayın. Tohumu parçalayıp aşılamayın. Toprağınıza bakın. Kendinize bakın."

Sadece onu gözlemleyin ve sizden istediklerini verin. Ben bu felsefeyi çok seviyorum. Çocuk senin tohumun değil, sadece yeni bir tohum.

Bir de iklim var, iklim. Tohumun düştüğü toprakta çoğunluk yaz mıdır? Yağmurlar cömert midir? Yoksa kurak mıdır mevsimleri? Eğer öyleyse tohum ve toprak ne yapabilir? Hayat tohum, toprak ve iklimin dansıdır. Bunların uyumu insanın şansıdır.

Novak Djoković, şu an dünyanın en iyi tenisçisi. Sırbistan'da savaş uçaklarının bombaladığı bir iklimde, pizzacılık yapan bir karıkocanın toprağına doğdu. Etrafta, tahmin edersiniz tenis oynayan da, tenis raketinin t'si de yoktu.

Toprağına düştüklerinin, oğullarına güveni tamdı. Beş

yaşında, "Ben büyüyünce Wimbledon Tenis Turnuvası'nda şampiyon olacağım" dediğinde kimse kahkahalarla gülmedi.

Tesadüf, sayfiye yerinde bir kortta tenis oynayanlar görmüş, ertesi gün gidip topa birkaç kez vurmak istemişti. "Gel topa vur" diyen kadın harika bir iklimdi.

Onu aldı ve ona sadece tenisi değil, felsefeyi, müziği, bilimi öğretti. Hayatta her şeyin birbirinden beslendiğini bilen, bilge bir kadındı. Gündüz koşa koşa tenis oynamaya giden Novak, geceleri şehri bombalanırken sığınakta tek şey düşünür oldu: Yarın tenis oynayabilecek miyim?

Amy Winehouse dünyanın belki de son yirmi yıldır en güzel şarkı söyleyen sesiydi. On altı yaşındayken onu dinlediklerinde sesinin çok yaşlı bir ruh taşıdığını söylediler.

Billie Holiday'i, o eski caz efsanelerini andırıyordu sesi. İstediği meşhur olmak, para kazanmak değildi Amy'nin.

Amy sadece ve sadece şarkı söylemek istiyordu. Tohumunda söz ve şarkı yazma yeteneği ve duyanın tüylerini diken diken eden bir ses vardı.

Toprağına gelince... Pek şanslı sayılmazdı. Yeteneğiyle kazandığı paradan nemalanacak hırslı babası, onu meşhur eden "Rehab" şarkısında şöyle geçecekti: "Babam iyi olduğumu düşünüyorsa, rehab'e gitmeme gerek yok demektir."

Halbuki gerek vardı. Amy tohumundaki zayıf karakter ve alkole yatkınlıkla mücadeledeydi.

Amy'nin iklimi, Londra iklimi, aslında müzik için mükemmel bir iklimdi. Londra, yüzyıldır müzisyenlere yağdırdığı yağmurlarla dünya müzik tarihine geçmiş bir yerdi. Bu iklim Amy'nin dallarını meyvelerle dolduracak, onu kocaman yapacaktı. Yaptı da. Ama iklimde bir de Blake diye biri var.

Karşılaştığımız insanlar da iklimin parçası. Amy, Camden'a taşınınca oradaki iklimin parçası olmaya başladı. Âşık olacağı ve sonunu getirecek bütün uyuşturucularla onu tanıştıracak Blake'le de orada tanıştı.

Tohumunu zor bir toprağa ekmiş, fırtınalarla boğuşuyordu. *Amy* belgeselini izlerseniz, eşsiz değerde bir tohumun nasıl talihsiz topraklarda heba olduğunu, acımasız iklimlerde dallarının parçalandığını görürsünüz. İçiniz acır. Novak nasıl yeşerdi, Amy nasıl soldu dersiniz?

Novak "Serve to Win" kitabında (kitabın ismi hem tenis hem de beslenmeyle ilgili olduğu için "Kazanmak İçin Servis") "Kim olduğun kiminle olduğundur" diyor.

Yıllar önce bir arkadaşım da bana, "İnsanın hayattaki en önemli kararı kiminle evlendiğidir" demişti.

İşte bu yüzden doğan çocuklara ilk, "şansı iyi olsun" denir. İklimdir orada sözü geçen.

“Yeterince iyi” bir şey, tamamdır

Çoğu zaman bir şeye başlayamamamın, başlasam da sonunu getirememememin sebebi, mükemmel olsun isteyişim. Muhteşemlikler peşinde oluşum. Kusursuzluk arayışım.

Da, ben o imkânsız şeylerin peşinden koşarken geçiyor zaman, atı alan Üsküdar'ı geçiyor.

Müzisyen Beck çok güzel bir şey demiş: “Bazen bir şarkı yazmak isterim, o sırada ben onu yazmazsam, bir bakarım başkası yazmış.” Neden? Çünkü yazılmayı bekleyen şarkılara kulak kabartıyoruz aslında biz.

Aranızda şarkı yazan varsa bilirsiniz, kulağınızı açıp dinlersiniz, gerçekten dinlerseniz duyarsınız.

Duyduğunuzu söylemeye başlarsanız, sonra gerisi gelir.

Ha, her zaman duyulur mu, duyulmaz. Her deneyişte yakalanır mı o kelebek, yakalanmaz. Yine de havada gezinen bu perilerin söyleyeceği vardır ve eğer sen o gün kulağını açmadıysan başka kulaktan girer, başka dudaklardan dökülüverirler. Şarkılar diyarının masalı böyledir.

Baktım ki, kusursuzu yapmak için sonsuz erteleyişler içindeyim. Dedim ki kendi kendime, boş mu versen acaba kusursuzu? Kusurluyla mı barışsan biraz? Kim kusursuz ki? Ne mükemmel ki? Hangisi muhteşem ki?

Hep parıldayan şeyde bir miktar çamur var. O çamur sayesinde bize parlaklığını gösterebiliyor. İnsanız en nihayetinde.

Nasıl delik deşikse hayat, bizde de yaptıklarımızda da olacak biraz sökükler. Saklamayalım. Ardına saklanıp ertelemeyelim.

O muhteşem gün geldiğinde raftan indireceğim şeyleri aldım elime. Füf füf üfledim. Üzerindeki tozu attım.

Dedim: "Gel bakayım buraya, neden raflardasın sen?"

Dedi: "İşte şu sebepten beni geleceğe pasladılar. Her şey daha iyi olunca gün yüzüne çıkacakmışım."

Dedim: "Olur mu canım öyle şey? Ne farkı olacak yarının bugünden, aynı şeyleri yapıp durursak?"

"Git yıka yüzünü gel" dedim. Yıkadı geldi, akça pakça oldu. Yüzü gözü ortaya çıktı. Ne güzel şeymiş. Niye uzun zamanlar giymiş üzerine anlamadım. Niye kaybetsin gençliğini, tazeliğini?

Çıksın tabii, alsın boyunun ölçüsünü. Sonra gelsin, anlatsın, gerekirse oturur beraber ağlarız. Atıl kalmaktan, beklemekten, paslanmaktan kötü olabilir mi? Olamaz.

Sonra fark ettim ki, iyi de güzel. İyi de yeter. Yeterince iyi, muhteşemle eşdeğer. Neden biliyor musunuz, çünkü asıl muhteşem olan, bir şeyleri gün ışığına çıkarmak. Paylaşmak. Göstermek. Herkeslere çarptığında aksini duymak.

Asıl muhteşemlik, ellerini bırakmakta. Dişlerini sıkmamakta, çeneni gevşetmekte. Rahat olmakta. Daha iyisini de yaparım inancında.

Saklamamakta. Sakınmamakta. Saklanmamakta.

"Yeterince iyi bana tamamdır" dedim içimden. Varsın mükemmel olmayışı da onun nazar boncuğu olsun. Vakitler geçerken, cimri davranırsak, sonra duyulmaz olur şarkıları perilerin.

Artık beni böyle bilin, yeterince iyi buldukça paylaşacağım sizinle. Şarkıları da, kitapları da, her şeyi de.

Bir arkadaşım, "Akan su iç" demişti. Akan su canlı suymuş. Şişeye konan suda çok fayda kaybolurmuş. İşte bu işler de böyle. Akarken içeceksin. Şişelemeyeceksin hiçbir şeyi.

Yeterince iyi olana sevgilerimle ve saygılarımla.

Kendinle bir saat baş başa kalabilir misin?

Benim kafa hep çok doluydu. Öyle çok akıllı olduğumdan filan değil. Düşünecek çok şey buluyordum ben.

Uyanır uyanmaz sanki beynimden bir ağaç büyüyor.

Koca gövdesi güneşle beraber göğe yükselirken dallanmaya başlıyor, o kadar çok dallanıp budaklanıyor ki, artık ben bir sincap gibi hangi dalda gezineceğime karar veremiyorum.

Zıp zıp geziyorum. Benim gibi biraz içine kapalı diyebileceğimiz birinin başına önce şöhret tozu dökülüp sonra da annelik gelince, siz bu dalların yoğunluğunu düşünün artık.

Bir de sosyal medya, internet çıktı başıma. Evlerden içeri başkaları bocalanmış gibi oldu.

Kapılar kırıldı, herkes içeride. Tanıdık tanımadık.

Sen şöylesin, annelik böyle, benim mutluluk anlayışım şöyle, kahvaltım da böyle demeye başladı.

Herkes bir ağızdan konuşuyor. Herkes, boy boy fotoğrafını kendi çekip koyacak kadar kendinden emin ve takipçileri kadar da şöhret.

Peki şimdi madem buradayız, kalkanları nasıl açacağız? Siz lüzum görmeyebilirsiniz ama benim bir yol bulmam şart.

Şu hale geldim çünkü, okuyacağım, bakacağım, öğreneceğim, dinleyeceğim şeyleri arayıp bulma paniğinden okuyamıyorum, bakamıyorum, öğrenemiyorum, dinleyemiyorum.

En başta da kendi kafamı. Yahu nerede benim şu kendi kafam?

Bir herkes sessiz olsun da, şunu anons ettireyim, bulayım bir.

Koca bir AVM'de kendimden ayrı düşmüş gibiyim.

Sanırsınız koca bir AVM'de çocukluğumu anons ettiriyorum.

Gelsin derhal buraya. Bir daha da elimi bırakmasın.

Şimdi size bu kaos ve sis ortamında, Twitter laklakında, WhatsApp gruplarında, Google bile ileri geri konuşurken hakkımda, nasıl merkezimde kalıp savrulmadım onu anlatacağım.

Çok basit. 'Nil'le bir saat' diye bir program başlattım evde.

İstediğim zaman başlayan bu programa, saat bile davetli değil.

Kum saati ve ben. Cep mep yok. Laptop, meptop yok.

Zamanda, çocukluğumdaki o geçmez saatlere ışınlanmışım gibi.

Nasıl yavaşlıyor zaman anlatamam. Kum bana bakıyor, ben kuma. Dün hatta kum saatini elime alıp baktım, yahu bu gerçekten akıyor mu diye.

Sanki zaman dururmuş gibi. Ne yani zaman akmayan bir tuzluk gibi dursa, hadi geç diye dibine mi vuracağız yoksa aman iyi çaktırmayın mı diyeceğiz? Demek "ak" diyecekmişim ben.

Neden? Çünkü kolay değil. Kendimle baş başayım.

Beni kimse ve hiçbir şey oyalamıyor. Ne bir video, ne bir dedikodu, ne de filtreli fotoğraflar.

Herkes gidiyor. Bütün o rabarba susuyor.

Sıkıntıdan patlasam da oturup bekliyorum.

Godot'yu. Nil'i. Çocukluğumu.

Beni hiç tanımayan birine kim olduğumu, yolculuğumu nasıl anlatırdım bakıyorum.

Hislerimi açıyorum özenle küçük mendillerden. Tek tek bakıyorum.

Kâğıt kalem. Gitar. Bir şey yutma saati değil, bir şey kusma saati.

O sebeple kitap da yok. Sallıyorum kendimi, yere dökülenlere bakıyorum.

Tek tek elime alıp bakıyorum. Gitarda La minör basıp üzerine bir şey söylüyorum. Olmuyor... Olsun diyorum... Olmuyor'a olsun demek önemlidir.

Her sabah o gün ne olursa olsun, benim için en büyük hedef, "Nil'le bir saat" programına katılmak.

Eğer tutarsa, gitgide program saatini uzatacağım. Bir sabaha, bir de akşama koyacağım. Akşam insana üşüşen kuşlar başka oluyor. Onlara da yem vermek istiyorum.

Hepimizin dublajsız ve dublörsüz kendimizi oynadığımız zamana ihtiyacımız var. Kimse bir şey demezken pencereden bakmaya, kimse bir şey sormazken bir yere oturmaya, kimse bizi çağırmazken yalnız kalakalmaya. İşte o vakit çıkıp geliyor çocukluk. Oturuyor yanına. O ayakları yerden kesik halin.

En güzel halin. En hayal kuran halin. En oyun oynayan halin. En meraklı halin. En sevilen halin. En yaramaz halin. En umutlu halin. En savunmasız halin. En güçlü halin. En gerçek halin. En korkusuz.

Büyüme hormonu basılıp da korkular âlemine geç
önceki o saf sen.

Özün. İçin...Geliyor, tutuyor elinden. Artık o bir s
şup oynar mısınız, çizip boyar mısınız, şarkı mı söy
yoksa susup oturur musunuz bilinmez.

Ama işte o saate "altın saat" diyorum ben.

O bir saatimi iple çekiyorum ben.

Aradığım anaokulunu buldum

Çok yer gezdim. Çok şey okudum. Çok düşündüm okul nedir, niye var, diye Okulu ilk kim bulmuş, niye kurmuş? Okula giden çocuk mutlu muymuş? Sosyalleşmek nedir?

Doğal ortamındaki insanlarla, börtü böcekle, ağaçla bulutla muhabbet etmek midir?

Yoksa bir yere gidip yaşıtlarınla oynamak mıdır?

Anneliğe hazırlanılmadığı gibi, bu soruları da hiç sormamış oluyorsun.

Ben de her anne gibi başladım sormaya. Kendimce cevaplar buldum. Bu cevaplardan biri, "En iyi okul, en yakın okul."

Herhalde görüşmeye gittiğim yerlerde en tuhaf soruları soran ben olmuşumdur.

Okulunuzda ödül ve ceza var mı?

Okulunuzda üç yaşındaki çocuklara bir şey "öğretmeye" çalışıyor musunuz?

Yemekleriniz organik mi? Müzik okulunuzun büyük bir parçası mı? Çocuklar sizin dediğiniz zamanda dediğiniz aktiviteleri yapmak zorunda mı, yoksa ellerindekini bırakmama özgürlüğüne sahipler mi?

Çocuklar arasındaki anlaşmazlıkları nasıl çözersiniz?

Derken...

Bir anaokuluna gittim.

İçeri girdim, oyuncak yok.

Var ama renkli, plastik, cafcaflı bir dünya yok.

Sakin. İçeride çocuklar oynuyor.

Bir sınıfa girdim.

Aziz Arif oynamaya başladı, ben de oturmuş onu izliyordum ki, sınıf öğretmeni elime iki şiş bir de yün sıkıştırdı.

"Örgü örmek ister misiniz?" dedi.

Çocukken örerdim, hem de ne severdim.

Başladım örmeye...

Meğer gözümüzü dikip onları izleyeceğimize bir şeyle meşgul olmak gerekmiş.

Annelerin gardiyanlık yaptığı bir yer değil, mandalina soyuyorlar, yünden yelek örüyorlar, ipleri sararak top yapıyorlar.

Eski bir Rum kilisesi olan bu binada oturmuş yün örerken buldum kendimi.

Sonra yan sınıfa geçtik, orada ahşaptan tırmanma yerleri olan kaydıraklar vardı.

Ellerimi çırparak bağırdım: "Hadi gel, kaydıraktan arabayı kaydıralım." Okulun kurucusu Ömer Bey, "Nil Hanım, nasıl oyun oynayacağını siz tarif etmeyin, o nasıl istiyorsa öyle oynasın. O kaydırağı isterse alıp düz halde köprü de yapabilir, her şekilde oynayabilir, bu parçaların hepsi bağımsız" dedi.

O lafı hiç unutmadım sonra. Okullar, "İki artı üç beş eder" der... Waldorf'ta soru: "Beşe varmak için neleri toplamak gerekir?"

Bir daha ona hiç nasıl oyun oynaması konusunda öneride bulunmadım.

Bu okulun felsefesi, Waldorf...

Rudolf Steiner'in geliştirdiği bu felsefede her çocuk ayrı bir evren.

Aynı zamanda her çocuk evrenle, kendi keşfettiği yolla bütünleşen ayrı bir evren.

Bu felsefede, çocukların birer insan olarak birbirleriyle nasıl ilişki kurdukları da çok önemli.

Yankı Yazgan'ın bir konferansında söyledikleri Waldorf felsefesini de iyi özetliyor.

Çocuklarımız özgüvenli olsun istiyoruz, peki başkalarına güven?

Kendini ezdirmesin deyip duruyoruz, başkalarını ezsin mi?

Mutlu olsun yeter diyoruz, başkalarını da mutlu etmesin mi?

Bu okulda hayal gücü, müzik ve masal başrolde. Ödül ve ceza yok. Serbest oyun var. Günlük ritimler var. Bu okulda her şeyin bir olduğu anlayışı var.

Her şeye saygı, sevgi... Evrendeki her şeye selam var.

Madem en iyi okul en yakın okul, madem çocukların plastiklerden uzak, taşla, kumla, toprakla, ağaçla, suyla, şarkıyla oynayabileceği bir okul var, o halde neden o okul bizim okulumuz olmasın?

Geçen Eylülde, Beşiktaş Akaretler'de açılan ve ilk senesinde 3-6 yaş çocukları kucaklayacak, Waldorf felsefesiyle eğitim yapacak bu sıcacık yuvanın adı "Her Çocuk Bir Evren".

Ben şimdilik, çocuk büyütmek değil de kendini büyütmek gerektiğini ve istediklerinin oyuncak değil de oyun olduğunu fark ettim.

Gönlüme yakın felsefeyi de buldum.

Artık gerisi hayırlı olsun demeye kalıyor.

Dilerim Beşiktaş'taki bu güzel okul büyür de ilkokul, ortaokul, lise olur, biz de temelini ilk atanlar oluruz.

Zincirini kırma

Her zaman endişelenecek bir şeylerin olduğu bir zamanda yaşıyoruz doğru ama, helikopterlerle üzerimize antidepresan püskürtmedikleri sürece akıl ve beden sağlığımızı korumak bizim görevimiz.

Mesela yeni bir mevsimin başlıyor olmasından faydalanabiliriz.

İşe koyulalım. Ben kendime şaşırdım. Dondurduğum her şeyi yeniden çözmeye başladım.

Her şey kaynamaya, hayat belirtisi vermeye başladı. Uzun zamandır durdurduğum bir sürü şeyden nabız duyuldu.

Hemen hemen tanıdığım bütün kadınların, "yoga ve meditasyon", yeni yıl listelerinde ilk on maddeden biriydi. Başladım oldu bitti.

Meditasyon sırasında deli gibi düşünüyorum ama olsun. En azından durup rahatsız edilmeden düşünecek yirmi dakikam var her sabah.

Meditasyon bitince önümdeki kâğıda aklıma gelenleri yazıyorum.

Bu da benim usul meditasyon. Yogaya tekrar başladım.

Devamlılığın tek yolu rutin. Bunu anladım.

Sorgulamadığın rutinlerin olacak. Mesela her sabah yürüyüşse bu, kalkıp spor ayakkabını giyeceksin.

"Yürüyeyim mi?" diye sormayacaksın kendine.

Yapmak istediğim ıvır zıvır şeyler vardı. Önemli olmalarına rağmen onları kafamdaki, erteleme kasasına koymuş, şifreyi de unutmuştum.

Şifreyi unuttum dedim. Kendime yeni şifre yolladım, açtım.

Çıkardım masaya koydum içindekileri. Bazılarını attım gitti. Bazılarına dokundum. Niyet koydum.

İnanmayacaksınız, hemen yeşerdiler.

Siz tohumu atınca, hayat hemen suluyor.

İnsanın için için kendine söyleyip ninni gibi dinlediği gerçekleri var.

Birbirimizinkini duymayız. Birbirimize söylemeyiz bile. Kendimizle özel meselelerimizdir.

Gözümüzü kapatıp perdeleri çekince konuşulur. Sonra hakkında susulur.

Onları ciddiye almaya başladım. Sen gel bir dakika ne dedin sen, diye köşeye çektim.

Uzun uzun dediğini dinledim. Sonra verdikleri adreslere gitmeye başladım. İçimde ziyaretler başladı.

Bir gün endişe evine çaya gidiyorum, öbür gün korku evine kahvaltıya gidiyorum, dönerken de hayal evinin kapısına ekmek bırakıyorum. Hepsiyle tanışıyorum. İç ahalimi seviyorum.

Mimarimi, tarihimi, parklarımı öğreniyorum. Nelerden yapılmışım, kazınca ne çıkıyor, ruhumu ne eyliyor öğreniyorum.

Çalışmadan, üretmeden, durarak yaşanmıyor. Solunuyor.

Jerry Seinfeld, yeteneğini bilemek ve üretim trenini raylarda hep çufçuflayabilmek için harika bir metot bulmuş.

"Zinciri sakın kırma" metodu. Çok da basit.

Gereken tek şey bir duvar takvimi ve bir keçeli kalem.

Takvimi duvara asıyorsunuz.

Her gün yapmak istediğiniz, ürettiğiniz şey ne ise ondan yapıyorsunuz ve yaptıkça keçeli kalemle bir çarpı işareti koyuyorsunuz o güne.

Seinfeld komedyen olduğu için onun her gün yapması gereken şey espri yazmak.

Esprileri yazdıkça o gün bir çarpıyı hak ediyor ve amaç, takvimde zincir gibi duran bu devamlılığı kırmamak.

Çarpılardan yapmaya başladığınız zinciri bir kolye gibi o takvime asıyorsunuz.

Basit ama çok etkili bir yöntem. Ben yapıyorum. Gece yarısını geçse dahi, çarpıyı koymadan yatmıyorum.

Zincirimi örmeye başladım ve şunu gördüm: Üretmek bana cennetmiş. Anlatmak. Paylaşmak.

Kelebek'teki köşem on dört yıldır neden her pazartesi var sanıyorsunuz, bundan işte.

Hayat denizinden topladığım kabukları size göstermek benim en büyük mutluluklarımdan biri.

Uzun lafın kısası:

E ne duruyorsunuz?

Haydi zinciri örmeye başlayalım.

Marangoz değil bahçıvan olalım

Daha önce, plajların denizle birleştiği o dalga vuran sınırın çocuklara ait bir ülke olduğunu fark etmemiştim.

Yazın fark ettim bunu.

Orası bir çocuk cenneti. Plastik kovaların, kamyonların, küreklerin herkesin olduğu komün alan. Kaleler yapılıyor harıl harıl.

Çocuklar için "sonraki zamanlar" olmadığından, daha sonra dalgaların kaleleri yıkacak olması önemli değil.

Böyle bir şeyi söyleyecek olursan aval aval suratına bakarlar.

"Yapmayalım, bak bu kadar uğraşıp dev bir göl yaptık, etrafına kat kat kale koyduk ama bu yarına burada olmaz söyleyeyim" dersen, "Eee?" derler. "Şu an oynuyoruz ya."

Biz hiç başıboş gezmiyoruz, bunu fark ettim. Hep bir yere gidiyoruz. O yüzden de hep acelemiz var.

Çocuk öyle yapmıyor.

O senin kafandaki sinsi planı bilmediği gibi, hep olduğu yerde. Onun için geçiş yerleri yok yani, her yer vardığı yer. Her yer bir yer.

Orada salyangoz olabilir. Oranın tepesinden kuş geçebilir. Orada rüzgâr esebilir. Orada bir kedi uyuyordur. Oraya kozalak düşmüştür. Oraya güneş vurmuştur. Orada bir çocuk daha durmuştur.

Ya da sadece basitçe, oraya giden bir yol vardır. Bu yeter.

Geziniyordur zaten. Acelesi de yoktur. Çişi de yoktur.

Biz çocukları da kafamızdaki bir yere götürüyoruz hep, bunu gördüm.

Bugünkü "gerçek çocuğu" gelecekteki "hayal yetişkin"e haldır huldur sürüklüyoruz.

İşin pis tarafı, o hayal yetişkin bizim hayal yetişkinimiz. Onun değil.

O kendisiyle ilgili hayal kurmayacak kadar memnun ve meşgul. Biz hem kendimizden memnun değiliz, hem de sıkılıyoruz. Onlar da elimize düşüyor.

Alison Gopnik, son kitabında "parenting"i eleştiriyor. Bizi yani.

Helikopter gibi çocuğun üstünde gezen halimizi.

Jimnastikten Fransızcaya, tenisten santraca sürüklediğimiz, başını kaşıyacak vakit bırakılmayan çocukların, sandığımız süper kahramanlar olmayacaklarını anlatıyor.

Sadece güvende olsun, sevgiyi alsın, oynasın diyor. Oynasın, diyor. Oynasın.

Marangoz değil, bahçıvansınız, diyor. Sulayın sadece. Şekil vermeye, yontmaya çalışmayın.

Oyunu da yönlendirmeyin. Rahat bırakın onları.

Danimarka'da altı yaşına kadar eğitimin e'si yokmuş. Sadece oyun ve bol sosyalleşme. Oyun oynayan çocuk, senin onu sürüklediğin yerlerde olmayan şeyler öğreniyor.

Bir keresinde hiç unutmuyorum, bir eğitim uzmanı bana, "Nil Hanım, çocuğunuzun hangi dili konuştuğu değil, konuştuğunda ne dediği önemli" dedi. Altın harflerle kafama yazdım.

Rahat bırakalım. Bırakalım iki dakika sonra yıkılacak kalelerini yapsınlar, bir yere gitmeden oldukları yerlerde molalar versinler, günü gelince kendi hayallerini kursunlar.

Hayallerinin matah şeyler olduğunu düşünen anne babalar da gidip başka uğraşlar bulsun.

Sadece sevgiyle sulamanın yeterli olduğu yavruları rahat bıraksınlar ki bahçeler yeşersin.

O kadar çok yağmur yağdı ki, bir sürü şey düşünmek zorunda kaldım

Yağmur benlik bir şey. Herkesi üşütürken beni ısıtır. Olmadık hayaller kurdurur. Evde oturtur. Dışarıda olmadığın için kendini kötü hissetmediğinden, elde avuçta ne var ona baktırır.

Vicdan azabı olmadan durursun. Yağmurda koşturacak halim yok ya. Dört duvarının arasına, biriktirdiğin şeylere bakarsın. Eşyalara. İnsanlara. Çocuklara. Kitaplara. Pencerelere. Buzdolabındakilere. Kapı çalınca gelenlere.

Odalardaki şeyler netleşir. İnsanın vahşi tarafını en iyi yağmur evcilleştirir.

Ne mi düşündüm? Hayır demenin de müthiş bir şey olduğunu.

Bazen de kapıları açan evet değil, hayırlar. Yolları çizen, bir yere götüren hep hayır.

Seni sen yapan, başkalarından farkını ortaya koyan da neye hayır dediğin.

Kendini "hayır"la buduyorsun. Fazlalık dallarını, solan yapraklarını, işe yaramaz dallarını kesiyorsun.

Güneş olmayan yerlere uzanmayı reddeden ağaçlar gibi.

Hayır diye diye göğe. Hayır diye diye güneşe. Hayır diye diye toprağın daha da derinlerine geçiriyorsun tırnaklarını, köklerini.

"Yapamıyorum" dediğin şeyi yapmanın tek yolunun, onu

yapmak olduğunu düşündüm sonra. Başka şey değil. Yapmak. Gidip yapmak.

Planlamak değil. Zaman kollamak değil.

Hayal kurmak değil. Psikologlara gitmek, gelişim kitapları okumak, arkadaşlarınla konuşmak değil. Bir kenara yazmak da değil. Sadece, gidip yapmak.

Yapamıyorum'u yapabiliyormuşum'a dönüştürmenin tek yolu, yapmak. Bu kadar basit.

Yap ve gör.

Ertelemenin yastığından başını kaldır. Topu geleceğe savurma. Kaleye vur.

Ne yazık ki yapabilmenin tek yolu, şimdi hemen bugün şu an şu saniye yapmak. Yarının olmadığı bir dünyadayız. Yarın yok. Bugünün kandırmacası o.

Kadınların bir şeyleri yapabileceklerine ikna olmaları daha zor. "Nedense" demiyorum, nedenlerini biliyoruz. Zor bu dünya kadına.

Onlar da çözümü sertifikada bulmuş. Sertifika toplayıp duruyorlar.

Sanki bir şeyi başarabileceklerine onay verilmesi o şeyi yapmaya başlamaktan daha mühim.

"Evet sen Melahat, bu sertifikayla bu işi kıvırmaya biraz daha yaklaştın. Kabul ediyoruz. Lakin... Bu sertifikanın bir üstüne başvursan, senin için tabii daha sağlam bir garanti olur. O zaman bu işi yapmaya daha da yaklaşmış olursun" diyen bir merci var kafalarında.

Üzülüyorum ben bu kurs ve workshop girdabına kapılanlara. Bitmiyor çünkü bazısınınki.

Yapmayacak diyorum. İkna olamıyor. Gidip de yapayım diyemiyor. Dememişler ki git yap.

Hep yapma demişler.

Hep yapamazsın. Buna da tek çare, aksiyona geçmek. Zaten aksiyon reaksiyonla gitmiyor mu hayat treni?

Bir de değişiyorum ben. Bunu düşündüm yağmurda.

Beş yıl önceki Nil başka, ben başkayım. Bir sürü kabuk bırakmışım, deri soymuşum, yenileri çıkmış.

Tavanlarım daha yüksek, duvar kâğıtlarım daha kuşlu. Çiçeklerim daha taze. Aynalarım daha az.

Bir AVM'ye girdim ve herkes delirmiş gibi geldi bana.

Floresanlar ve havalandırmalar altında, dımtıs dımtıs müzik eşliğinde, bal bulmuş karıncalar gibi vıyır vıyır tüketiyoruz.

Kimi koluna parfüm sıkıyor, kimi tabak bakıyor. Kimi elbise deniyor, kimi ayağını bir ayakkabıya sokuşturuyor.

Biri aynada ruj sürüyor, öbürü içeceğine kamış batırıyor. Kimi sırtına kürk atıyor, kimi kulağına küpe takıyor. Kasalar şarıl şarıl işliyor.

Başım döndü. Vanilyalı çay aldım ben de. Almadan çıkmak ayıp olur gibi geldi koca binadan. Çıktım.

Deliler gibi yağmur yağıyordu. Tentenin altında onlarca insan. Kapüşonumu taktım. Tentelerden çıktım.

Islanmak benim için olay değil.

Çocuktan al duyguyu

"Kafanın içinde beynin var, ayakkabının içinde ayakların, kendini istediğin yöne doğru götürebilirsin. Tek başınasın, ne biliyorsan onu biliyorsun ve nereye gideceğine karar verecek olan da SEN'sin." (Dr. Seuss'un çocuk kitabından bu alıntı.)

Abartmıyorum, çocuk kitaplarında bilmemiz gereken her şey var.

Sonradan n'oluyor da hepsini unutuyoruz hayret verici.

Geçenlerde gittiğim bir anaokulunda, "Çocuklararası bir sorun çıktığında, 'barış yapıcı'lara gidiyolar sorunu çözmek için" dediler.

Barış yapıcılar kim deyince, "Onlar da beş yaşında" dediler. Beş yaşındaki bir çocuğa, iki insan arasındaki barışı sağlama sorumluluğunu vermişler!

Artık daha ne olsun! Yukarıdaki kitabı oku, barış sağlayıcı ol, başka şey bilmesen de oluyor zaten. Özgüven ve empatiyle gidemeyeceğin yer mi var?

Yıllar geçip de büyüdüğümüzde, büyüyeceğimize "çekiyoruz" bence.

Çamaşır makinesine atılmış kaşmirler gibi küçülüp düdük kalıyoruz.

Hayatımızı başkaları yönlendiriyor, ayaklarımız değil. Kararları kendi beynimiz vermiyor.

Kendi seçtiğimiz yönlere gidemez oluyoruz. İşin kötüsü, zamanla neyi seçtiğimizi de unutuyoruz.

Duygularımızla bağımız kopuyor.

Sonra gelsin terapist koltukları, "Vallahi de billahi de yapabilirsin" diyen kişisel gelişim kitapları...

"Peki senin istediğin ne?" sorusuna sessizlikle cevap veriyoruz.

It's Okay to Make Mistakes (Hata Yapmaktan Korkma) diye bir kitap var.

Oraya buraya bir şeyler dökmenin, takılıp düşmenin, iki çorabını farklı giyip sokağa çıkmanın, golü atamamanın, yanlış yola sapmanın gayet doğal olduğunu hatırlatan.

Hepsinden öğreneceğin çok şey olduğunu, hata yaptığına sevinmen gerektiğini anlatan. Allah aşkına söyle, hata yapmadan nasıl öğreneceksin?

Nasıl gelişip daha iyi bir sen olmaya başlayacaksın?

Başkalarından kulak dolgunluğu hatalar dinleyerek mi?

Ona güvenemezsin! Onlar hiç "sen" olmamış insanların başlarından geçenler.

Senin hissettiklerini, hayallerini bilmeyenlerin yol yordamları. Hatayı çatır çatır yapacaksın ki meyvesini alasın. Biz, güya büyükler, bunu biliyor muyuz?

Yoksa hayatımızda en korktuğumuz şey hata yapmak mı?

Çocuk psikolojisi kitaplarının bas bas bağırdığı şey: "Çocuğunuza duygusunu söyleyin."

Düştü mü? Canın acıdı, deyin.

Kapı çarptı, ödü mü koptu? Korktun, deyin.

Oyununu bölüp kızdırdın mı? Bana öfkelendin, deyin.

Dedesini gördü, ellerini mi çırpıyor? Dedeni gördüğüne çok sevindin, deyin.

Sonra durumu anlatın. İlk ama ilk önce duyguuuu.

Bu neden bu kadar önemli, çünkü biz duygularımızı yutuyoruz.

Söyleyip dışarı atacağımıza yuttuğumuz bu gaz yapan şey, karnımıza ağrılar sokuyor sonra.

Gözyaşları içinde, dilimiz düğümlenerek, uykusuz kalarak...

Bir türlü söyleyemiyoruz. Ayıp olur.

Karşımdakini kırar.

Beni, günün tabiriyle, ezik gösterir.

Halbuki bizim çocuğumuzla kurduğumuz bu duygu seslendirmeye dayalı ilişki, bizi ömür boyu yutkunmaktan kurtarır.

Gelin çocukluğa, hatta bebekliğe dönelim.

Her şeyi baştan öğrenelim. Geç değil.

Kendi beynimiz olduğunu, kendi ayaklarımız olduğunu, bu ikisini kullanarak sadece kendi seçtiğimiz yoldan gitmemiz gerektiğini hatırlayalım.

Barış yapıcı olalım.

Hata yapmaktan korkmadan, dan dun yaşayalım.

Yaşarken de bize dokunan tüm dikenlere "AH", bizi okşayan tüm yumuşak tüylere de "OH" diyelim utanmadan, bağıra bağıra.

Canlı olan her şeye kalbin bluetooth gibi bağlanması

Yavru ahtapot avlamışlar. Her yavru gibi bir güzel ki...

Koca kafası, küçük kolları, meraklı gözleri var. Kim bilir mürekkebiyle neler yazacaktı denizlere.

Şimdi nefessiz, hareketsiz, geleceksiz ve geçmişsiz öylece yatıyordu yerde.

Onu arayan var mıdır? Elbette vardır.

Yüreğim yüreğine bağlandı.

Telefonumun hoparlöre "düdıt" diye bağlanması gibi. O sesi duydum.

Sanki biri yokluğunun şiirini yazmıştı, onu okudum.

Ben yemem bu ahtapotu, dedim. Onu mide asitlerimle eritip bağırsaklarımdan süzecek değilim.

Ertesi gün kıyıya bir köpek geldi yüzerek.

Adı Balım'mış. Hemen koşup sevmek istedi çocuklar.

Denizde yüzen sahibine sordum: "Sevebilirler mi?" Dünyanın en tuhaf sorusunu sormuşum gibi yüzüme baktı. "Tabii ki, insan gibi düşünün." Tabii ya.

Şu dünyada, yüzen, uçan, koşan, yürüyen, kanat çırpan, kök salan, tırmanan, saklanan, büyüyen, çiçek açan, yavrulayan, nefes alan kim sevmez ki sevilmeyi?

Gel bir öpeyim denmeyi. Öbür yanağından da denmeyi. Sıkı sıkı sarılınmayı. Okşanmayı. Derdinin dinlenmesini. Halinin sorulmasını...

Biricik olduğunun kutlanmasını. Katlanıp bir yüreğe sıkıştırılmayı. Sevdik tabii Balım'ı.

Ah sevilmez mi? Denizde üşümüş tek bacağı titrerken, en sevdiği şey atılan küçük taşları getirmekmiş.

Ona bol bol küçük taş attık. Taşı havada ilk gördüğü an, yüreğinin bir havalanışı var, görmeliydiniz.

Hop diye bir neşe bırakıyor havaya, sonra koşup getiriyor taşı.

Adı gibi Balım. Yüreğim yüreğine bağlandı, düdıt.

Hopladım zıpladım onunla kayaların üzerinde. Sol bacağım titredi üşümekten.

Sonra bir hastanenin bahçesindeyiz, seksen yedi yıllık bir ömrün devamı için Nizamettin Amca'nın yanı başındayız.

Bayram öncesi ama, herkese aynı anda bayram olmuyor hayat. Bekleşen insanlar var. Çaylarını zor yudumluyorlar.

Yoğun bakımdaki nöbetçi doktor, kelimelerini onlarca değişik tartıda tarttıktan sonra masaya bırakıyor.

"Nizamettin Bey ancak bir bakım ünitesiyle eve çıkabilir artık" diyor.

Boynumuz bükük dinliyoruz. Benzer hikâyelerden teselli bulmak istiyoruz.

O sırada yan masada oturan bir annenin yüreğine bağlanıyor yüreğim.

Yürek bu, havada yakaladığı yüreğe bağlanıyor tanımasa da. Düdıt. Güneş gözlüklerimin arkasından gözyaşları süzülmeye başlıyor.

"Size ne oldu?" demek istiyorum ama ne biçim saçma geliyor bu soru. "Geçmiş olsun desem mi?" diyorum ama kaba saba geliyor geçmiş olsun.

Diyecek kelime bulamıyorum bildiğim dillerde. Yanımdan, gözlerimiz kenetli, geçip bir çay alıyor.

Konuşmak istiyorum ama kelimem yok. Ayrılıyoruz, çok eski iki dost gibi yüreklerimiz bağlı.

Dayanamayıp başkalarından öğrendim, on yedi yaşındaki oğlunun ateşi düşmüyormuş, sebebi bulunmuyormuş. Dilerim şifa bulsunlar.

Yoğun bakımda, hâlâ güzel hâlâ asil bir ifadeyle, hafif bir uykuda olan Nizamettin Amca'nın yanına giriyoruz.

Sol başına gidip konuşuyorum. Duyduğunu biliyorum. Nerden bildiğimi bilmiyorum.

"Nizamettin Amcacım hepimiz burdayız. Yanındayız. Seni seviyoruz."

Hareketsizlikten şişmiş ellerinin üzerine koyuyorum ellerimi. "Bak bu benim elim, hissediyor musun..."

Başını sola çeviriyor, gözleri kapalı...

Yüreğim yüreğine bağlı, onun gibi uzun ve zor nefesler alıp veriyorum.

Rahatlığı, huzuru, hafifliği için dua ediyorum. Açıp bir ihtimal ışığı görecek, o mavi gözlerini çağırıyorum.

Hayatın başına, ortasına, sonlarına yüreğinle bağlandığında sesini duyuyorsun her şeyin.

Bir bebek ahtapotun, taşlara koşan Balım'ın, oğlunun ateşi düşsün diye hastanenin bahçesinde çay içmeye çalışan annenin, bir odada kuyudan ağır bir kova su çeker gibi nefes alan avukat Nizamettin Bey'in.

Hayat yüreklerin bir anlık beraber atması değil de ne ki zaten.

"İlerideki o çocuk için film yapıyorum"

Onur Ünlü etti bu lafı. Alametifarika'nın misafir konuşmalarına davet edilmişti, ben de koşa koşa dinlemeye gitmiştim. Güzel bir şey söyleyeceğini biliyordum. Unutmayacağım bir şey. Benim için de geçerli olan bir şey.

"İşte bak buraya bunu almaya gelmişsin" diyeceğim ve cebime koyacağım şey. Ah Muhsin Ünlü ismiyle çıkardığı şiir kitabındaki "Resulullah'la Benim Aramdaki Farklar" şiirinden beri kalbimde yeri vardı. Film yaparken de, dizi çekerken de yolu başka yerden yürüdüğünü biliyordum.

Yolu başka yerden yürüyenleri seviyorum ben.

Sorular sordular, cevapladı, arada çayından yudumladı. Sonra aklına söylemek istediği şey gelmiş gibi, "Ya ben aslında ilerideki o doğmamış çocuk için film yapıyorum" dedi.

"Kız ya da oğlan, henüz doğmamış bir çocuk var. Onun atasıyım ben. O çok güzel filmler yapacak. Benim bin katım olacak. O ben değilim, ben onun hazırlığıyım, gibi bir şey söyledi. Ne güzel dedi. Gelecekteki o çocuk için bir şey yapıyor olduğunu hissetmek! Seni geçecek harika çocuk için. Senden ve nicelerinden damlayanların en ucundaki o tılsımlı, ışıklı damla için.

Ben de öyle hissediyorum. Bazen, "Bugün anlaşılmayayım, ileride anlaşılırım" diyorum. Ben de yolu başka yerlerden yürüdüğümü hissediyorum.

Absürd olmaktan korkmuyorum. Garip kaçmaktan. Çirkin de olmaktan. Saçma da konuşmaktan. Şarkı denilen üç dakikalık şeyde olur olmaz şeyler denemekten. İçimden geldiği gibi giyinmekten, dans etmekten.

Ben de o doğmamış çocuk için şarkı yazıyorum. O benimkinin bin katına cesaret edecek. O en güzelini yazıp herkesi büyüleyecek.

Kana kana içerek susuzluğunu giderdiği o suda ben de olacağım ama.

Yağmur suyu gibi. Yağmış olacağım o beslendiği kaynağa. Onur Ünlü diyene kadar yarınlarda hiç bu kadar ileri gitmemiştim.

Ama o der demez gittim. Ben de. Ben de. Ben de o çocuk için yapıyorum. Atasıyım. Annesiyim. O benim de çocuğum olacak. Ne güzel.

Ve yeter de.

Bu kadar olmaktan öyle mutluyum ki.

Bazen bir şeyi başka türlü yapmaya çalışanlar delirecek gibi olur.

Takdir görmedikleri olur.

Fark edilmedikleri olur.

Alkışsız inerler sahneden bazen.

Spot onlara teğet geçer, başkasında parıldar.

Kendi değerlerini başka insan birimlerine çevirmemeleri gerekir onların. N'olur tanıyorsanız söyleyin.

Aman kendi değerlerini başka insanların birimlerine çevirmesinler.

Yine de bakmayın siz, ben bunların arasında pes edip anayola gireni hiç görmedim. İnatları inattır ha!

Boylarının ölçüsünü almazlar. Başları öne eğilse de, yine alınları alır güneşi. Acelesi olanlar gibi kendi yollarını açmaktan usanmazlar.

Tavsiye vermeyin, dinlemezler. Hatalarını kalplerine rozet gibi batırırlar, yola devam ederler. Üşenmezler.

Bakmayın, bir yandan da eşek gibi bilirler affedersiniz biricik olduklarını.

Onların yaptığını kimsenin yapamacağına dair derin hisleri vardır.

Doğdukları an kendi olmanın patentini almışlardır.

Yolları çetrefillidir ama yılmazlar işte. O sabah duydum neden yılmadıklarını bunca gürültüde.

Geleceğe hazırlık var bahçede.

Fıskiyeler ondan durmuyor.

İçimdeki kız çocuğu konuştu

Çocuklar, henüz savunması olmayan gelecek günlerdir.

Onlar yarınların sözlerini edecek.

Biz duymayacağız diyeceklerini.

Gelecekte bir evin ışıkları yanacak, içlerinde onlar olacak.

O evde aş, o evde aşk, o evde mutluluk olması için, çocukluğa narin bir çiçek, bir kelebek gibi bakmalıyız.

O yaşlarda deftere yazdıklarını ömür boyu temize çekersin.

Çocuğun istismarı kolaydır.

Anne baba olsanız şaşırarak görürsünüz, hafif bir sırtından itseniz düşer.

O kadar zayıf, savunmasız.

Kötüyle, hüzünle henüz tanışmamış bir çocuğa, masal kitabının sayfasında kaybolan bir pengueni bile anlatamazsınız.

Gözpınarlarından akacak yaşlara yüreğiniz dayanmaz.

Onlara el kaldıran, savunmasızlıklarında onları savurup atan, bıçak gibi laflarla ve eylemlerle yaralayanlara tahammül göstermek imkânsız.

Kız çocukları...

Onların yelkenlerine ayrıca rüzgâr üflemek istiyorum.

Onların sanki bir tarafı hep savunmasız kalıyor nedense.

Belki erkekler hep fiziksel olarak güçlü olduklarından. Belki sesleri bağırınca daha gür çıktığından, bilmiyorum...

Onların daha minicikken ellerinden alınan kendilerine

güvenlerini, saygılarını, sevgilerini düşünüyorum.

Çoğu, “Ben gelecek güzel günlere değmem, oraya bir şey götüremem” diye biniyor geleceğin trenine.

Dünyanın her yerinde kız çocuğu biraz daha hızlı koşmak zorunda.

Bu çok üzücü ama böyle.

İşte bu sebeple, benim gibi eline mikrofon, üzerine spot alan kadınlar, onlara moral, onlara ilham, onlara yol olmaya çalışıyoruz.

Kendilerine inansınlar, korkmadan okusunlar, yapsınlar etsinler, seslerini boğazlarında düğümlemesinler de konuşsunlar diye.

Kadınların içgüdüleri inanılmazdır, sezgileri de.

Onlardan müthiş yöneticiler de olur. Keşke daha fazla olsa.

En güzeli nedir biliyor musunuz, kadınlar kırmadan bükebilir. Kırmadan bükülerek dünya yönetilse, harikalar diyarında yaşardık.

Kız çocukları büyür ve kadın olurlar ama kadınlar, içlerindeki o kırılgan kız çocuklarıyla sokağa çıkarlar.

Cam fanusta o çocukluklarından taşıdıkları, yaralı kuşla.

Onlara ettiğiniz her güven kırıcı kelime defalarca eko yaparak kafalarında çınlar.

Kaba ku... diye kırılırlar.

Bazen ... yapıldığımızı bilmemiz lazım.

Her... ünüyor ama öyle değil işte, ruh mate... rı iyi anlamalı, onları iyi hissetm... rbirimize.

Ç... a dokunan yasalar, o cam fanusla...

Beklemeyi unuttuk

Beklemektense cebimize bakar olduk. Ne yani, üç beş dakikayı aval aval etrafa bakarak mı geçireceğiz? Onun yerine Kapadokya'da balona binenleri kıskanır ya da bol tahıllı ekmek üzerine sürülmüş avokadoya bakarım daha iyi.

Geçenlerde sırf iki dakika bekleyemediğimiz için, arkadaşımla birbirimize bir şey gösteremedik.

Bana bir Damien Rice şarkısı dinletmek istedi. Hangi şarkı olduğunu hatırlayamadığı için Spotify'dan dinlemeye başladı. Bir-iki dakika içinde, sanki bize ayrılan sürenin sonuna geldik ve, "Neyse sonra bulup gönderirim" dedi. Ben de, "Tamam" dedim.

Sonra benim mail'ime bir video gelecekti, bir-iki dakika geç geldi, yavaş yükledi filan... Hop, zamanımız bitiverdi, "Ben sana yollarım sonra, sen bakarsın" dedim.

N'olmuş oldu biliyor musunuz? Aslında hiçbir şey olmamış oldu! Ne ben şarkı dinledim, ne o video seyretti, niye? Beklemeye tahammülümüz kalmadığı için.

Hiç kafeye ya da restorana erken gelmiş insanlara baktınız mı? Beklemek işkencesinden kurtulmak istercesine hemen ceplerinden bir doz yutuveriyorlar sanki.

Etrafa ölü balık gibi boş boş bakıp beni garipseyenlerle göz göze geleceğime, koşuya çıkan arkadaşıma özenir ya da, "Bugün de harika bir kombinle karşınızdayım" dercesine selfie çeken tanıdıklara sinir olurum daha iyi.

Beklemenin sıkıntısında boğulacağıma, kıskanma, sinir olma ve suçluluk karışımımı içerim daha iyi. Beyin kimyam benim değil mi? İstediğim gibi oynarım onunla, size ne.

Bu "bekle-ye-memek" yanımızda cep mep olmadığında da hayatımıza sirayet etmeye başladı.

Boş vakit geçirmemeye alıştığımız için (alternatif olarak sosyal medyada gezinti bence çoğu zaman bomboş) birazcık vakit alan şeyler bizi hoflattırıp puflattırıyor.

Bir şey olmadan geçen vakit ne zaman bu kadar ağır oldu? Bakın çocuk yetiştirmeyle ilgili bütün kitaplar, "BIRAKIN SIKILSIN. SIKINTIDAN PATLASIN" diye salık veriyor. Neden biliyor musunuz? Sıkıntının yarattığı vakum, keşfi davet ediyor da ondan.

Şarkı yazmak istediğimde kendimi boş bir odaya kilitliyorum ben. Hiçbir alet edevat olmadan. Sadece gitarım, kâğıt, kalem.

İçimden bir şey gelmiyorsa onunla takılıyorum: içimden bir şey gelmemesiyle. O benim dostum. O benim duygum. O benim aslında o an için her şeyim. Kıymetlim. Birbirimize sarılıp aval aval duvarlara bakıyoruz. Âşıklar gibi.

"Gerçek bir sohbeti ne kadar özlemişim" diyorum olduğunda. O da pek sık olmuyor artık. Şöyle zamana bağdaş kurarak, gözlerimizin içine bakarak, sessizlikte durarak, gerçekten dinleyerek...

Bir sonraki cümleni değil, karşındakini dinlediğin zamanlar... Telefonun ağlamış, zırlamış, bağırmış, çağırmış hiiiç takmadan.

Eskiden telefon mu vardı canım. Biz yine de buluşurduk. Birbirimizi sinemanın kapısında beklerdik yağmurda ve erimezdik.

İki dakika bir şey beklemek ne zaman bu kadar çekilmez oldu?

Seyahat edince de gözüme batıyor bu. Yavaş bir tezgâhtar

uzuun uzuuun paket yaparken, niye onu bekleyemez de telefonuna bakarsın? WhatsApp'ına hemen cevap yetiştirmen şart mı? Belki onun o yavaş katlayışları, içinde bir şeyi yerine koymana vesile olacak...

Demem o ki bekleyelim. Yin yoga diye bir yoga var. Belli hareketleri uzun uzun tuttuğun. Nefes yollayarak dayandığın. Böylece katılaşmış kaslarını gevşettiğin, tabii o sırada betonlaşmış fikirlerini de yumuşattığın... Kalbine dayanıklılığı, sabrı, nefesinin gücünü soktuğun. Böyle düşünmek lazım belki beklemeyi.

Godot bile olsa beklediğin, beklemek güzel. Hayat zaten uzun bir bekleyiş gibi geçiyor. Öğrenmek lazım bu sanatı. Bitsin şu oyalayıcıların saltanatı.

Hoşça kal Cohen

Radyo peş peşe şarkılarını çalmaya başlayınca anladım Leonard Cohen'in gittiğini.

Son albümünü birkaç hafta önce çıkarmıştı.

Seksen iki yaşındaydı.

"I'm ready my lord" (Hazırım Tanrım) diyordu son şarkısında.

Gideceğini biliyordu. Tıpkı David Bowie'nin yaptığı gibi, sonuna yaklaşırken bile şarkı söylüyordu. Ölümü dansa kaldırır gibi...

Cohen, hayatı anlatan eşsiz bir şairdi.

İlla bir şarkı yazarı Nobel alacaksa, benim Nobel'im Leonard Cohen'e olurdu.

Sırf "Hallelujah" için verirdim ben ona Nobel'i.

"Hallelujah" şarkısına bir dönem kafayı takmıştım. Jeff Buckley'den dinlerdim, acılı söylerdi.

Nasıl yazılmış olduğunu anlamaya çalışırdım.

Cohen'in beş yılını almıştı yazmak. Onlarca farklı nakarat ve son yazmıştı nihai haline gelmeden önce. Yüzlerce kişi söyledi.

"Duydum ki gizli bir akor varmış / Davud'un çaldığı ve Tanrı'nın hoşuna giden / Ama sen müzikle pek ilgilenmiyorsun değil mi..." diye başlardı "Hallelujah" ve sanki her yere giderdi.

Hayatın her yerine dokunurdu. Ruhun sınırlarını hissettiren şarkılardan.

Hayata teslimiyeti çok asilceydi Cohen'in.

Ağlamadan anlatırdı her şeyi tek tek.

Ve en zoru da, bunu yüzlerce kez damıtılmış cümlelerle yapardı.

Benim gibi şarkı yazmaya gönlünü vermişlere ışıktı. Dersti. "Bu iş uğraşa uğraşa, yaza boza böyle yapılır"dı.

Kelimeleri, bir kuyumcunun gece yarısı masa lambası altında büyüteçlerle yerleştirdiği mücevherler gibiydi.

Cımbızla taşınırdı sanki şarkıya. Öylesine bilindik bir laf etmemek için yıllarını verirdi. Söyleyecekse, Cohen gibi söyleyecekti.

"Bir çatlak var her şeyde / ışık böyle sızıyor içeriye" derdi "Anthem" (ilahi) şarkısında.

Her şeyde bir çatlak olduğunu ondan öğrendim ben. Buna sızlanmamayı da.

"Going Home" şarkısında, "A brief elaboration of a tube" diyor insana. "Özenle işlenmiş bir boru..."

İçimizdeki, ağzımızdan anüse uzanan borudan bahsediyor.

"Biz onun detaylandırılmışından başka bir şey değiliz" diyor.

Kendimi bazen süslü bir borudan ibaret görmek beni rahatlatıyor.

Hayvanlarla kucaklaşıyorum içimde. "Bir kuştan, böcekten çok da farklı değilim böyle bakıldığında" diyorum.

Her şarkıda mutlaka gelişigüzel yazılmış bir satır bulursunuz.

Kafiye için yazılmış ya da bir önceki satırın güzelliğine sığınmış sıradan bir cümle.

Leonard Cohen'de bulamazsınız. Öylesine yazılmış tek satır yoktur onda.

Bir röportajında demiş ki: "Kimsenin hayatı tam da istediği gibi gitmemiştir. İyi bir şarkının görevi, bu yenilginin yalnızlığını insanın omuzundan alıp paylaştırmaktır. İnsanlığın tamamı yeniliyorsa, yenilginde yalnız sayılmazsın. Yenilgi her şeyin gerçeği, bütün mizahın da kaynağıdır. Herkes, hayat yolculuğunda, yanında oturan adama, 'İşte böyle, değil mi?' deme ihtiyacı duyar."

Leonard Cohen gitti ama sesi ve kelimeleri bize anlatmaya devam edecek.

Biz de süslü borularımızdan kafamızı kaldırıp, çatlaklardan sızan ışığına bakıp avunacağız.

*Eski yılda bırakılacaklar**

Öfkeler: Hiç öfkeyi kaldırıp altına baktınız mı? Ben baktım. Öfkenin o kalın yorganının altında incecik bir tül var: kırılganlık. Kırılganlığı kaldırıp sessizce altındakine baktınız mı peki?

Orada da ipekten yumuşacık sevgi var, sevgi. Sevmediğimiz insan bizi kıramıyor. Bizi kıramayan da öfkelendiremiyor. Demek ki sevmediğimize öfkelenemeyiz de. Öfke yumruk sıktıran bir duygu. İnsan yumruk sıkınca tırnakları avucunun ortasına batar. Battıkça batar.

Ve bu kimin canını en çok acıtır biliyor musunuz? Evet, belki kısa vadede, yumruğu salladığın şeyi acıtır ama uzun vadede, o yumruk seni acıtır en çok. Senin avucuna batan o tırnaklar en çok seni yaralar.

Bence eski yılda ilk bırakılacak şey, öfke.

Öfkenin altının altına inip, kuyusundan sevgiyi çıkarıp bakmalı. Belki hemen sarılamaz insan bir zamanlar öfkelendiğine. Ama ben geçenlerde bir yerde rastladım öfkelendiğim birine. O da ben de sıkılmıştık bu saçma ve sahte öfkeden.

Onu besleyecek kötü duyguları da bulamıyorduk ne zamandır. Açtı öfke. Cılızdı.

Biz de son verdik ona. Sarıldık. Çok mutluyum, çok hafifim bir öfkeyi daha geride bırakabildiğim için.

* Bu yazıyı yeni yıl arifesinde yazdım. Ama siz istediğiniz zaman okuyabilirsiniz.

Size de en büyük tavsiyem, bırakın gitsin. Avucunuzun içi iyileşsin.

Dedikodular: İnsan birini işaret edip hakkında konuştuğunda diğer üç parmağı kendini gösterirmiş.

Bir kere şunu kabul edelim: Dedikodusunu yaptığımız kişi biziz. Neden mi? Bizi rahatsız eden o konuştuğumuz şeyler, bizde de olduğu için bizi rahatsız ediyor da ondan. İnsan kendinden başka hiçbir şeyi bilemez de ondan.

Şöyle düşünelim. Biz bir kitabız, bir hikâyeyiz.

Başkasını eleştirirken kullandığımız cümleler ancak ve ancak bizim kitaptan olabilir. Çünkü başka şey bilmiyoruz.

Ben Nil'i biliyorum. İyisiyle kötüsüyle, artısıyla eksisiyle her gün onu çalışıyorum.

Yaptığım güzellikler onun sayesinde. Yapamadıklarım da onun yüzünden.

Benim alfabem o. Onunla yazıyorum. Onun sarmallarında kayıbım. Onun sarmallarından örüyorum sallarımı da.

Kısaca, hakkında ileri geri konuştuğum bütün başka öznelerin de gizli öznesi Nil'dir. Bunu itiraf ediyorum.

Zaten ne zaman biri hakkında dedikoduya başlasam, *record* (kayıt) düğmesine basıyorum. Sonra gece yatmadan tekrar çalıp dinliyorum. Dedikodusunu yaptığım benmişim gibi. Tanımanın sonu yok kendini. Eski yılda dedikoduyu bırakalım diyorum.

İşimize bakalım. Üç parmak kendimizi gösterirken bu kadar atıp tutmanın âlemi yok.

Tembellikler, ertelemeler, patinajlar: Bayanlar patinaj şampiyonasında kimse rekorumu kıramaz söyleyeyim. Manyak iyiyimdir patinajda.

Bir yere saplanır yıllarca kalırım. Oradan çıkmak için uzun süre beklerim. Vitesi bire takıp gaza basmadan önce artısını eksisini bir bir tartarım. Bu huyumu hiç sevmem. Beni atıl yapar, günlerimi bozuk para gibi harcar.

Zaten dedikodularımda da sık sık, "Şu ne tembel, bu millet amma tembel" derim, bakınız üst paragraf.

Hep diyorum, bir şeyi yapmanın tek yolu gidip yapmaktır. Denedim, başka yol yok. İnanın denedim. Yapmadan olmuyor.

Eğer yeni yıla dair "yapılacaklar listeniz" varsa, ertelemeleri eski yılda bırakmamız şart. Söz mü söz.

Kadınlara yapılan bütün hoyratlıklar: Geçen yıl '#metoo' (#bende) senesiydi. Hollywood'da başladı önce, sonra her yere yayıldı. Kadınlar karanlıktan ışığa çıkıp başlarına gelen korkunç tehditleri, saldırıları, cinsel istismarları anlattı. Korkmadan konuştular. Konuştukça, "Bana da oldu bu" diyen başka bir kadının sesiyle güçlendi sesleri. Sonunda koskoca bir koro olup bağırdılar. Mesleğinin zirvesinde nice yapımcı, oyuncu, politikacı rezil olarak çekildi sahneden, indiler mevkilerinden. Ülkemizde kadına şiddet artarken, burada da seslerin yükseldiğini duyuyorum.

Erkeğin fiziksel ve ekonomik gücüyle kadının üzerine abanmasının ve ezmesinin sonu gelmeli. Gelecek de.

Dinozorlar gibi eskide kalacak. Fosiline bakıp üzüleceğiz.

Biz kadınlar da bazen birbirimize çok acımasızız.

Kız kardeşliğimizi kabul edip destek olmalıyız. Gözlerimizi oyup, işlerimize taş koyup, arkamızdan konuşarak kazanamayız. Bu yüzden ne zaman yoluna koyulmuş giden bir kadın görsem, saygı duruşunda duruyorum. Gelin bırakalım kadınlara yapılan her türlü hoyratlığı eski senede.

Eğer enerjiye ihtiyacınız olursa, YouTube'dan "niltemenni" videosunu izleyebilirsiniz. Temenniler size mutlaka bulaşacaktır.

Ondan en çok neyi öğrendim biliyor musunuz?

Bazı insanlar var, kalplerine kolaycacık girilir.

Hafif örtülü dursa da, itince hemen açılır.

Kapısına bekçi dikmemişlerdir. Demir parmaklık örmemişlerdir. Bir hendek açıp içine ejderhalar koymamışlardır.

Bunları yapmaya gerek duymamışlardır.

Bazen rastlıyorum onlara. Kapısı açık kalplerinden sızan ışığı görüyorum.

İçeride kendileriyle kıkır kıkır gülüşüyorlar.

Başkalarıyla neleri varsa bölüşüyorlar. Geleni güler yüzle karşılıyorlar.

Kim öğretti onlara bu kadar kilitsiz durmayı, merak ediyorum hep.

Bu doğuştan gelen hediye midir, yoksa hayatla diyaloğa girdikçe mi gelişir? Bilmiyorum.

Belki ikisi de. Zaten çoğu şeyin cevabı: ikisi de.

Geçenlerde, beni pek tanımayan, uzaktan sevdiğini bildiğim birine el uzattım. Onunla bir şey paylaştım.

O paylaştığım şeyi öyle güzel çoğalttı ki. Kendini kendisine saklamayan biri olduğunu gördüm.

Gözlerimi kamaştırdı açılan kolları.

Oysaki dışarıdan öyle olduğunu bilmezdim. Bazen birinin çok yakınına gidip bir şey istemeden anlayamıyorsun kim olduğunu.

İnsanların çoğu uzaktan flu. Mesela beni sürekli gülüyor, gülmekten yerlere yatarak gün geçiriyor zanneden var.

Yahu nasıl geçsin öyle günler?

İyisi var, kötüsü var, pembesi var, grisi var. Niye hep güleyim?

Fotoğrafım çekilirken gülüyorum, siz de hep gülüyor sanıyorsunuz fotoğrafa bakıp. Gülmeyince de iyi çıkmıyorum.

Elmacıkkemiklerimin yüzümde açtığı derin çukura kasvet gölgeleri düşüyor.

Ayrıca hafif dişleğim. Bu da ifademi daha sert yapıyor. En iyisi güleyim diyorum.

O yanak çukurunu otuz iki dişle dolduruyorum. Bunu niye anlattım şimdi, hah, uzaktan insanlar belli olmaz demek için.

İnsanlar uzaktan flu. Yakınına girip netlemeden haklarında ileri geri konuşmayalım.

Bu söz konusu kişi, henüz benim ondan bu kadar etkilendiğimi bilmiyor. Bilmez kalbi açıklar.

Öyle çok uğrayanı, geleni geçeni, dua edip gideni olur ki, hesabını tutamazlar.

Kalplerinin kapısının deliğinden, sıkı sıkı, kim çaldı şimdi kapıyı diye bakmazlar.

Kalbe giren zat şayet kötü niyetli çıkıp da bir şey çalarsa, o şeyin ona yâr olmayacağını bilirler. Eksiklikleri onları üşütmez. Bolluk hissederler her dem.

Şanslıyım. Böyle birine rast geldim.

O bilmez, belki de hiç bilmeyecek, benden bir şey isterse bin mislini yapacağımı.

Dua ediyorum kapıma gelsin de, ben de onu kalbimde ağırlayayım.

Olay küçük bir şey, olayı büyük zannetmeyin.

Günlük, herkesin yaşayacağı kadar basit. Yazsam, aman bütün bu tantana bunun için miydi dersiniz, ama işte o mühim değil.

Mühim olan, benim kapısına küçük bir şey için gidip kalbinin kapısının apaçık olduğunu tesadüfen öğrenmem.

Hayat bu tatlı insanı mükâfatlandırmış. Mükâfatlandırmasa şaşardım.

Kalbinin açık kapısından bir sürü insan girmiş.

İçini temizlemiş, çay demlemiş, ateş yakmış, yatmış uyumuş, okumuş öğrenmiş.

Onu öyle müritlerin uçurduğu biri filan sanmayın. Son derece insan biri. Bu kalabalığı belki fark etmiyordur bile.

Ondan en çok neyi öğrendim biliyor musunuz?

Biri bir şey isterse, gözümü kırpmadan elimden geleni yapmayı.

Neden biliyor musunuz? Bu küçücük bir şey bile olsa, işte bu kadar satır yazdırıyor insana.

Hayattan zevk almanın gizli kapıları

Sürekli bir nasıl başarırım, nasıl güzelleşirim, kendimle nasıl barışırım, düşmanlarımla nasıl savaşırım?

Sürekli bir nasıl iş, nasıl eş bulurum? Nasıl zenginleşir, rahata ererim? Nasıl değişirim? Nasıl güçlenirim? Sürekli bu kitaplar var...

Seksen günde zayıfla, üç günde dil öğren, bir haftada tavla. Kırk adımda kendini sev. Görmen gereken yüz yer, yürümen gereken on patika, atlaman gereken beş şelale. Bir de bunlara sosyal medyadaki karşılaştırmalı sos eklendi mi, vallahi "ben yandım" diye uyursun geceleri. Yanarsın da. Merak etme, tek başına yanmazsın. Hepimiz yanarız.

Hiçbirimiz her sabah güneşi selamlama yogasıyla uyanmadık, tatlıya hayır diyemedik.

Merak etme, hiçbirimiz çocuğumuza her zaman iyi örnek de olmadık.

Yamalıyız ama Instagram'de bambaşkayız. Halbuki Instagram dışındaki evgram, okulgram, sokakgram, gecegram, kimsebakmazkengram, sevgiligram, arkadaşgram, ailemgram hesaplarımızı bir açsak birbirimize "oh be" diyeceğiz de, onlar özele açık. Kusura bakmayın.

İşte böyle pireler berber iken, develer telal iken diye dinlerken bütün bu masalları... Şu güzelim kitabın bölümlerini okudum da, içime sular serpildi.

Başka türlü sorular da varmış, dedim. Bıktım yahu hep aynı şeylerin, Pavlov'un köpeği gibi, peşinde koşmaktan. Soruları hep düz düz sormaktan. Usandım ama.

Cevaplayamıyorum da. Hepsinde birden madalya da alamıyorum. Alır gibi görünenlere de maruz kalmaktan yoruluyorum. Biraz, "Ben değil başkaları nasıl acaba?" Biraz, "Kendimi sevmek değil de tanımadıklarımı da mı sevmek?" Biraz, "Bu çağ değil de 1800'de Çin'de doğsaydım bu sorunu nasıl çözecektim?"'ler.

Her şey şirket değil. Her şey zayıf ben değil. Her şey Instagram'daki *like* sayım da değil. Her şey sevgilimin olup olmaması, bikinimin güzel durup durmaması da değil. Başka şeylerden de bahsedebiliriz kendimizle. Sürekli hıngıdı hıngıdı peşinde koştuğumuz tenekeleri biraz bırakıp şöyle başlıklı yazılar okusak, içimizdeki pervaneler döner de azıcık serinlemez miyiz:

Neden o kadar çok insan hiç sevilmediğini, takdir edilmediğini, yarı ölü bir hayat yaşadığını düşünüyor?

Herkes ruh ikizini bulamadığına göre bu açığı nasıl kapatabiliriz?

Bir insan aynı anda kaç milleti birden sevebilir?

Sanatçı kendini ifade etmenin ötesinde ne yapabilir?

Fakirler zenginlere ne öğretebilir?

Zenginler fakirlere ne öğretebilir? (Hemen kızmayın. İnsan zengin olduktan sonra sürekli iltifat, takdir, pohpoh açlığı içinde oluyormuş...)

Önyargıların üstesinden nasıl gelinir?

İnsan iyi bir espri anlayışı edinmek için bir şey yapabilir mi?

Dalga geçmek şiddet dışı protestonun en iyi yolu mu?

İnanmayan biri, inanan birini nasıl anlayabilir?

İsyan etmenin alternatifleri neler?

İnsanlar kendileri hakkında yarattıkları ilüzyonlardan nasıl kurtulur?

İnsanların ülkelerinde kendini evinde hissetmemesine yol açan şey ne olabilir?

Hayatta lider olmaktan daha enteresan neler var?

Çok çalışmanın manası ne?

Bir otelde, kalmaktan başka neler yapılabilir?

Ruhen genç kalmak yaşlanmayı geciktirmeye yeter mi?

Geçimini sağlamanın daha eğlenceli yolları var mı?

Gibi onlarca soru... İnsana kulağını tersten gösterip ağzından başka laflar almaya çalışan sorular. Alçıya aldığımız cevaplara, baltayla vuran. Unutmadan, kitabın adı: *Hayatın Gizli Hazları*. Yazarı Theodore Zeldin.

Bu kitaba başladığımdan beri rahatladım. Ben ben, benim benim, başarım, evim, sevgilim, canım ciğerimden biraz uzaklaşıp başkalarının kapısından içeri bakıyorum. Bugünün dertlerine bugünün çözümlerinin geçiciliğini biraz tarih okuyunca anlıyor insan. 1500'lerde hiç de böyle düşünülmüyordu. Yine de fıstık gibi hayatı vardı insanların.

Yazar tarihe çok hâkim olduğu için, gerektiğinde çok eski bir pencereyi açıp bugüne rüzgâr vurduruyor. O zaman anlıyorsun, bu sistem, bu hırs, bu problem tarihin bu vakti bizlere nasip olmuş, olmayabilirmiş de. Olmadığı zaman olduğu gibi, olmayacağı zaman da olacak. İnsan sırf, kendi zamanını tüm zamanlar zannetmemek için tarih okumalı. Kim demiş cevaplar bugünde? Kim demiş gelecekte?

Bazen de geçmişte. Geçmiş dediğin de şuracıkta.

Her günün bir dersi var

Buna benzer bir şeyi daha önce de yazmıştım ama bir daha başka şekilde yazacağım, çünkü bence mühim.

Hani günün mönüsü var, günün elemanı var, günün çorbası var ya bence bir de günün dersi olmalı.

İnsanın başucunda bir defter durmalı ve oraya o gün ne öğrendiyse yazmalı.

Hem hayatın öğrencisi olduğunu hatırlıyorsun, hem de hatanın kıymetini anlıyorsun.

"Of bugün şunu yapmam çok yanlış oldu" demiyorsun, "Yazacak, biriktirecek, bakacak bir şeyim oldu" diyorsun.

Hani bir insan bir şeyi nasıl yaparsa, her şeyi öyle yaparmış ya. Nerede okuduğumu hatırlamıyorum ama tamamen katılıyorum.

Mesela birinin bavul toplayışıyla günün işlerini toplayışı aynı. Sevgilisine bakışıyla hayata bakışı. Yemek yapışıyla yatak yapışı.

Eskiden hayatımı özetlememe yardımcı olsun diye psikoloğa gittiğimde çantama bakmıştı. Bana, "Nil Hanım, bu koca çantayla geziyorsunuz. İçinde neredeyse çaydanlıktan bisiklet pompasına her şey var. Bu çanta küçüldüğü gün hayat daha basit olacaktır" demişti.

Çantamın koca karışıklığıyla kafamın koca karışıklığını bir tutmuştu.

Parantez açayım, şu an çanta bile taşımıyorum. O öyle dediği için değil, aşırı hafif hissettiğim için zaman içinde küçüldü...

Bir ara minik beyaz kalp bir çantam oldu, sonra o da eskidi. Şimdi bir şey taşıyacaksam, elime geçen en basit şeyle dolaşıyorum.

Şu "günün dersi" defterine gün sonunda bir şey yazarken, masallarda şöminenin önünde çorap söküğü diken tavşan teyzeler gibi hissediyorum.

Hayat yolunda yürüyoruz. Çoraplar her gün bir şeye basıp yırtılıyor, sökülüyor, deliniyor. Normal, bu olacak. Sonra oturup onu dikiyor, tamir ediyorum sanki o satırları yazarken.

Bak Nil, acelecilik yaptın, şu oldu. Bak Nil, açgözlülük yaptın, şu oldu. Bak Nil, kabalık ettin, şu oldu. Bak Nil, tembellik ettin, şu olmadı.

Vallahi boş sayfa yok ne yalan söyleyeyim.

Her günün bir yaramazı, bir her şeyi eline yüzüne bulaştırmışı, bir ucundan tutup düşürmüşü var.

Bakın buraya koca koca yazıyorum:

SEVİYORUM BEN O NİL'LERİ.

Onlar olmasa hayat acayip sıkıcı ve tekdüze olurdu. Şarkı yazacak, yazı yazacak, hayal kuracak, kendini kurcalayacak Nil olmazdı. N'apardım deliksiz, söküksüz.

Deliksiz söküksüz hiç olurdum ben. Tamir sesi gelmeyen atölyeden korkarım zaten.

Bazı günler, "Vay be ne salaklık yaptım ha" demeyeceksek kim bizi niye izlesin? Niye takip etsin?

Unutmayalım iyi hikâye olması için bir çatışma olması lazım. Hayat dengedeyken, dengeler bozulur ve hikâye başlar.

Meşhur senaryo yazma uzmanı Robert McKee'nin kursuna gitmiştim yıllar önce. Demişti ki: "İnsanların karakterlerini kriz anında tanırsınız."

Her şey yolundayken herkes lokumdur lokum.

Kendimizi kendimizden saklamayalım. Gece başımızı yastığa koymadan elimize kâğıt kalem alıp yazalım. Yarına sökükle başlamamak için sökükleri görmek iyidir.

Tadilat devri gelir.

İnsan en yakınındaki beş kişinin ortalaması olurmuş

Birbirimizden o kadar etkileniyoruz ki. Eğer etrafımızda biri, bir lavabo deliği gibi bütün güzellikleri yutuyorsa, bizim lavabo da kuruyor.

Eğer yakınımızda biri, bitmez tükenmez bir enerjiyle yol alıyorsa, yeni hayaller kurup herkese gerçekleşmiş halini göstermenin peşine düşüyorsa, bizi de ateşliyor.

Eğer biri küsse, bizim de bir yanımız küsüyor. Ofluyorsa sıkılıyoruz. Şakasını yapıyorsa, gülüyoruz.

Ruh halleri mürekkepse biz samandan kâğıdız. En yakınımızdaki üç-beş kişi damlıyor üzerimize, yayıldıkça yayılıyor.

Bugünlerde moral bulmak zor ama bakıyorum moralini yüksek tutanlar var. Hayran oluyorum onlara.

Arabamı otoparklarına çekmek istiyorum. Orada konaklamak.

Dışarıda ne olursa olsun, güzel şeyler yapmanın, hayatı güzelleştirmenin, çoğaltmanın, paylaştırmanın peşindeler.

Sana da bulaşıyor çiçeklerinin polenleri. "Şimdi mi açacaksın yapraklarını" diyesin geliyor ama açıyorlar işte. "Rengârenklik olmazsa grinin içinde, neye bakacağız, sise mi?" diyorsun. Güneşe uzatıyorsun yaprağını, hemen sana veriyor ışığını... Yeter ki iste.

İstek enerjisi yüksek doğan insanlar var. Hayalleri durmuyor. Çalışkanlıkları vites küçültmüyor.

İçi gülen insanlar var, karınlarında bir kıkırtıyla gezen. Moraller veren.

Vazgeçmeyenler var. Benden bu kadar deyip, havlu atmayan, yola devam eden.

Bir şeyi parmağının ucuyla değil, avucunun içinde sıkı sıkı tutanlar var. Neyi ellerine alsalar, kocaman avuçlarında kayboluyor o şey. Ta ki yeni yerine koyana kadar o şeyi, ellerinden düşürmeyecekler ya da herhangi bir yere bırakmayacaklar biliyorsun.

Gözün kapalı her şeyini teslim edersin onlara. Sakinliğini, huzurunu, bir göl gibi muhafaza edenler var.

Yanlarında, dizine sıcacık battaniye alıp pencereden bakar gibi hissettiğin. Nefesi bile kibar.

Ağzından çıkanı kırk kere tartar.

İşte bunlardan bir demet tutmalısın etrafında, yapabiliyorsan.

Bu harikaların ortalaması olduğunu düşünsene.

Sırtın yere gelmez. Hayatın boş endişelerle, vazgeçişlerle, şikâyetlerle geçmez. Şikâyetin yerine bir şey koyanı al yanına.

Demem o ki, al telefonunu şu WhatsApp gruplarına yakından bak mesela. Gün boyu kimlerden neler duyduğuna, kimin sana ne getirdiğine ve senden ne götürdüğüne bak.

Telefon açıp konuşmaz, diz dize oturup dertleşmez olduk. Madem artık yazarak konuşacağız, madem artık WhatsApp bizim buluşma yerimiz, o halde oradan başlayalım temizliğe.

"İçimi açan grup" yapalım bir tane mesela. Oraya koyalım ortalamamızı yükseltenleri. Birbirlerini de tanısınlar, tanımıyorlarsa.

Bizi motive eden, güldüren, hayallerinin peşinde arı gibi koşan, huzur veren, şikâyet etmeyenlerden oluşan bir grup.

Ne zaman konuşmaları okusak, gidip bir şey yapasımız olan bir grup. Benzinimizi dolduran. Bize yenilenme ihtimalleriyle gelen. Bugünkü bizi güncelleyen.

E hadi, ne duruyoruz, kuralım şu grubu. Üçse üç, beşse beş.

Kaliteli zaman palavrası

Geçenlerde bir yazı okudum.

Bir kadın yılda bir kez ailece yaptıkları büyük buluşmadan bahsediyordu.

Aile dediğim, uzak yakın herkes.

Anne baba kardeş değil sırf.

Yeğenler, amcalar, enişteler.

Dünyanın bir yerinde bir hafta tatil yapıyorlarmış hep beraber.

Önceleri, bunun onun için çok uzun bir vakit olduğundan bahsediyor uzun uzun.

Hep bir bahane bulup, iki gün geç gelip bir gün evvel ayrılmış filan.

Bir haftayı hep kendince kırpmış.

Uğramış yani, tam gitmemiş.

Biliyorsunuz, devir uğrama devri.

Hiçbirimiz bir yere tam gidemez olduk.

Gitsek de orada değiliz, ceplerimizdeyiz.

Yazar daha sonra tam bir hafta gittiğinde, her şeyin başka olduğunu fark etmiş.

Sıkıştırılmamış zamanlarda konuşmalar, yakınlaşmalar farklı.

Mesela, bir sabah yeğeniyle uzun bir yürüyüşe çıkmış ve bugüne kadar ondan hiç duymadığı şeyler öğrenmiş hayatı hakkında. Bir akşamüstü çayında, kardeşi ona çocukluklarından hiç hatırlamadığı bir şey anlatmış.

Ailesine ve akrabalarına geniş zaman verdiğinde ve fiziksel olarak yanlarında olduğunda, başka bir dünyanın açıldığını görmüş.

"Hiçbir şey, fiziksel olarak birinin yanında var olmak kadar güçlü olamaz", bunu görmüş.

"Hiçbir şey sevgiyi ve yakınlığı yan yanalık kadar besleyemez", bunu görmüş.

Kaliteli zaman denilen palavra, birisine ya da çocuğuna sıkıştırılmış vakitler ayırmakla ilgili.

Ben de inanmıyorum buna.

Ben de o kadın gibi düşünüyorum.

İnsanın ağzından ne zaman güzel ya da özel bir şeyin döküleceği belli olmaz.

Tıpkı bir bebeğin ne zaman ilk kez gülümseyeceğinin, yürüyeceğinin, anne diyeceğinin belli olmaması gibi.

Bunların randevusu olmaz.

İçimizden konuşmanın, paylaşmanın gelmediği uzun zamanlar vardır.

Sonra bir de, bunları bir çöp kamyonu gibi hesapsızca ortaya döktüğümüz anlar vardır.

O an yanımızda olanlar özümüze gerçekten şahit olur.

Onlarla ruhen el ele tutuşuruz.

Bu anlar, mesajla ya da her gün bir saat gözümüzün içine bakılınca gelmez.

Fiziksel olarak burada olacaksın.

Ve mümkün olduğunca yanında duracaksın.

Kaliteli zaman kaliteli falan değil.

Modern çağın rahatlatma teneffüsü.

Sevdiğiniz birileri varsa, mümkün olduğunca uzun zaman ayırarak yanlarında olun.

Beraber sıkılacak kadar durun.

Bakın sonra nasıl birbirinize ilikleneceksiniz.

Faraş yöntemi

Bir animasyon film izlemiştim. Kızın bir gözü geçmişi, bir gözü geleceği görüyordu.

Neye baksa o şeyin çok önceki halini ya da çok sonraki halini görüyordu kız.

Annesiyle babası, sol gözünde iki bebekti, sağ gözünde çok yaşlı bir çift.

Dünyaya bakınca, sol gözü dinozorlar görüyordu, sağ gözü patlamalar.

Yağmura bakınca, güneş ve sis.

Ne yapsa, bugünü, şu anı göremiyordu kız.

Lanetlenmiş gibiydi. Hiç burada olamıyordu.

Gözlerinin gazabından kurtulamıyordu. Derken bir çözüm geldi aklına.

Tek gözünü çıkaracaktı. Fakat hangisini? Hep geçmişi gören sol gözünü mü, yoksa hep geleceği gören sağ gözünü mü? Karar veremiyordu.

Ah! Bugünü, şu anını bir kere olsun görebilseydi.

Bizim iki gözümüz de şu anı görüyor maşallah.

Fakat aklımız? Aklımız hep kaçak.

Ya geçmişte, ya gelecekte yakalamıyor muyuz çoğu zaman onu?

Bir kedi gibi ensesinden tutup anımıza getirmek ne zor oluyor değil mi?

Mindfulness'lar, meditasyonlar, yogalar. Hepsi birer "şu an" avı değil mi?

Azıcık sesleri kısmak ve durmak, bakmak, görmek için değil mi?

Çocuklar muhteşem varlıklar. Dala bakıp, "Anne bak dal" diyorlar.

Ben her gün bakıyorum o dala, bir gün bile dalı görmeden.

Dala bakarken dalıp gidiyorum ben. Endişelerimin altını kısmaya çalışıyorum. Hayallerimi köpürtmeye.

Laflarımı diziyorum kafamda sürekli.

Geçen gün spor yaparken, hiç spor falan yapmadığımı fark ettim. Bedenim bir şeyler yaparken aklım uçurtmasını uçuruyordu yine.

Baktım, her şeyi yanlış yapıyorum, eksik yapıyorum, çünkü orada değilim.

Astral seyahatte gibiyim. (Acaba günlerimiz böyle savruk mu geçiyor?)

Aklıma, kendisini şu ana ne yapsa getiremeyen, filmdeki kız geldi. Bir yöntem bulmam lazımdı. Bu böyle olmazdı. Böyle yaşanmazdı.

Zıp zıp ileri geri zıplayarak bir yerde durulmazdı ve enteresanı, bir yere de gidilmezdi.

İşte o sırada geldi aklıma faraş. Evet evet, faraş!

Bir faraş hayal ettim. Fırçası sarı, haznesi mavi.

Aklıma gelen düşünceyi içine süpürmeye başladım.

Mesela günün geri kalanında ne yapacağımı mı düşünüyorum? Süpür gitsin!

Hop uçuyor hakikaten. Bir tren gibi koşup koşup yakalıyorsun o sırada yaptığını.

Geçmişin hülyalarına mı daldım, faraaaş!

Süpür gitsin. Sonra hülyalanırsın, şu an meşgulsün.

Şu an meşgulsün. Aklın meşgul çalsın diğer düşüncelere. Şu an bir dala bakıyorsun.

Şu an kollarını kaldırıp indiriyorsun.

Seni dinleyen kolların var, kalk deyince kalkıyorlar, gücün var ne güzel.

Nefes alıp omuzlarını arkaya, nefes verip bacaklarını yana.

Ne güzel makinesin. Ne güzel hareket etmek.

Ne büyülü bir ip, nefes. O ip seni hayata dikiyor, hayatı sana.

Başka da bir şey yok aslında aranızda.

Çok sevdim bu faraş yöntemini. Ne zaman aklım sağa sola kaysa çıkarıyorum faraşı, süpürüyorum.

Hop yenisi geliyor bazen, onu da süpürüyorum.

Hep gelsin, hoş gelsin de, kalamaz burda.

Aklımın efendisi olduğum sürece, ben istemediğim sürece, öyle çat kapı gelmek ve ben "şu an"ı ağırlarken aramıza girmek yok.

Hoş geldin faraş, hoşça kal geçmiş ve gelecekten gelen tozlar.

Tepkileri vermeden bir derin nefes

Kelebek'te yazdım yazalı, ki on dört senedir kendime içimden söylediklerimi size de söyleyeceğime söz verdim.

Hayat akarken insan kendisiyle çok konuşuyor.

Her gün bir şey oluyor ve sana bir şey bırakıyor.

O şey iyisiyle kötüsüyle senin hazinen oluyor.

Bazı günler kırılan kalplerden bir inci kalıyor elinde.

Hani Çin restoranlarında, içinden bir kâğıda yazılı mesaj çıkan şans kurabiyeleri gibi. Kırıp okursun.

İşte bazen kalpleri de kırıp okuyorsun.

O kalbin nasıl kırıldığını anlatıyor içinde.

Bir daha kırmaman için sana bir sır veriyor aslında.

Beni az çok tanıdınız.

Birazı şarkılardan.

Birazı yazılarımdan.

Birazı gazetelerdeki fotoğraflardan, röportajlardan, sosyal medyadan vesaire.

Ben de kendimi az çok tanıdım.

Biraz şarkılardan, yazılardan, oradan buradan.

Tıpkı sizin gibi ben de her gün biraz daha kendimi tanıyorum.

İnsanın kendiyle tanışması bitmiyor.

Hele bir de anne filan olursanız, mecbur. Her gün makine dairesine en az bir kere iniyorsunuz.

Bu gıcırtım da nereden geliyor diye.

İnsan kendini en çok başkalarının aynasında görüyor.

İnsansız büyüyen biri kendini tanıyamaz, çünkü tepkilerine bakamaz.

Malzemesini eline alamaz. Dokunup hissedemez.

Size sizi başkaları anlatıyor. Annelik kadar aşk da mesela.

Ah o aşığın gözünden kendi manzaramız yok mu...

Doyamıyoruz bakmaya.

Arkadaşlar da güzel ayna.

Geçen hafta, arkadaşlarım sayesinde, anında ani ve kırıcı tepkiler verebilen biri olduğumu görmeyeyim mi!

Hemen sıvadım kolları.

Bu konuda ne yapmalı? Elimde, kırılan kurabiye kalpten çıkma bir mesaj: Bu kalp, kendisi dinlenmeden önce yargılandığı için kırıldı.

Başkalarını dinleyip kalbi kırmışım, acele içinde, hiç nefes alıp vermeden, hışımla.

Sonra tamir etmek için bin bir dereden su getirdim.

Aflar diledim. Özür dilemekten hiç gocunmam.

Siz de deneyin bakın, hiç azalmayacaksınız.

Gece yatarken "günden kalanlar" programı yapıyorum kendime.

Aklımdan bir bir geçiriyorum, bugün neyi daha iyi yapabilirdim?

Ne öğrendim bugün?

Bugünümü nasıl geçirdim?

Bir güzel laf var, belki biliyorsunuz: Bir gününü nasıl geçiriyorsan, hayatın öyle geçer.

O gün bu soruyu sorduğumda, kendime bir düğme yapmaya karar verdim.

Bir tür görünmez *pause* (kısa süreliğine durdurma) düğmesi.

Böyle bir kriz anında, ilk ona basıp konuyu donduracağım.

Hani filmlerde olur ya, herkes her şey bir anlığına donacak.

Çaydanlıktan bardağa dökülen çay bile o sırada havada ip gibi asılı kalacak.

Sonra ben kendimi çözeceğim, hareket ederek olaya her açıdan bakacağım.

Sadece anlatıcının değil, anlatılanın da hikâyesini dinleyeceğim.

Sonra bir derin nefes alıp herkesi, her şeyi çözeceğim.

Çay bardağa dolacak.

Ama bir fark olacak artık.

Ben sakin olacağım.

Kelimelerin "koş koş koş" diye beni yolladığı yere değil, kendi istediğim yere gideceğim.

Orada konaklayacağım ve herkesi oraya toplayacağım.

Kolay değil.

Gıdıklanmak gibi çünkü.

Bazen bir şey oluyor ve ister istemez öfkeye kapılıyorsunuz.

Ağzınızdan kesici, sivri kelimeler fırlıyor ve kalplere saplanıyor.

İşte bu hafta bunu öğrendim ben.

Tanıyan bilir, kolay kolay öfkelenmem ama ani tepkilere donduruču sprey sıkmak şart.

Hem kendi sağlığınız hem de kalplerin sağlığı için böyle durumlarda önce şunu diyelim:

Bu o kadar da önemli bir şey değil.

Bu iyi frenler.

Sonra da spreyi sıkıp konuyu bir anlığına etkisiz hale getirdik mi, en güzel cümleleri dizip kalpleri koruyacak nefesimiz olur.

"Şu da olsun başlayacağım" diyenlere

Ben de dedim, hep de diyorum: Şu gün geçsin, böyle yapacağım.

Bu hafta başlıyorum. Şu bir bitsin, bak nasıl olacağım gibi. Halbuki, tecrübe gösterdi ki öyle bir an gelmiyor.

Başlangıcı yapmanın tek bir zamanı var, o da şu an. Değişim için vakit kollamak beyhude. Değişim şimdi olursa oluyor.

Eğer ertelediğiniz bir şey varsa, şu an şu yazıyı okuduktan sonra uygulamaya başlayın. Başka bir zamana not etmeyin hiçbir şeyi.

Gideceğiniz bir yer, başlayacağınız yeni bir kurs, okuyacağınız yeni kitap, arayıp konuşacağınız bir insan...

Söyleyeceğiniz bir laf, edinmek istediğiniz bir alışkanlık, almak istediğiniz bir şey, bırakmak istediğiniz bir şey, yanına gitmek istediğiniz birisi sizi şu anda bekliyor.

Yarın bir gün değil.

Nedense zaman, bize uzun bir çizgiymiş, sonsuzlara gidermiş gibi bir izlenim vermiş.

Halbuki ne zaman bir çizgi, ne de gittiği yer sonsuz.

Zaman eğilip bükülen bir şey ve "şu an"lardan ibaret olduğu kesin. "Başka zaman" diye bir laf vardır ya, hiç sevmiyorum.

Bir baştan savma cümlesi.

Bilmiyorum ki, başka zaman var mı?

Her şeyi şimdiye koyunca, emin olun ki hayat karışmıyor, tam tersi düzeliyor.

Umut ipine asılı bir sürü uçurtma olan gökyüzü bir anda berraklaşıyor.

Umut ediyorsun etmesine, ama bir şey yapıyorsun bir yandan.

İnsan hayatı, inşaatlar misali, sürekli "inşa halinde".

tamamlanmadan girip oturuyorsun kendine
yaşıyorsun kendini
duvarların örülmeden
tesisatın bağlanmadan
kapı kolların olmadan
zamanla hepsi oluyor
ama hep bir şey eksik

Yap yap. Yapmazsan olmaz.

Geçenlerde bir röportajda okudum:

Hayallerimi gerçekleştirmek için ben çalışmazsam, benim hayallerimi kim gerçekleştirecek?

Bu yazı nerden icap etti derseniz, son zamanlarda kendi üzerime en çok bu konuda gidiyorum da ondan.

Hayatımdan örnek vermemi isterseniz, dolu! Her gün gitar çalmak istiyorum yıllardır.

Şu gitar olsun çalacağım, dedim, çalmadım.

Ders alayım ödev diye çalacağım, dedim, çalmadım. Oğlum doğsun, ona her gün çalacağım, dedim, çalmadım.

Ukulelem* olsun çalacağım, dedim, çalmadım. Stüdyom olsun çalacağım, dedim, çalmadım.

Halbuki tek yapmam gereken, bunları düşüneceğime çalmaktı.

Ertelemek yerine başlamaktı.

Evet, ertelemek insana konforlu bir süre veriyor ama o sürenin kimseye faydası yok.

* Ukulele: Hawaii kökenli, dört telli bir çalgı.

Gitarı eline almazsan çalınmıyor, bu kadar basit! Bunun gibi gelecekte başka bir olaya havale edilmiş bir sürü başlangıç.

Baktım, büyük palavra.

Artık kendimi kandırmıyorum.

Bugün yaptıysam olacak, yoksa olmayacak.

Bu kadar basit.

Bol başlangıç dolu günler herkese.

Kendinden bir şey yapmak için gerekenler listesi

1- O şeyi yapmaya duyulan büyük istek.

Şimdi bu şart. Ve ne yazık ki, dışarıdan insana yüklenemiyor. Bu içinizde olacak yani.

Doğuştan tutkulu ve arzulu bir tipseniz bu iyi. Yok değilseniz, illa ki tutku ve arzu duyduğunuz bir şey vardır.

Onu arayıp bulun, o bizim asıl malzememiz. Olmazsa olmazımız.

2- Sabahın erken saatleri.

Bu şart değil ama olursa işimiz çok kolaylaşır. Sabahın erken saatlerinde herkes, denizler bile, uyuyor olur.

İşte o vakit, yol almak iyidir.

Henüz hayat dalgalanmamıştır. Cevap ve tepki vermeniz gereken yüzlerce şey silsilesi başlamamıştır ve bu vakti yakalayan şanslılar sükûnetle ve hızla gidecekleri yola koyulurlar.

3- Biraz yetenek.

Şart. Yapmak istediğiniz şeyi yapabiliyor olmanız lazım. Yoksa yapamazsınız. Bazı şanslılar bunu neredeyse doğuştan bilir.

Bakın Picasso olmanız şart demiyorum ama biraz yeteneğiniz olmalı. İstek yoksunluğu gibi, yetenek yoksunluğu da bazen giderilebilir.

Yetenekli olduğunuz şeyi bulana kadar yeteneğinizin olmadığı yerlerde gezinmeniz gerekebilir. Deneyin. Denemekten, beceriksizlikten korkmayın.

Herkes beceriksizliklerle beslenerek bir şeyler yapıyor, inanın. Gidin, yeteneğinizin minik bir inci gibi sizi beklediği o derinlerdeki istiridyeyi bulun, kırın.

4- Şans.

Şart. İnsan şansını kendi yaratır da değil. Evet, şans bulmaya yola çıkabilirsin. Bu iyi. Ama şans varsa vardır, yoksa yoktur.

Bu sebeple, bir insan dünyaya geldiğinde, "Şansı iyi olsun" denir. Şans her gün orada olmaz.

Ama var mı diye etrafı kolaçan etmek akıllıcadır.

Bunun için her gün, mümkünse her sabah, "Bu yapacağım şeyi yapma şansım var mı bugün" diye bakmak gerekir. Hava durumu gibi, günün şans durumu da açık gözlerle kollanmalıdır.

5- Olumlu düşünceler.

Şart değil ama olursa işinin rast gitme ihtimali artar. Yaptığın şeyle ilgili, hayatla ilgili, başkalarıyla ilgili iyi düşünceler sana güç verir.

Kimse yapacağı şeyin boşa gideceği, beğenilmeyeceği, hak edilemeyeceğini düşünerek elini kolunu kaldırıp işe koyulamaz.

Bunlar insanı güçten düşüren düşüncelerdir ve hemencecik bir sinek gibi savurulması iyi olur.

Yaptığın şeyin, seni, hayatı ve başkalarının hayatını, sen yapmadan önceki hallerinden daha güzel bir yere taşıyacağını bilmek en büyük vitamindir. Güzel bir hayaldir. Hayali kurmayan onu gerçekleştiremez.

Tıpkı bir çocuğun, oyunu kurmadan oyun oynayamayacağı gibi.

6- O şeyi yapmak.

Bu şart. Çoğu insanın yapmak istediği şey vardır ama yapmaz. Yapmak ciddiye alınacak şeydir.

Yapmazsan olmaz. Bakın bir daha yazıyorum unutmayın diye: Yapmazsan olmaz.

Oturup yapacaksın.

7- Başkalarını da harekete geçirmek.

Şart değil ama takımla her şey daha güzel olur.

Başkalarında sende olmayan malzemeler vardır ve yapacağın şeyi zenginleştirirler.

Bunun için onları motive etmen gerekir, bu kolay değildir. Genellikle herkes, çok istekli birinin iyimserliğiyle kıpırdanmaya başlar.

Bunları kullanın. İstek gösterisi, iyimserlik gösterisi yapın. Toplanacaklardır. Belki onların aradığı şanssınızdır.

İşte yaptın. Kendini hiç bu kadar iyi hissetmemiştin.

Hayat çorbasına senin adınla bir baharat eklendi ve tadı daha da iyi oldu.

Şimdi artık seni hiç tanımayanlar bile sayende daha güzel bir hayat yaşıyor.

Şu yaptığın küçücük şey bile bir şeyleri değiştirdi. Hayatın anlam kazandı. İyi ki varım, dedin.

Tüketen bir memeliden hayata bir şey katan bir memeliye geçtin.

Yeteneğini biledin, şansınla buluştun, istekle sarhoş oldun, sabah güneşini aldın, en güzeli de "vardın". Daha ne olsun.

Aynı anda iki iş yapanlara

Hepimiz aynı anda bir sürü şey yapar olduk. Mesaj yazarken dizi izleyen. Çocuk bakarken e-mail cevaplayan, arkadaşınla sohbet ederken sosyal medyada kaç *like* aldığına bakan... Araba kullanırken bile biriyle mesajlaşan bir tür olduk.

"Eskiden"le başlayan cümleler kurmayayım diyorum ama eskiden her şey tek şeydi. Bir şeyle uğraşırken sadece o şey vardı.

Mesajlaşmayalım demiyorum, ama o zaman bir yandan yürümeyelim. Yürümeye ayıp oluyor bu sefer. Ne kaldırımı kalıyor, ne kuşu, ne ağacı...

Ekrana bakıp düşmemeye çalışarak gideceğimiz yere varmak oluyor yaptığımız.

İddiam şu: Böylece hiçbir şey yapmamış oluyoruz. Konseri çekersek, o sırada o konseri izlememiş, çekmiş oluyoruz. Ve daha da acıklısı, daha sonra ona hiç bakmıyoruz. Sadece yayınlıyoruz.

Bitti. Başkaları için gidilmiş bir konser. Konsere ayıp oluyor bu sefer.

Gerçekten o anda olduğum büyülü zamanlarda, sadece o şeyle baş başa olduğumu gördüm. Çoğu şey kaydedilmemiş.

Kafamdaki sinemada oynatıyorum. Hafızam gelip bozuyor, yeniden montajlıyor. Fark etmez. Yaşıyor içimde.

Değişmesi bile güzel. Ben anlatıyorum o anı. Herkes kafasında farklı şey canlandırıyor. "Odadaydık" diyorum, kimi sarı bir oda düşünüyor kimi bir otel odası. Güzel olan da bu.

Çok şeyi aynı anda yapıp bir taşla iki kuş vurduğumuzu zannetmeyelim. Çoğullaştırdığımız her an, iki az şeyimiz oluyor.

Tekilleştirdiğimiz her an ise hazinemiz. Derinlemesine yaşayabildiğimiz hayatımız oluyor. Her şey anlamlı.

Yürümek, arabada gitmek, asansörde yukarı çıkmak doldurulması gereken boşluklar değil. İnsanın her gün biraz sıkılması da lazım. Sıkılmak ruhun vitamini.

Sıkılmayan insan kalkıp hiçbir şey yapmaz. O anlarda bile, boş boş etrafa bakıp düşüncelerini takip etmek, inanın daha faydalı.

Kısacası, *multi tasking out, single tasking in*. İnanmıyorsanız açın okuyun. Araştırmalar da göstermiş.

Multi task yapanlar, daha az konsantre oluyor, kafaları dağınık. *Single task* yapanlar, yani bir anda tek bir şeyle uğraşanlar yaptıklarında daha başarılı.

Zaten şu avucuma yapışmış telefon denen aleti sevmiyorum. Hep anlarımı aldatmama yarıyor.

Müzik dinlerken internette geziniyorum onun yüzünden. Sabah uyanıp, pencereyi açıp güneşi selamlayacağıma manzaranın fotoğrafını çekiyorum.

Sonra da kimler sevmiş bakıyorum. Hayat mı bu yani? Başkalarının hayatını dikizleyip durmak, her WhatsApp mesajına ağlayan bebeğe koşar gibi yetişmek mi?

Bence değil. O sebeple telefonu unutma ritüellerim başladı. Aaaa, onu evde unutuyorum, hay Allah. Hiçbir şey de olmuyor.

Tam tersi, hayat matlıktan çıkıyor, bütün renkler gözünün önünde parıldıyor. Her konuşmayı, her kokuyu duyuyorsun.

Sıkılırsan da... Hah işte o zaman yaşadın. Sıkıntından bir şey muhakkak doğar.

Peki sizin ailedeki endişe ne?

Üç gündür iki çift laf ediyoruz. İki bebekli çiftiz. İki oğlan. Biri Aziz Arif, biri Arif Roman. Kendilerini şimdilik bizim kollarımıza bırakmış bu iki koca adam çocukluklarını yaşıyor.

Onlara bakıp, ciddi adam, hisli adam, inatçı adam diyoruz ister istemez. Daha iki laf etmemiş bu iki güzel kokulu canlı hakkında ileri geri konuşmamaya özen göstersek de, bazen bir bakış gelecekteki bir anla göz göze getiriyor bizi sanki. Dediğinde inat edecek diyoruz. Topa futbolcu gibi vuracak diyoruz. En az bir tane şiiri olacak diyoruz. Aslında bilmiyoruz. İpucu ararken bazen ipin ucu kaçıyor. İyi şeyler gördüğümüzde bize ne kadar benziyor, zor yanları ötekine çekmiş. Yüzlerine dikkatle bakıyoruz sonra. Bu adam kime benziyor? Senin halan. Benim babam. Ama değişiyormuş diyoruz. Ellerini birine, saçlarını birine, burnunu başka birine verip kardeş payı yapıyoruz bazen. Öyle herkes mutlu oluyor.

Bunlar böyle kalmayacak, yüzlerimizi yaklaştırıp kafamızı sallayarak komik sesler çıkardığımızda, hep bize kahkahalar atmayacaklar, biliyoruz. Nereye gidecekler? Kime gülecekler? Neden kaçacaklar? derken, endişe mürekkep gibi damlıyor içimize... Hangi okul, hangi arkadaş, hangi kader? Biz onlara canım diyoruz da, başkaları nasıl hitap eder? Onu bilmem ama bizim bir dolu kitabımız var. Haldır huldur okuyoruz. Yanından giderken hep "hoşça kal" denilecek, ne zaman döneceğin söylenecek. Bebek diliyle değil, yetişkin diliyle konuşulacak. Kandırılmayacak, hep doğru söylenecek. Arada ağlamasına izin verilecek, hemen yanına koşup teselli edilmeyecek ... turacak, biz ne yiyorsak onu yiyecek, o...

Seçen... kte yaşamayacak. Hislerine hep s...

Kimse... endi kendine kaldığı zamanlar ya... üçük şey ayakta alkışlanmayacak. ... edilmeyecek... Sanki yeni bir oyun... nu. Biz de kurallar ezberliyoruz. Hep ... u: Ya uymazsak, ya yanarsak!

Biliyoruz, ... yürken bu kurallara uyulmadı. Bu kadar kılavuz basılmış mıydı, onu da bilmiyorum. Yanımızdan bize haber vermede... yiyoruz diye her gün ayrıca köfte makarn... adamakıllı. Gün geldi, onlar ağladı, ... anla hayat rolleri karıştırmaya ... uyorsun, onlar çocuk oluyor, sonr... çocuk oluyorsun, onlar anne bab...

İster eski usul, i... . Şunu anladım. Birisinin anne... yu hikâyesinde başrolde olmak deme... n, uzağında da olsan başroldesin. Sahnelerin... çok ya da az fark etmez. Konu çocuklarımızdan çıkıp kendimiz hakkında konuşmaya geçince gördük: Evde konuşulan endişeleri çözmeye çalışıyor kahraman çocuk. Anne baba sanki bir define haritası çiziyor ona. Çocuk yola çıkıyor. Yol üstünde unutuyor bazen nereye gittiğini, neden gittiğini, aradığının ne olduğunu. Psikolog soruyor: "Bunu sen mi istemiştin, annen mi, baban mı?" İşte orası karışık. Tavana bakıyorsun. Ben, ben...

Ellerini hışımla ceplerine atıyorsun, kayıp bir anahtarın şıngırtısını duymak ister gibi, ben neredeyim sahi? Nereye koydum beni? Annem beni nereye koymuş olabilir? Annemin beni kaybolmayayım diye koyduğu yerdeyim belki.

Analık babalık bu işte. Büyüdükçe daha fazla konuşuyorsun, çocukluk konusu bitmiyor. Herkesin topu varken senin ellerini arkada kavuşturduğun yazdan kalma o resim, bir türlü aklından silinmiyor.

Hepimizin, bazen bir kokuyla bazen bir şarkıyla, ışınlandığımız anları var unutulmayan.

Sevincimizin taştığı, kalbimizin kırıldığı, korkudan ödümüzün koptuğu.

Ne okursak okuyalım, önlerinde saygıyla da eğilsek, o anlar onların. Hiçbir yerde yazmıyor. Dilerim, bu oğullar, bütün oğullar ve bütün kızlar kalplerindeki hazineye koşsun. Bizi de biraz boş versinler.

Her gün kendinin biraz dışına basmak iyidir

Öyle alışmışız ki kendimize. Nil şöyledir, böyledir. Bunu böyle yapagelmiştir ve artık yaparsa böyle yapacaktır.

Fakat hayır. Niye öyle olsun? Niye olmuş olan hükmünü sürsün? Birazcık cesaretle kendimizi eğip bükebiliriz. Bunun iyi tarafı, hem kendimizi hem de başkalarını şaşırtabiliriz.

Ben son zamanlarda kendimin dışına basmaya çalışıyorum. Çizgilerimin dışına taşıyorum.

Mesela şu "Annelere Ninni" klibimde.

Aman efendim saçım yapılı olsun, makyajım olsun, canım efendim havalı civalı klibi olsun derken... Tamam ya, dedim, tamam. Çizginin dışına basıyorum!

Evde giyerim elbisemi, azcık maskara ve dudak cilası sürerim, saçlarımı da tepeden toplarım. Alırım gitarımı elime söylerim şarkımı.

Zaten şarkıyı böyle yazmadım mı! Cilasız, ham halini dinletsem n'olur?

Yıllar evvel bir röportajda, iyi bir şarkının sadece gitarla çalındığında da çok güzel olması gerektiğini söylüyordu dünyaca ünlü bir prodüktör. "Şarkı iyiyse, testi budur" diyordu.

Gerçekten de o dönem dünya hiti olan "Toxic" şarkısını öyle dinlemiştim ve muhteşemdi. Britney, parlayan çıplak tulumu, dans, şov vesaire tabii etkileyiciydi ama asıl şarkı iyiydi. Sonraları ne zaman şarkı yazmaya kalksam, hep gitarla iyi mi bu melodi diye bakar oldum.

Yine de bu sadeleşme benim için radikal oldu. Deniz ve Uğurcan'la bu radikal kararı alıp, cep kamerasını açıp eve girdik. Sonunda da Serdar iPhone'uyla tek seferde çekti "Annelere Ninni"yi.

Gece kara kara düşündüm. Öbür düşündüğümüz klibi mi yapmalıydık... Azıcık ruj mu sürmeliydim...

Sonra ta derinde kendimi, "tanınan", "meşhur", "Nil Karaibrahimgil" kelimeleriyle Google'lamayı bıraktım.

Yahu nedir amacım? Annelere uyusunlar diye ninni yazdım, onu söylemek, Anneler Günü'nde onlara hediye etmek.

Şimdi bu yazdığım cümlenin şatafata, çatapata ihtiyacı var mı? Yok. Klipte tek boynuzlu atların uçuşması, sakura ağaçlarının tatlı bir rüzgârda salınması şart mı? Hiç!

Attım pullu payetli ceketleri üzerimden, oh ne rahat!

Eve arkadaşım gelmiş de ona söylermiş gibi söyledim. Bitti gitti. Koydum Youtube'a, Instagram'a.

Hayatımda hiçbir Instagram videom bu kadar dinlenmedi, iltifat almadı. Sağ olsunlar, anneler ninnimi duydu ve dilerim o gece tatlı tatlı uyudular.

Tek bir satırı akıllarında kalsa da iyi gelse, yeter bana zaten. Hayatta cebe minik bir anahtar atabilmek, kovaya bir yudum su damlatabilmek peşindeyim. Belki oldu, belki mutlu etti, bunları bir tek ben hissetmiyormuşum dedirtti.

Şimdi bu kendimin dışına basışım ve oradan duyduğum tatlı sesler beni düşündürmeye başladı. Her anlamda.

Biz şarkı yazarları size ve kendimize karşı samimi ve gerçek olmak istiyorsak şayet, olduğumuz yerden seslenmeliyiz. Kendi yolculuğumuzdan bahsetmeliyiz. Başka şansımız yok zaten.

Beyonce'nin son albümü niye muhteşem, çünkü yaşadığı acıyı çatır çatır anlatmış. "Şimdi acırlar bana" dememiş. "Dur öfkeli görünmeyeyim" dememiş. Neyse, koymuş masaya koca bir çiğ et parçası gibi hâlâ atan kalbini.

Hayatımda Beyonce dinlememiştim. Ama neyi çok yapmak istersin derseniz, o kadar gerçek hisleri o kadar şatafatlı anlatabilmek, "Lemonade" (limonata) gibi bir albümü baştan sona film gibi çekmek isterim. (Lütfen izleyin "Lemonade"i.)

Limonataya giden yol, limondan geçiyor yalnız. Şimdi bazen diyorlar, amaaan anne şarkıları anne şarkıları. Evet, anne şarkıları. Kalbim şu an annelikte atıyor, size yalan mı söyleyeceğim?

Şunu unutmayalım ama, kimse sadece tek bir şey değil. "Annelere Ninni"de dediğim gibi "İçimde hâlâ küçük bir kadın dans eder". Yakında o kadını da piste çıkaracağım, dansını edecek.

Bu sırada kendi hapşırığımı tutmayacağım ama. Kendimin dışına basmaktan ve sadeleşmekten de korkmayacağım.

Bir şarkıcı bazen bazı yerlerden, tek gitarla, spot ışıksız da geçebilmeliymiş. Bunu gördüm. Bunu bana siz gösterdiniz. Işığınızla. Anneliğinizle. Samimi olana hemencecik açılıveren gönül kapınızla.

Bir hayat dersi

Bir keresinde Gülin'in parmağını, eve aldığı bir sokak kedisi ısırmıştı.

Ama öyle böyle ısırmak değil, kedi çenesini Gülin'in parmağında kilitleyip dakikalarca açmamış çenesini. Sokaktan eve geldiğinde hayli hastaymış. Hastalığın da verdiği ürkeklikle, onu yataktan yere indirirken ısırıvermiş işte.

Sonra koşarak hastaneye gittiklerinde, acildeki doktor, "Bu parmak kurtulmayabilir bile" demiş. O denli iltihap kapmış parmağı yani.

Ben de hatırlıyorum, parmak önce davul gibi şişti, sarardı soldu, tırnağını itti düşürdü. Neler oldu neler.

İnsan tırnağının bile kıymetini bilmeli, gece yatarken şükrünü etmeli. Neyse, olayın asıl inanılmaz kısmı bence bundan sonra başlıyor.

Gülin üç antibiyotik birden içerek sızlayan parmağıyla işe gidip gelirken, bir ara merak edip sordum, "Kedi n'apıyo?" diye. "N'apsın, evde" dedi.

"Evde mi!" dedim. Evdeymiş.

Önce veterinere götürüp tedavi ettirmişler.

Sonra hasta ve asabi olduğu için saldırganlaştığına, ama aslında kuzu gibi bir kedi olduğuna ikna olup evlerine buyur etmişler.

Zaten kedi haftalar sonra tedavisi bitip geldiğinde, hemen gidip o ısırdığı parmağı yalamış.

Adeta onu iyileştirmeye çalışmış. N'apsınmış, olurmuş arada böyle.

"Peki" dedim, "annen baban ablan, onlar da kediyi eve kabul ettiler mi yani kolayca."

"Tabii" dedi, "onlar da çok sevdi kediyi."

"Zaten" dedi, "bilerek yapmadı ki, zavallı çok hastaymış, herhalde onu alıp yere bırakacağımı anlamadı, zarar vereceğimi düşünüp kendini canhıraş bir şekilde savundu zavallı kedicik."

"Nesini sevdiniz? Size neredeyse parmağını kaybettirecek kadar vahşi bir saldırıda bulundu. Öylece af mı ettiniz yani?" demedim.

Onların bu pamuk gibi kucak açışı bana ders oldu.

Zaten ders okulda olmuyor, hayatta oluyor. Hiç ummadığın bir anda hayat, "Kâğıt kalem çıkarın sınav yapıyorum" diyor.

Çalıştığın yerden de, çalışmadığın yerden de gelebilir. Hemen oracıkta geçer ya da kalırsın.

İkmale kalırsan aynı sınava defalarca girersin. Geçene kadar sınav devam eder.

Hatta bazıları bu sınavların birkaç ömür boyu, sen o dersten geçene kadar devam ettiğine bile inanır.

İşte bu olay da dersti bana. Oturup çalıştım. Onlar bu sınavı böyle verdi, bana olsaydı böyle cevaplamazdım, dedim.

Benim cevabım "defol" mu olurdu yani?

Defol bir cevap mıdır? O boş bırakmaktır kâğıdı. Boş kâğıttır kovmak.

Kalbini açman destandır. Adın koca harflerle yazar kâğıtta.

Kediyle işin bitmez, öfkeyle işin biter. Kediyle ilişkin başlar.

Kediyle şimdi aşk var aralarında. Gülerek hatırlıyorlar ısırığı.

Halbuki öbür türlü ısırık kötü anılara kaydolacaktı. Ve o raftan hep pis kokular gelecekti. Halbuki şimdi, yeni pişmiş kek gibi kokuyor.

Hepimize hayat sık sık bu sınavlardan yapıyor.

Hazırlıksız yakalandığımız bu sınavlarda, okuldaki gibi kopya çekmek de imkânsız.

Hayatın sınavları amansız. Tek başına alıyorsun kalemi, cevaplıyorsun.

Başkalarının sınavlarını da ders gibi çalışıyoruz bazen. O yüzden hikâyeleri bu kadar seviyoruz. Başkaları sınavları nasıl vermiş, bakıyoruz.

Parmağını kaybetme noktasına gelene kadar sana acı vermiş yabancı bir kediyi tekrar evine alır mısın? Soru bu.

Gülin ve aile masası "Alırız" dediler.

Şimdi bakıyorum da, onlar her şeyi içeri buyur ediyorlar.

Kalpleri bu kadar geniş. İşte bundan evleri hep şenlikli. Hep ışıklı, kahkahalı, bereketli. Kedi sadece minik bir örnek.

Bir insan bir şeye ne tepki veriyorsa, bilin ki her şeye aynı tepkiyi veriyor. O kediye kapısını açan, hayatı da korkusuzca içeri buyur ediyor.

Dersim şu: Sana zarar vereni bazen anla ve affet. O zaman sevgisini tadabilir, ondan bal bile yaparsın.

Beş yaş yaşlıymış

Bebeğim olduktan sonra değiştim ben. İnsan olmayı hiç bu kadar önemle düşünmemiştim. Elime bir insancık bırakılana kadar, "Bir insan nasıl büyür, nasıl büyümeli" sorusu yoktu kafamda.

Hepimiz büyüdük işte bir şekilde. Anne babalarımız da mükemmel değildi. Ben de olamayacağım. Elimden geleni yapmayı sevdiğimden didinip duracağım ama.

Bilim bize diyor ki, beyin gelişiminin büyük bölümü beş yaşında bitiyor. Hayatımızın en verimli, en çok şey öğrendiğimiz, zekâ patlaması yaşadığımız, istersek aynı anda bir sürü dil öğrenebildiğimiz yaşları ilk beş. Bir, iki, üç, dört, beş. O kadar.

Sonra da değişim, gelişim mümkün ama çok daha yavaş. Daha az bir kapasiteyle.

Özellikle ileride nasıl biri olacağımızı bu yaşlardaki beslenme, sevgi, konuşmalar, bize anlatılanlar ve yaşananlar etkiliyor. Ne acayip.

Bu zamanları neredeyse hiç hatırlamıyoruz ama bizi biz yapıyor.

Şimdi dünyada okul öncesi eğitimin önemi konuşuluyor artık. Beş yaş yaşlıysa, önceden başlamalı birçok şey.

Amerika'nın ünlü bir üniversitesinden bir profesör demiş ki: "18 yaşındaki çocukların eğitimi için, aileleri yılda 200 bin dolar harcıyor. Halbuki o çocukların çoğu bütün gün bira içiyor. Paraları, bebeklerin eğitimine verseler daha iyi."

Bir de, "Asla vurmayın çocuğa" diyorlar. (Ki zaten çocuğuna kim vurabiliyor onu da anlamak mümkün değil.)

Evde herhangi bir şekilde gerginlik ve şiddet hisseden çocukların, konsantrasyonunda ve sosyal ilişkilerinde bozukluk gözlemlenmiş.

Bu çocuklar sürekli bir endişe halinde yaşadıklarından hep kırmızı alarmdalar. Rahatlayamıyorlar. Bu bütün hayatlarını etkiliyor.

Ben okul öncesi eğitimin ve aile tutumunun önemini biliyordum ama bu kadarını bilmiyordum.

Kendilerine sık sık konuşulan, hikâye anlatılan çocuklarda dil gelişimi, konuşulmayan çocuklara göre altı ay fark atıyormuş. Sonra da ömür boyu kapanmıyor bu aralık.

Ben oğluma, devlerin arasına düşmüş tatlı küçük değerli insan karşılaması yapıyorum her gün. Küçük diye onu kucağıma aldığım gibi birine vermiyor, bir yere koymuyor, istediğimi yapmıyorum.

Anlatıyorum: "Şimdi böyle olacak", "Şimdi seni anneannene vereceğim." İzin alıyorum ondan.

"Altını değiştirebilir miyim?", "Aç mısın?" diyorum. Cevap veremiyor olması, cevabı ya da tepkileri olmayacağı anlamına gelmez.

O benim misafir ettiğim saygıdeğer bir beyefendi. Bizim için öyle. Bizi seçip gelmiş. Onu ağırlıyorum ben. Ezmiyorum küçük diye. Kafama göre takılmıyorum suskun diye. Öylesine davranmıyorum bebek diye.

Arkadaşım Bülent'in oğlu Bulut'a dediği gibi, "Bulut Bey'in bebekliği" yaşanan. Değerli, altın yıllar. Bilim de bunu söylüyor.

Anneler babalar, beş yaşa kadar elimizden gelenin en iyisini yapalım. Sonrası biraz karakter, biraz kader.

Gülben Ergen'e de helal olsun. "Çocuklar Gülsün Diye" anaokullarını açıyor Türkiye'nin dört bir yanında. Ağaç yaşken eğilir, ne güzel söylenmiş değil mi?

Gürültü kutusu dünya!

"Dünya, güneşle çalışan bir müzik kutusu" diyor akustik ekolojisti Gordon Hempton. Yeni merakım podcast dinlemek. Bu yaz sıkı bir sosyal medya detoksu yapmayı planlıyorum.

Açıkçası biraz da sıkıldım artık şu "Instagram'daki ben"lerden.

Gerçek bize aslında benzemeyen. Kahvenin fotoğrafını çekerek, soğuk içen. Ağaca hiç bakmadan, resmini gösteren.

Bir yerde eğlenmeyip eğlence fotoğrafını yeğleyen...

Oh, sessiz bir köşe bulup, güzel bir sohbet dinliyorum onun yerine. Hem yeni birisiyle hem de yeni bir bakışla tanışıyorum. Hayatta yeni bir bakışla tanışmak kadar sevdiğim şey yok. Merhaba Gordon Hempton ve kafayı taktığı şu sessizlik.

Gerçek şu ki, gözlerimizi kapayıp olduğumuz yeri hiç dinlemiyoruz. Dinlesek de büyük ihtimal gürültülü sesler duyardık. Zaten Gordon Hempton da, "Sessizlik, sesin yokluğu değil, gürültünün yokluğu" diyor.

Tıpkı kutup ayıları gibi, sessizliğin de artık dünyada soyu tükeniyormuş.

Dünyada insan yapısı gürültünün olmadığı sadece on iki yer kalmış. Gordon da buraları, bu son kalan sessizlikteki güzel sesleri kaydedip saklıyor.

Yoksa bir daha duyamayacağız.

Gün doğarken bir ormanı. Kendini kayalardan baş aşağı bırakan suları.

Rüzgârın geçişini ayakta alkışlayan yaprakları. Dedikodusu bitmeyen kuşları.

Bir de tıngır mıngır raylarında, acelesiz giden buharlı treni. "Onu niye kaydettiniz, o doğanın parçası değil ki" diye soruyorlar. Cevabı dinlemeniz lazım. Raylarla tekerleklerin kurduğu o eski muhabbetin tereddütü gibi anlatıyor frenini. Makinistin iç çekişi gibi anlatıyor düdüğünü...

Ne kadar az şeyi dinlediğimi düşünüyorum. Şehrin trafikle, inşaatla, bağırış çağırışla sıkı sıkı avuçlarını bastırdığı kulaklarımla, pek az durup dinlediğimi. Halbuki atalarımızdan bize miras, kendini sessizlikte güvende hissetme güdümüz var.

"Hah, güvendeyim, yırtıcı hayvan yok. Yaklaşan bir tehlike yok" diye uykuya daldığımız yüzyıllar var. Onların beynimizdeki küçük hatıraları adına, arada kaçmak lazım belki, sessizliğe olamasa da gürültüsüzlüğe.

Gerçekten uzaydan bakıldığında, delice dönen yanardöner bir müzik kutusu gibi dünya.

Yıldızlarla dolu bir uzay partisindeki disko topu. Üzerinde sonsuza dek yaşayacağını düşünen, gürültücü, ciddi insanlar.

Ciddi olmayalım o kadar. Gürültücü olmayalım o kadar. Hayat anlık bir buluşmaysa, bu kadar da sıkmayalım yumruğumuzu.

Gevşetelim şu çenemizi. Kapatalım da şu çenemizi. Dinleyelim. Diyecekleri olanları. Başkalarını. Bak bahar geliyor. Biraz da rüzgârı, dalgayı, kuşu, ovayı.

Dünyada insan yapısı gürültü olmayan, o sessiz yerleri düşündüm.

Özledim hatta. Arkada matkap sesi duyulmazken ezilen yaprağın azarını, arkada korna çalmazken bir gülümsemenin ninnisini, uğultu yokken ansızın gelen bir esintinin fısıltısını...

Mesela bazen pazar günlerini düşünüyorum. Nasıl bu kadar sakin olabiliyor? Yani pazartesiden nasıl bu kadar farklı mesela his olarak?

Bir pazar günü gibi yaşamaya kalksan da, asla bir pazartesi pazar gibi olamıyor. Sebebi, topluca susmamız mı biraz acaba o günlerde?

Geç kalkılan yataklar mı, uzun uzun hazırlanan kahvaltılar mı, susup da dinlenen çocuk sesleri mi?

Nedir pazarı pazar yapan...

Belki de gürültünün nispeten azlığı.

Bu yaz, başka hislerle açın şu yazlığı.

Nil tavsiyesi, sessizlik avcılığı.

Sohbetin hazin sonu

Kimse kimseyle oturup şöyle derin derin gözlerinin içine bakarak konuşmaz oldu.

Herkes mesajında, sosyal medyasında, mail'inde. Herkesin bir gözü cebinde. Buna bu kadar kafayı takan tek ben miyim diyordum, değilmişim.

Reclaiming Conversation (Sohbeti Geri Kazanmak) kitabında okuduğum kadarıyla, bu iş artık ciddiye binmiş. *Teenager*'larla araştırmalar yapılmaya başlanmış.

Cep telefonu dünyasına doğan ve yüzünüze bakarken, rahatlıkla mesaj yazabilen yeni neslin arkadaşlıklarına bakmışlar. Ne görmüşler dersiniz: Empati duygusu gelişmiyor.

Neden? Çünkü mesaj yazarak duygu geçmiyor. Emojiler filan palavra. Birbirlerinin gerçek duygularından bihaber, kalp kırdığında farkında olmayan, harfler dünyasında yaşayan bu gençlik empati becerisini kaybetmiş. Yaptıklarının karşı tarafta yarattığı duyguyu bilemiyor.

Sohbet, yüz yüze bakılınca, karşındakini dikkatle dinleyince yapılan o güzel alışveriş, bize kelimelerden çok daha fazlasını veriyor. Hatta diyorlar ki, yan yanayken laflarımızdan çok beden dilimiz ve mimiklerimizi okuyormuşuz.

Kelimeler çok satıhta kalıyormuş. Mesela ben senden bir şey istiyorum, sen bana evet diyorsun, ama aslında gönülsüzsün, yüzüne gülme emojini yapıştırsan bile gönülsüzsün. Ve ben bunu ancak senin ses tonundan, vücut dilinden ve mimiklerinden anlarım. Hatta sadece onu değil, seninle ilgili birçok şeyi daha anlarım.

Sohbet ettiğimiz her saniye adım adım sana yaklaşırım ve en önemlisi, ayna nöronlarımla, hissettiklerini hissedebilirim. Eminim hepinizin hayatınızda en az bir kez, karşınızda biri ağladığında gözleriniz dolmuştur. İşte buna ayna nöronlar sebep oluyor. Senin duygu ceketini giyip, bir an sen olup, senin ayakkabılarınla, senin yoluna basabiliyorum. Empati zaten bu değilse nedir?

Yüz yüze bakmazsak empati kuramıyoruz, nokta. Trafikte birbirine dokunan arabalardan hep öfkeli insanlar iniyor. Niye? Araba kullanıyoruz ve birbirimizin yüzünü okuyamıyoruz. Halbuki kaldırımda dirsek atarak geçenler kavga etmez. Döndükleri an karşılarında bir surat bulurlar çünkü. Duygular taşıyan bir surat. Özür dilerken ya da acelesi varken samimi olan birinin suratı. Konuşmadan bunları anlamak kolaydır.

Ne zaman birisiyle "gerçek" bir sohbet etmek istesem, önemli bir şey söylemek istesem yanına gidiyorum. Cebimi de masaya koymuyorum. Vaktimi, dikkatimi, varlığımı ona veriyorum. Susup onu dinliyorum. Gözlerindeki altyazıyı okuyorum. Gözünü kaçırarak söylediklerini ve en önemlisi hiç söylemediklerini dinliyorum.

Gerçeğin orada olduğunu biliyorum. İki nokta üst üsteden sonra gelen kapalı bir parantez işareti ne kadar gülebilir ki? :) İşte bu kadar.

Demem o ki, sohbeti unutmayalım. Kıymetini bilelim. Nasıl bir psikologla yazışarak, emojiler koyarak terapi seansı yapamıyorsak, sevdiklerimizle de gerçek bir ilişki kuramayız.

Evet, cepler bilgisayarlar bizi tatsız karşılaşmaların, bağrışmaların arenasından yalancıktan koruyabilir ama o meydana çıkmadan sevgi de aşk da yaşanmaz. Kaçak yaşayan kaçık yaşar.

Dediğin misin, yaptığın mı?

Hayır ama bu kamyonu alamayız.

Bizim evde bir sürü kamyonumuz var.

Bu kamyonlar, kamyonu olmayanlar için.

Bizim ihtiyacımız yok, çünkü bizim evde bir sürü kamyonumuz var.

Çimento kamyonumuuuuz, çöp kamyonumuuuz... (Sizi sıkmayacağım, burada anne evdeki bilumum kamyonları sayar.)

Daha ilk başta karar vermiştik biz. (Aile değerleri okuldan bile önemliymiş).

Oyuncaklarla bezeli bir dünya kurmayacaktık oğlumuza.

Evet, sonu gelmez bir kamyon sevgisiyle dolu.

Olmayınca, hayal gücünü kullanmak zorunda kalıyor çocuklar ve aslında çok oyuncak onlara yapacağımız en büyük kötülüklerden biri.

Hem kıymet bilmez, hem doyumsuz hem de hayalsiz kalıyorlar.

Kuzguncuk'taki Waldorf Okulu'nu ve genel anlamda oyuncaksız olan okulları bu yüzden seviyorum.

Anaokuluna giriyorsun. Oyuncak moyuncak yok.

Emilia Reggio okullarında da yok, Montessori okullarında da yok. Ahşap bloklar var, çamur var, kendi materyalleri var, park var.

Doğum gününde gelen bütün oyuncakları da kaldırdık. Kendimize göre bir kotamız var yani.

Neyse o gün, esnafın kafası şişti benim bu uzun konuşmamdan.

Adamcağız demiştir, "Yahu üç kuruşluk kamyonu almıyorsun çocuğa!"

Almamayı koydum ama kafaya. (Hayır deyince evete çevirmiyorsun, bu çocuk işi karışık, zor zanaat, ben de hâlâ kıvıramıyorum tam, zaten kim tam kıvırmış ki canım!)

Neyse, o sırada gözüme pembe bir çanta takıldı. İç yaşım üç-beş olduğundan bayıldım ben buna. Sanki çocukluğumda kavuşamadığım tek boynuzlu at bana bir şeyler fısıldıyordu.

Pembenin en sevdiğim tonundan bana göz kırpar, gel kavuşalım artık der gibiydi.

"'Tüketme, üret" diye bir felsefeden besleniyordum son zamanlarda ve bir şey almıyordum artık üstüme başıma.

Olanlar bana ömür boyu yeterdi. (Yani ileride yaşlandığımda biraz çizgi dışı olmayı kabul edersem tabii, ki ediyorum.)

Fakat bu çanta kuraldışıydı!

Kırtasiye sayılırdı bu canım, giyim kuşam değil.

Hep öğrenci kalmak isteyen Nil tutturdu. Yukarıdaki konuşmayı ona yapamadım.

"Şuradaki pembe çanta ne kadar?" dedim...

"Tamam alıyorum" dedim.

Aldım da...

Bu ne perhiz, bu ne lahana turşusu?

"Dünyada görmek istediğin değişimin kendisi ol" demişti Gandhi.

Çocuklarla ilişkide bu en önemli şey.

Dediğini değil, yaptığını öğreniyorlar. "Teşekkür ettin mi amcaya?" deyip de sen kimselere teşekkür etmezsen, o da etmiyor.

"Cep telefonu iyi değil, şeker kötü, ekmek olmaz" gibi sloganlarla etrafta dolanıp cebinden kafanı kaldırmıyor, şekerli şeyler yiyor, ekmekleri löp löp yutuyorsan, unut gitsin!

Bu sebeple işte, ben o dükkândan yenilgiyle çıktım. (Siz öyle zannedin.) Çantayı ayırtıp sonra gidip aldım.

Ağzımızdan çıkanlarla yaptıklarımızı denkleştirmek büyük erdem.

Bir çocuk öyle bir ayna ki, hani şu ışıklı olan, büyüteçli olanlardan.

Gözeneklerine kadar görüyorsun kendini. Aslında sürekli kendine bakıyorsun.

İnsanlara teşekkür ediyor muyum? Ben kendime ihtiyacım olmayan şeyleri de alıyor muyum?

Cebimin mavi ışığıyla yüzüm apaydınlıkken, onun zararlı bir şey olduğunu mu söylemeye çalışıyorum?

Ben ona değil, o bana öğretiyor.

Unutmayayım diye de yazıyorum işte böyle buralara.

İnsanın neresi insanca?

Sabah sabah, bir köpeğin boğazına bir şey kaçınca, e tabii o da haklı olarak öksürür gibi sesler çıkarınca hepimiz uyandık.

Sonra tekrar uyumaya çalıştıysak da, gözünü açıp günün gözlerine baktıktan sonra, görmemiş gibi yapıp uyumak da ayıp oluyor.

Ben de kalkıp yüzümü yıkadım.

Şu bütün pencereler açık uyuma işi güzel ferah da işte, sabaha karşı şu ağustosböcekleri korosu yok mu?

Ağustosböcekleri demişken, toprağın altında on yedi yıl kozada kaldıklarını, sonra da sadece dört hafta çiftleşmek üzere yeryüzüne çıktıklarını öğrenince, gözüme kelebekten bile daha romantik görünür oldular. Çıkardıkları sesi, kanatlarını birbirine sürterek çıkarıyorlar.

Çalılardan ağaçlardan taşan, yazın sıcağını daha da kavruk yapan o ses, onların aşk şarkısı.

Eşlerini arıyorlar o sesle. Rock konseri o onların. Serenatı. Çellosu, kemanı, kanunu.

Dilerim şu pencerenin önünde duran ağaçta avaz avaz bağıran bütün ağustosböcekleri sevdiklerine kavuşsun.

Dilerim bütün insanlar da sevdiklerine kavuşsun, diyeceğim ama insanlık bu gidişle bin yıl daha dayanmaz diyor *Sapiens* kitabında Yuval Noah Harari. İnsanı öyle bir anlatmış ki, “Bu ne vahşi, ne tahammülsüz türmüş canım” diyorsunuz kitabı okudukça.

Başka bir canlı türüne ait olasınız geliyor.

(Ağustos böcekleri olabilir ama onda da on yedi yıl koza var.) Daha gezegende üç yüz beş yüz kişiyken bile, bu homo sapiens denen tür, adım attığı bütün kıtalardaki canlılığı tüketmiş. O kadar çok canlı türünü yok etmiş, yazık etmişiz ki.

Mesela *elephant bird* (fil kuşu) varmış kocaman.

Tabii ki uçamayan.

Onlar artık yok. Dev lemurlar yok. Yüzlerce hayvanı kesip yemekten bitirmişiz.

Şimdiye bir şey kalmazdı da, büyükbaşları ve tavukları kesimhanelerin yanında odacıklarda, balıkları da suya yaptığımız çiftliklerde hızla ürettirip, ilaçlayıp yemeye başlayınca talebin birazı karşılanıyor.

Kendinden azıcık farklı türlere bile tahammül göstermemiş homo sapiens.

Harari diyor ki: "Akrabamız homo erectus en azından barış içinde 1 milyon yıl yaşadı."

Sapiense bu da nasip olmayacak.

Savaşçı bir tür.

Yine de, "Türüm savaşçı ne yapayım" deyip işin içinden çıkamayız.

Gereğinden çabuk büyümüş ve taşıyacağız diye belimize, boynumuza ağrılar saplayan şu koca kafamızı çalıştırıp nasıl birbirimizle savaşmayız, savaştıramazlar diye düşünelim.

Dünyanın tek evimiz olduğunu ve onu bitirirsek bize ve çocuklarımıza yaşayacak yer kalmayacağını anlayalım. İçimizde şiddet olsa da, onu göstermeden yaşanan bir hayatın düşünü kuralım. Beni kaygılandıran ne öksüren köpek, ne tükenen fil kuşu ne de balık.

Beni kaygılandıran, insanın tuzaklarına düşmeyen, insanı dönüştürme umudu olan nesillere vesile olabilecek miyim düşüncesi. Sadece bir anne olarak değil, mikrofonu ve kalemiyle donanmış biri olarak, insanı silahsızlandırmayı başarabilme ihtimali.

İyi insan olmanın tek emel olduğu günler.

Dünyayı digerkâm insanların vatanı kılmak.

Dileğim hiçbir sabah, çocukların öldürüldüğü bir dünyaya uyanmamak.

#makyajyok

Çok meşhur, Grammy'ler kazanmış, sesi enfes, müzik yeteneği tartışılmaz, hele "Empire State of Mind" şarkısını tek piyanoyla çalıp söylediği konser performası dillere destan, güzel ve genç bir kadın şarkıcı, günün birinde çıkıp, "Ben artık makyajsız, olduğum gibi fotoğraf çektireceğim, hatta yeni albümümün kapağında hiç fotoşopsuz, sıfır makyaj olacağım dediğinde içimi hayranlıkla karışık bir merak kapladı.

Kadınlar, çok az makyaj yapanları da dahil, kolay kolay makyajsızlığa karar vermez.

Dünyaca ünlü şöhret olanlarıysa asla böyle bir karar vermez.

Bu fotoğrafı çektirmez ve kapağa koymaz.

Güzelliğiyle de meşhursa hiç yapmaz....

O zaman Alicia Keys neden yaptı? Nasıl yaptı?

Yolculuğu onu nereye getirdi de bize kendini bu kadar doğal haliyle göstermekten korkmadı?

İlk albümüm *Nil Dünyası*, "Erkekler Yüzünden" şarkısıyla açılır.

Sözleri şöyle: "Selülit kremi ve nemlendirici / sabun sürme asitli / jöle de saç döker / oje değil belki ama hafif bir parlatıcı / uçuk pembe rujun olmalı yaz makyajı / gülümse erkekler pozitif kızları sever!"

Ben bu konuya her zaman kafa yordum.

Nedir kendimizc boca ettiğimiz bunca ürün?

Niyedir, sebebi erkekler midir, başka kadınlar mıdır?

"Kendim için" diyenlere pek prim vermiyorum ben.

Hiçbirimiz hiç kimseyi görmeyeceksek süslenip püslenmeyiz.

Herkes bir yolculukta, hepimiz bir yerlere gidiyoruz.

Kimimiz telaş içinde, kimimiz huşu içinde.

Kimimiz yokuş çıkıyor, kimimiz yokuştan iniyor.

Kimimiz suda yürüyor, kimimiz çimde.

Alicia da yolculuğunda, sadeleşme, boyalarından soyunma safhasına gelmiş. Anne olmuş.

Bir şarkı yazarı şarkı yazarken, "Bu yaz patlasın" filan gibi şeyler düşünmeden yazarsa, ki öyle yazmalı yoksa şarkısı çabuk söner, içindeki isyanlara bakmalı.

Alicia da bakmış. İsyanı kendini sakladığı, farklı göstermek istediği, başkalarını önemsediği şeylere olmuş.

Şöyle diyor röportajında:

"Her gün evden çıkarken, ya makyajsız çıkarsam ve birileri fotoğraf çektirmek isterse diye korktum. Bu düşüncelerin hepsi 'Başkaları benim hakkımda ne düşünür?' üzerine kuruluydu. Artık ne yüzümü, ne aklımı, ne ruhumu, ne düşüncelerimi, ne rüyalarımı, ne de kavgalarımı boyamak istiyorum."

Bir hashtag'le bu akıma davet etmiş kadınları: #nomakeup (makyajyok).

Hemen arkasından Gwen Stefani, Julia Roberts, Salma Hayek gibi ünlü anneler, bu hashtag'i koyarak makyajsız, efektsiz yüzlerini internete koydular.

Ardından yüzlerce kadın, yüzlerinin makyajsız halini internete koydu.

Bir akım başladı. Alicia Keys kadınlara, kendileri olmaktan ve oldukları gibi görünmekten korkmamaları için çağrıda bulundu.

Albüm kapağını da, spordan çıkıp saçlarına kumaşı sarıp terli terli çektirmiş.

Üstelik yorgunken. Üstelik hiç fotoşopsuz.

Albümündeki "When A Girl Can't Be Herself" (Bir kız kendisi olamadığında) şarkısının sözleri şöyle:

"Sabah uyandığımda / ya makyaj yapmak istemezsem? / kim demiş kusurlarımı saklamak zorundayım diye? / belki de bütün o maybelline'ler filan kendime güvenimi kapatıyordur!"

Ne dersiniz kızlar, Alicia'nın anahtarını alıp bu kapıdan girelim mi?

Kapat kapat, boya boya nereye kadar değil mi?

En önem verdiğin değer ne?

Daha henüz biz bir çocuk yuvası kurmamışken gittiğimiz bir yuvada şunu sormuşlardı bize: "Aile değerleriniz nedir? Oturup onu yazın."

İnanın, okuldan daha derinden çocuğunuzu etkileyecek şey o olacak.

Evdeki değerler.

Yazılmamış ev anayasası.

Hepimiz iki insanın patron olduğu bir eve doğuyoruz bir nevi.

Anne ve baba.

Onların kuralları.

Onların birbirleriyle ilişkileri.

Onların dış dünyayla ilişkileri.

Parayla pulla, işiyle gücüyle, dedikoduyla, televizyondakiyle, yan komşuyla, kardeşleri ve akrabalarıyla...

En önemlisi de hayatla ilişkileri.

Bu ilişkilerin hepsi görünmez değer kaideleri üzerinde yükseliyor.

Yani her şeyin başı sonu değerlerimiz.

O gün eve gittiğimizde oturup yazmaya başladık. Henüz bitmedi.

Bu evin atmosferindeki değerler neler?

Bu evde dürüstlükten, başarıdan, adaletten nasıl bahsedilir?

Arkadaşlarla aramız iyi midir?

Birbirimize hoşgörülü ve saygılı mıyız?

Başkalarına güvenir miyiz?

Evde pişeni, fazla geleni, bizden taşanları paylaştırır mıyız, katlayıp kilere mi saklarız?

Kimsenin bilmediği sırrımız, anlatmadığımız yaramız, dokununca kanayan yerimiz neresidir?

İşte çocuk, dili, matematiği, okumayı filan değil, asıl bunları sünger gibi içine çeker.

Evdeki değerleri içselleştirir.

Ve bunlar onun ruhunun havada yazılı anayasası olur.

Bu konu beni meşgul ederken, Begümhan Doğan Faralyalı'dan Ortak Değerler Hareketi mail'i geldi.

"Bizim ortaklarımız, ayrı gayrılarımızdan çoktur" diye yola çıkmışlar.

KONDA araştırma şirketinin genel müdürü Bekir Ağırdır'la Türkiye'ye karış karış soruyorlar, "En önemli değeriniz nedir, neden" diye...

Bu konudaki bulguları bizimle paylaşmak için "İşte Değerlerimiz" konferansı yaptılar.

Konferans sonrasında, mensubu olduğum bütün WhatsApp gruplarına sordum: En önem verdiğin değer hangisi? Çocuğunuzun kuzeyi hangi değer olsun?

Adalet, ahlak, aile, hoşgörü, dürüstlük, saygı, namus, güven, arkadaşlık, merhamet...

Hangisi?

Aslında soru basit bence, bunlardan hangisi altınızdan çekilince düşüyorsunuz?

Çocuğunuz kendini bunlardan hangisi ya da hangileri üzerine inşa etsin dilersiniz?

Dilersiniz diyorum, çünkü eğer sizin inşaatın harcında bunlar yoksa, zor.

Ayrıca kendini kâr etmek değil de değerler üzerine kuran şirketler de diğerlerine göre avantajlı.

Herkesin sırtını dayayacağı bir koltuk sırtlığı gibi bir şey bu.

Sokaktaki bir çocuğa "evladım", bir yaşlı kadına "teyze" ve adama "amca" denilen, sokağı ağbi ve ablalarla dolu koca bir aile toplumuyuz biz.

Kıymetini mi bilsek, n'apsak?

Habersiz bandosu

Yapmışlar yapmışlar. Çocuk değilim artık ama böyle doğum günü görmedim.

"Habersiz" diye WhatsApp grubu kurmuşlar. Şu saatte şurada olalım demişler.

Bilmesin demişler. Anlamayayım diye sabahtan itibaren, hep yaptıkları gibi doğum günümü kutlamışlar.

Akşamüstü pasta üflemişim, tepemde üç beş balon.

Zaten çocuk muyum fazlasını isteyeyim demişim içimden.

Hediye almışım üç beş.

Sarılmışım, öpmüşüm.

Bir yaşıma daha güzel girmişim şükür...

Derken, kazın ayağı öyle değilmiş.

Toplanmışlar.

Bir terasta buluşmuşlar.

Hatta öyle acele etmişler ki, ben asansöre binmeden bir iki tanesi zor kapatmış kapısını asansörün görmeyeyim diye.

Ben gecenin karanlığında yemek yiyeceğimiz yerin terasına doğru yürürken, gözüm seçmeye başladı tanıdıkları.

A... Alize değil mi şu?

Saçını maviye mi boyamış...

Aaaa Kıvılcım, Levent, Emre, AAAA annem babam kardeşim, A A A Ali, Ömer, Emine...

Derken, sanki bir rüyadaydım da, perdeler lahana yaprakları gibi kalkıyordu önümden ve birileri çıkıyordu sislerin içinden.

Katman katman, gördüğümde boynuna sarılmak istediklerim çıktı ben yürüdükçe karanlıktan.

Boş verin sürpriz parti lafını, boş verin doğum gününü, mumu pastayı.

Şu "görünce boynuna sarılmak istediklerim" var ya...

Onlar işte hediye. Onlar iyi ki doğduk ya dedirten.

Onlar sen sevin diye bir şey saklayanlar. Onlarmış benim hazinem.

Bir kere daha anladım. Yıllarımız geçerken insan biriktirmeli, eşya değil. Biliyorsunuz WhatsApp grubu diye bir şey var ve her şeyin bir WhatsApp grubu var.

Geçenlerde üç kişi bir konuyu çözemedik de, WhatsApp grubu kurunca çözüldü.

Neymiş bu! Eskiden n'apılırmış? Yerine ne varmış?

Herkes birbirini arayıp, "Sen de şuna şuna tembihle mi" denirmiş?

Çoğu tanıdığım, sırf şu grupların sürekli dikkat istemesinden sıkılıp WhatsApp'tan çıktı.

Ben de bazen düşünüyorum...

Mesela şu an telefon değiştirdim ve Instagram'ım yok. Şifremi unuttum...

Oh be. İçim havalandı, gönlüm ferahladı. Arada bir içim, birkaç doz "başkalarının hayatları"ndan istediğinde, "Aaa doğru ya, çalışmıyor bu" diye telefonu elimden bırakıp kendi hayatına bakmak gibisi yok.

Bu doğum günü sürprizi bana, en büyük hediyenin sevdiklerin olması dışında bir şey daha gösterdi.

Yahu ben bu insanları görmek istiyorum. Kanlı canlı. Kahkahalı, yemeli içmeli, bir yerlere gitmeli görmeli. Tartışmalı, sohbetli, sessizlikli. Hepsi telefonuma kayıtlı da, günlük hayatıma da kaydolsalar.

Ki düşünün, ben sosyal birisi değilim. İnziva iyi geliyor bana.

Ona rağmen hayatta dosta susadığımı fark ettim.

Daha çok zaman ayıracağım, zaman isteyeceğim artık. Keşke toplanma nedenleri biten WhatsApp gruplarının yavaş yavaş odayı terk edişi gibi, dağılmasa şu habersiz bandom. Benimle sinemaya gelseler. Gitarla çaldığım yeni şarkıma bir şey deseler. Rüyamı dinleseler.

Kahvaltıda yumurtanın sarısına beraber ekmek banıp patlatsak. Neyse ki ve şükür ki, bandonun şefi hep yanımda.

Bu bandoyu toplayan öbür yarım.

İyi ki yarım doğmuşum da, seninle tamamlanmışım.

Sizde nomofobi var mı?

"Fear of being offline" (internete bağlı olmama korkusu) artık tanımlı bir hastalık. Haydi gözümüz aydın.

Cep telefonumuzdan ve internetten uzakta olduğumuzda fiziksel tepkilerimiz başlamış.

Terleme, artan kalp atışları, endişe... Kim bilir daha neler çıkacak.

Çünkü artık yavaş yavaş çantalardan, ceplerden avucumuzun içine geçiş yapıyor telefonlarımız.

Bu da gitgide ona daha da bağımlı olduğumuzun göstergesi. Hafif akıl hastalıkları çıkmaya başlamış yani, nihayet.

Belliydi. Bu ilişki normal değildi çünkü.

Küçücük minicik pıtırcık cep telefonumuz ne zaman biplese, ağlayan bir bebek gibi elimize alıyoruz onu.

Hep koşuyoruz yanına.

Ne diyor acaba...

Ve tıpkı bebeğimizde olduğu gibi, yanımızda değilse endişeleniyoruz.

Iowa Bilim ve Teknoloji Üniversitesi'nde yapılan bir araştırma, nomofobinin (akıllı telefonundan uzak kalma korkusu) ne boyutlara geldiğini gösterdi.

Araştırmada insanlar, eğer yakınları istedikleri an onlara ulaşamazsa "endişeli ve sinirli" olacaklarını, istedikleri bilgiye anında ulaşamazlarsa "rahatsız ve kızgın" olacaklarını ve pillerinin bitmesinden "korktuklarını" söylemişlerdi.

Amerika'da Gallup'un yaptığı araştırmada cep telefonu

kullananların yüzde 81'i, ceplerini "bütün uyanık kaldıkları vakitlerde" yanlarında tuttuklarını söyledi.

Yüzde 63'ü, "Uyurken de ayrılmıyorum" dedi. Ki düşünün bu Amerika...

Amerikalılar bizim memleketteki kadar meraklı değil cep telefonlarına. Herhalde burada yapılsa araştırma, yüzde 100 çıkar bütün oranlar.

Bu, psikiyatri dilinde topluca obsesif kompulsif kişilik bozukluğuna doğru gittiğimizi gösteriyor.

Obsesif kompulsif bozukluk, insanları tekrarlanan düşünce ve davranışlar döngüsüne hapseden bir hastalık.

Kontrol edemedikleri bu obsesyonlarla, stres ve endişe altına girerler.

Huzursuz olurlar. Acil olarak endişe yaratan ritüeli ya da davranışı yapma isteği doğar. Bunu yapmak şart olur.

Bu döngü, yani obsesyonunu kompulsif olarak giderme döngüsü, günlük işlerinden seni alıkoymaya başlar.

Sizi bilmem. Ben kendi adıma, bu fobo'dan, nomofobiden, obsesif kompulsif kişilik bozukluklarından uzak olmak istiyorum.

Tatile geldiğimiz yerde internet çekmiyor. Ama o kadar rahatım ki internet yok diye. Telefonumun yerini unutuyorum.

Avuçlarımda sevdiğimin kollarını, oğlumun yüzünü, arkadaşlarımın ellerini, suyu, havayı, havluyu, saçlarımı, çayı, suyu, meyveyi tutuyorum.

Gerçek şeyleri. Dokunulabilen bilgileri.

Offline'ın gözünü seveyim. Kurban olayım *offline* cennetlere. Eskiden *online* mı vardı?

Hep yazıyorum, bıkmadan da yazacağım. Ceplerden bize fayda yok. Zarar var. Kopalım gitsin. Ritüelimiz olmasın.

Bilinçli olarak karar verelim. İnternetin çekmediği yerde, korku, kızgınlık, endişe olmadan sevgilerle, huzurla tatiller yapalım.

Geri geri dans etmenin dayanılmaz hafifliği

İşte ben bu işi yapmayı bunun için seviyorum.

Güzel bir eylül sabahı saat altıda, Belgrad Ormanı'nda deliler gibi şarkı söyleyerek geri geri dans etmeye başladığım için.

Yakında çıkacak şarkım "Ne Vah" şarkımın klibi için, yirmi gündür geri geri dans etmeyi öğreniyordum.

Bütün şarkı boyunca hiç durmayan geri geri bir dans koreografisi hazırladık Can Tunalı'yla.

İlk gün bana dedi ki: "Geri geri yürümek bile kolay değil, bu dansı aklında tutabilmenin tek yolu, bunun senin dansın olması. Sana adımlarını sayacağın ve senin üzerinde eğreti duracak bir koreografi yazmak istemiyorum. Şöyle yapalım. Sen bu şarkına nasıl dans etmek istiyorsan, o cümle bedeninde nasıl bir harekete sebep oluyorsa onu yap, oradan başlayalım bu koreografiyi örmeye!"

Hayatımda duyduğum en iyi fikirlerden biriydi. Çok isterdim dansçı olmayı ama değilim. Fakat herkesin bir dansı varmış, şanslıyım.

Başladım. Bazen geri geri seksek yapasım geldi, bazen karnıma yumruk yiyesim.

Bazen Çin'deki Alice gibi geri geri minik adımlarla havaya daireler çizesim oldu, bazen yerlere bayılasım...

İlk defa bir şarkımı hareketle, dansla yeniden yazdım.

İlk günlerde en zoru, kondisyondu. Hiç durmadan yumuşak bir çimde geri geri hop zıp, yat kalk üç buçuk dakika dans edince nefes nefese kalıyordum. Bu böyle olmayacak, dedim.

Her gün bu dansı en az on kere yapmam gerekiyordu. Her ne kadar spor yapıyor da olsam, geri geri hareket etmek bedene tuhaf geldi, aklıma gelmeyecek yerlerim tutuldu. İki gün Aspirin C içip uyuduğum oldu.

Sonra tam klibi çekecektik ki, "O gün çok yağmur geliyor" dediler. Bir an için yağmurda çekmeyi düşündük ama yere yat kalk, saçın başın kostümün mahvolacağını düşündük.

Yönetmenimiz Can Pehlivanlı, "Klibi erteleyelim" dedi. Dedim: "Ben bu dansı unuturum."

"Her gün yapacaksın" dediler. Dedim; "Ben Bodrum'a gidiyorum, nerede bulayım geri geri dört dakika dans edecek yeri?"

İşte insan isteyince buluyor. Her akşamüstü, arkama bakmadan ve kimse olmadan geri geri dans edecek bir yer buldum kendime.

Tek başına oynayan çocuklar gibi, dansımı unutmadım.

Hatta unutmamak için dansımı hikâyelendirdim. Neden sonra ne geliyor unutmamak için, küçük bir şiir yazmak durumunda kaldım. Mesela şöyle cümleler var içinde:

"Üzerimde yürüyen böcek yeni resmime kondu... Sonra mideme bir sancı girdi, geçsin diye zıpladım... Oradan seksek oynayarak kaçtım, göğsümü tutarak kaçtım, goril gibi kükredim...

Girdaba girmiştim. Takip eden var mı diye baktım. Tüh be yoktu. Olsaydı caz yapar eğlenirdik... Biraz kafamı dağıtmak için çiçek topladım...

Karnımdan bir laf çıkardım, ağzımda çiçek gibi açtı."

Sonra çekim tarihi geldi hemen. Gelmez dediğin gün hemen kapını çalıyor.

O sabah, ilk *take*'de dansı hiç takılmadan su gibi yaptım ve klip bitti aslında. (Karınca gibi çalışmanın faydası.)

Ama yine de dağa, taşa, göle, ormanın derinliklerine gittik. Arkadaşına, sarhoş eve döner gibi yaslanmış o uzun boylu ağaç bile şaştı halime. "Sarhoş muyum, yoksa bu kadın gerçekten çıplak ayakla geri geri dans mı ediyor eteklerimde?" der gibi baktı tepeden yüzüme.

Hayatın güzel yanı, kendini şaşırtmak ve aklının ucundan geçmemiş şeylere kalkışmak değilse ne peki?

Dilerim siz de sevmişsinizdir, geri geri dans eden Nil'i.

Çözüm: Anneler

Sence çözüm nerede?

Çözüm nerede biliyor musun? Çözüm, annelerde.

Bir arkadaşımla aramızda geçen diyalogdan bu cümleler...

Eğer biz çocuklarımıza, herkesi sevmeyi öğretebilirsek,

Başkalarının başka fikirleri olacağını, bunun güzel bir şey olduğunu,

Başkalarının tenlerinin, kimliklerinin, dillerinin altında bizim aynımız olduğunu,

Aslında tek kuralın "kendine yapılmasını istemediğini, başkasına yapma" olduğunu,

Aslında tek yapılması gerekenin iyi bir insan olmak olduğunu öğretebilirsek...

Eğer biz çocuklarımıza, biz dahil, kim ne derse desin her şeyi tartması gerektiğini,

Kendi yüreğinin, aklının güvenmeye değer olduğunu,

En güzel ömrün, geldiğinden daha güzel bir dünya bırakarak yaşandığını,

Her kapının tek anahtarının sevgi olduğunu öğretebilirsek...

Korkusuz insan olmadığını,

Herkesin her zaman biraz korktuğunu,

Ama korkunun bulut gibi bir şey olduğunu,

Gelip geçmesini beklersen, altından masmavi gökyüzü çıkacağını öğretebilirsek...

Hayatta ona yol gösterecek olan feneri, kendi elinde tuttuğunu gösterebilirsek...

Kimseye zarar vermemeyi, incitmemeyi, ahını almamayı, mümkünse kalbini bile kırmamayı,

Kırarsa, incitirse özür dilemenin utanılacak şey değil, övünülecek şey olduğunu öğretebilirsek...

Komşusunu, kardeşini, eşini, dostunu kollamayı,

Haksızlığa susmamayı,

Adaletsizliğe alışmamayı anlatabilirsek...

Hayatta bir sürü seçenekle karşılaşacağını, seçerken hep sevgiye hep sevgiye hep sevgiye sadece sevgiye sorması gerektiğini anlatabilirsek...

Farklılıkların çoğunun doğum denen lotoyla dağıtıldığını,

İnsanın hangi coğrafyada, hangi ana babaya geldiğini bilmeden gözünü açtığını,

Her açılan gözün güzel şeyler görme hakkının eşit olduğunu,

Her canlının mutlulukla yaşama hakkına saygı duymayı anlatabilirsek...

En başta da, bütün bunları ilk başta kendimize yaşatarak ona en güzel örneği gösterebilirsek,

İki jenerasyona kalmaz, hiçbir politikanın getiremediği çözüm, yuvalarda yeşerir.

İşte bu yüzden benim oyum annelere.

Çocuğuna herkesi sevmeyi öğretebilmiş annelere.

Çözüm sizde, çözüm bizde anneler.

Yalakanım bebeğim

Kırmızı eteğiyle, tahta topuklu ayakkabılarıyla geldi bir sabah. Benim için giyinmiş, öyle dedi.

Saçına değişik bir şey yapmamış. Gözlüklerini takmış.

Heyecandan hafif çıldırmış insanların yerlerinde duramaması vardı üzerinde.

"Gel" dedim, "şuracığa oturalım. Bitti mi?"

"Bitti" dedi, "hemen dinleyelim."

O duyguyu biliyorum. Hortumlardan çıkmış gibi olursun. Deli bir fırtınada dalgalarla aylarca boğuşmuş, kendini sakin bir limana atmışsındır ama tam olarak gitmek istediğin yerde misindir onu bile bilmezsin. Kayıpsındır. İkinci albüm böyle bir şeydir.

Odandan tek gitarla pembe yanaklarla çıkıp sana zaten tapan annene babana, arkadaşlarına, sevgililerine, komşularına gururla çaldığın şarkıları, ilk albümün alır gider.

Sonra tanımadıkların başlar konuşmaya. Yok şuyun iyi, hareketliler iyi, aşkı yaz, bu laf burada iyi olmuş, sesin şurada kötü olmuş, en güzeli bu olmuş, en kötüsü de şu olmuş derler. Demekle kalmaz, bunu her yere yazarlar.

Aralarında da o kadar hızlı yayarlar ki, laf tekrar dönüp sana geldiğinde kendini başkası gibi dinler, onlara tamamen hak verirsin.

Masumiyetine ilk toz iner. Yeni şarkılardan gözün korkar.

Odan dar gelir. Canım koskoca "hötötöy"sündür artık, odanda bebeler gibi şarkılar mı yazacaktın hâlâ?

Derhal odalardan salonlara geçersin. Ev tutarsın. Geceleri herkes yattıktan sonra kısık kısık söylemek zorunda değilsindir artık. Salon hanımefendisisindir.

Ama mesela ben salona hiç alışamamış, kendimi mutfağa atmıştım. Bol bol çay demlediğimi hatırlıyorum.

Çayın buharını içime çekip Alice gibi küçülmeye çalışıyordum. Hiçbir şey olamamış gibi yapmalıydım.

Şimdi hatırladıkça, korkuların içimi nasıl halıfleks gibi kapladığını hatırlıyorum.

İlk albüm kadar iyi olacak mı? Onda şu vardı, bunda onun muadili ne var? Sorulacak bunlar. Tek tek hesabı sorulacak bunların. Didik didik dinlenecek, ilk albümle boyu bosu, zekâsı, güzelliği karşılaştırılacak. O kadar kolay paçayı kurtaramayacaksın bu sefer.

Ha ama şu var. Arada sen değiştin. Bakalım seni böyle de sevecekler mi? Bunu hep unutuyorlar. Seni bir yerde bırakıyorlar, sonra sen yine konuştuğunda, yine aynı şeyleri gevele istiyorlar. Da, bende de zaman geçti bayım.

Bütün bunları bildiğimi ona bir çırpıda anlattım ki, benim onlardan olmayacağımı bilsin. Yeni Kalben'i ilk kez dinleyeceğimi bilsin. O ne yaparsa yapsın seveceğimi bilsin.

Çünkü ben o ilk albümü dinleyen, sana zaten tapan arkadaşlardan olmuşum arada. Sen son yılların Türk müziğine hediyesisin ama şimdi sana bunları söylemek için öğle vakti hiç uygun değil. Gel albümü dinleyelim de konuşmayalım.

Öyle güzel ki "Sonsuza Kadar" albümü. Öyle başka ki. Öyle deli ki, "Yalakanım Bebeğim" diye şarkı yazmış.

"Ben Her Zaman Sana Âşıktım" da ne güzel...

Hele o "Ayna olmaz dedi ayna / kendin çal ve kendin oyna" dedi ya şarkıda, sarıldım ona sıkıca. İkimize de çok geldi. Yüreklerimiz, dokununca hemen değiveriyor birbirine.

Hele bir şarkı çaldı ki, içimde neler kıpırdandı tarifi yok. "Rüzgâr"ı söylemiş Kalben'ce. Emeği geçen o güzel müzisyenlere, kalplerine, ellerine, kulaklarına, gece ve gündüzlerine sağlık.

Berkant... Hem koca hem prodüktör. Hem ne şans hem ne zor. Senin ona olan yumuşacık, köşesiz sevgini o şarkıların hepsinde duydum. Allah bir yastıkta turneletsin.

Kalben'e gelince...

Ne bileyim, ablası gibi seviyorum onu.

Gece gelsin, kanepemde bir bacağını altına alıp gitarıyla şarkılarını çalsın.

Sonsuza kadar.

Günün yardımseveri

Şöyle bir dünya düşünün: Evinizde her hafta "haftanın seveni" seçiliyor.

Ev ahalisi, sevgisini göstermenin en güzel yolunu arıyor o hafta. Sıcacık sarılanlar mı dersin, sevgi dolu kelimeleri en çok kullanan mı dersin ya da ihtiyacın olduğunda seni rahat bırakıp uzaktan seveni mi dersin... Hangisi olursa.

Sevgiyi göstermenin tek yolu yok. Bazen susup oturmak olur seni en sevenin yapacağı.

Sonra işe gidiyorsunuz, bir bakıyorsunuz orada da, "ayın elemanı" yerine "günün yardımseveri"ni seçiyorlar. Bir pano yapmışlar ve akşama oraya, o gün kim başkalarına elini uzattıysa onun fotoğrafını koyuyorlar.

Takıldığın bir engeli önünden kaldıranı, bir an gittiğinde yerini dolduranı, ellerin doluyken üçüncü el olanı. Sonra başka günler bir bakıyorsunuz, işte verimlilik değil de ödüllendirilen, "haftanın iyi kalplisi".

Ayın cesuru. Günün neşelisi. Haftanın erdemlisi. Günün sabırlısı. Ayın risk alanı. Haftanın kararlısı...

Herkes o panolarda olmak için çabalıyor. Günün çorbası yerine kalplerde ne pişiyor ona bakılıyor.

İşini iyi yapan yerine iyi insan seçiliyor.

Hem evde, hem işte, hem de arkadaşlarımız arasında bunlar prim yapsa, bunlara bakılsa, bunların altı çizilse dünya bambaşka olmaz mıydı? İddia ediyorum, işler de hiç olmadığı kadar iyi olurdu.

Coğrafyamız kaderimiz olmasın

Dünyadan yirmi fotoğrafa tıklıyorum ekranda. İlk fotoğraf, simsiyah bir oyuncak ayı. Yunanistan'daki mülteci kampında, çamurda, yerde oturuyor. Ağlamaklı gözlerle bize bakıyor.

Sanki canlıymış da, gördükleri gözlerine yaş oturtmuş.

Sonraki fotoğrafta bir kadın, mavi balinalarla sualtında yüzüyor.

Bir sonrakinde, Suriyeli beş yaşında üç güzel kız yalvaran gözlerle ekrana bakıyor.

"Yalvarıyoruz beş yaşında olalım, yüz elli yaşında değil" der gibiler.

Sonra, Ukrayna moda haftasında, kuliste sıralarını bekleyen iki manken kız, Norveç Fiyortları'nda tek başına balık tutan bir adam, bir güvenin çok çok büyütülmüş hali (keçiboynuzlu, arı gözlü bir kuşa benziyor).

Güney Afrika'da bir adam elinde kalaşnikofla patlamış bir arabaya doğru yaklaşıyor... Aktör Tatlulah Rose lateks bir kıyafetle Texas SXSW Festivali'nde poz veriyor...

Bir dalmaçya pelikanı Kerkini Gölü'ne iniyor...

Mongolya'da bir çocuk omzunda koca bir kartalla ava gidiyor...

Japonya'da bir adam bir bahçede öylece duruyor... Ve daha bir sürü fotoğraf...

Türkiye'den fotoğraf koymamışlar bu sefer

Ama olsaydı...

Gözlerimizin önünden gitmeyen o acı fotoğraflardan biri olurdu maalesef.

On dokuz yaşındaki Ali Deniz'le Ozancan'ın, Ankara'daki iki ayrı patlamada, peş peşe ölmeden önce çektirdikleri, o kocaman kahkahalı fotoğraf.

Güzel isimli, güzel yüzlü Destina Peri'nin otobüs durağındaki patlamada güzel gözlerini yummadan önce, bir stüdyoda çekilmiş gülen fotoğrafı.

Aynı patlamada, hayata daha gözlerini açamadan kapayan altı aylık bir bebeğin minik tabutu...

İstiklal'de, içinde iki buçuk yaşındaki Asya'sız bebek arabası...

Daha fazlasını yazmaya yüreğimin dayanmayacağı bir sürü "giden canlar" fotoğrafı.

Bir de içi bu haberler geldikçe kan ağlayan, teröre ve canilerine lanetler okuyan ve en fazla da kendi çocuğu için korkan aynadaki kendi suratımın fotoğrafı.

Bütün bu fotoğraflara bakınca, "Ya Ortadoğu dünyanın daha uzun bir süre kanayacak yarasıysa?" diyorum.

80'lerde ben bebekken evimizin önünde arabalar patlarmış, "Ne yani şimdi benim çocuğum bebekken de mi evimizin önünde arabalar patlayacak?" diyorum.

"Dünya güzelleşmiyorsa, caniler yok olmuyorsa, sokaklarda korku varsa neden çoğalıyoruz, azala azala bitelim" diyorum...

İçimi kapkara bulutlar kaplıyor. Alışık olduğum umudu yakmakta zorlanıyorum içimde. Kime baksam mutsuz, umutsuz, üzgün.

Oğlumla otobüs duraklarının yanından hızlı adımlarla geçtiğim günler, giden onca genç güzel insan, son olsun istiyorum.

Yasımızı tutarak yolumuzda yürümeye devam edeceğiz.

Korkuları da, güç buldukça nefessiz bırakacağız.

Coğrafyan kaderindir, diyorlar. Olmasın diliyorum.

Bir yandan da Asya'nın iyileşip arabasında gezeceği gün gelsin diye dua ediyorum.

Kader de, keder de niyetle, kararla değişir, biliyorum.

Zamanın katili miyim, fatihi mi?

Einstein, "Zaman bir illüzyon" demiş ama yaşarken nasıl hissediyoruz değil mi geçişini? Bazen omzumuza çarpıp ellerimizdekini düşürüşünden, bazen çocukların hızlıca büyüyüşünden, bazen yüzümüze gözümüze atıverdiği çizgilerden... Vallahi hiç şüphemiz yok ne varlığından ne de alelacele gidişinden.

Sanki bir kum saatini avuçlamış gibi, gün içinde parmaklarımın arasından dökülen zamana baktığımda, o sırada ne yaptığıma kafayı takar oldum geçen hafta.

Hani bazı tuvaletlerin kapısında temizlendikleri saat yazar ya, temizleyenin imzasıyla, işte öyle bir kontrol edeyim dedim şu zamanı. Parmaklarımdan akıp giderken neler oluyor, bir bakayım dedim.

Eğer ömrümüzü iyimser bir tanımla "tatil" diye düşünecek olursak, dedim nasıl geçiriyorum ben bu tatili? Zamanın katili miyim, fatihi mi?

Bir baktım, bazen bir yerde uzattıkça uzatıyorum lafı. Bir baktım, bazen beklemedeyim.

Bazen derdest edip yarına atıyorum bir çuval şeyi. Bazen sevmediğim bir şeyi sever gibi, bazen sevdiğim bir şeyi sevmez gibi yapıyorum. En sevdiklerimi öteliyorum.

Bazen susuyorum laf bana geçtiğinde. Bugün değil, diyorum bazı şeylere, şimdi değil, vakti değil.

Bazen bakıyorum sabahı öğle etmişim, bazen öğleyi akşam.

Bazen unutmuşum geçtiğini. Geçip gittiğini. Geri de gelmeyeceğini.

Bazen de tekrar etmek istemişim dünü, olmamış. Bazen beklemişim yarını, gelmemiş.

Bazen erteliyorum, unutuyorum, kaçıyorum. Bazen tam yakalıyorum, elimden kayıveriyor.

Bu böyle olmaz, dedim. Bu dağınıklık. Zamana karşı bu saygısızlık, vurdumduymazlık. Bu tatili güzel geçirmenin bir listesini yapayım, dedim. Günün her saati, her anı neler yapıyor olursam boşa geçmemiş olur vakit? Nelerin peşindeysem, gururla imzamı atayım saatimin karşısına? İşte benim listem:

O sırada sevgi veriyorsam, sevgi alıyorsam.

Sarılmışsam, öpüyorsam. Dokunmuşsam, değmişsem.

Hareket ediyorsam. Spor yapıyorsam. Canlı hissediyorsam. Terliysem, kalbim hızlanmışsa.

Sakinleştiriyorsam kendimi, gözümü kapayıp dalıp gitmişsem. Yavaşlamışsam.

Seyahat ediyorsam, bir yere gidiyorsam. Bu çok yakınımda bir yer de olur, çok uzağımda da.

Akıllı birisiyle, bana pencereler açan birisiyle, içimi açan birisiyle sohbet halindeysem.

Çocuğumla ya da bir çocukla oynuyorsam.

Yazıyorsam. Şarkı ya da şiir ya da bir yazı.

Müzik çalıyorsam, dinliyorsam, dans ediyorsam.

Güzel bir şeye bakıyorsam.

Doğanın içindeysem.

Bedenime iyi gelecek, şifa olacak bir şeyler yiyorsam.

Kitap okuyorsam.

Paylaşıyorsam.

Bir şey üzerinde kendimi unutmuşçasına çalışıyorsam.

Birine yardım ediyorsam. Başkaları için meşgulsem.

Belki uzar bu liste. Belki sizinki bambaşka olur.

Madem zamanı avuçta tutamıyoruz, akıyor, böyle bir listenin içinden geçerek dökülse fena mı olur? Hayat,gerçek bir tatil gibi geçmez mi, geçtiğine de değmez mi o zaman?

Aklıma geldikçe, anımı bu listedekilerden birini yapıyor muyum diye değerlendirip imzayı atıyorum duvardaki kâğıdıma. Zaman ensemden ayrılmıyorsa, artık o da biliyor, ben de onun ensesindeyim. O benim peşimdeyse ben de onun peşindeyim.

NilFM hepinize iyi tatiller diler.

Bugünlere bile moral

Hayatın kirli konuları açıldı. Terör açıldı. Çocuk istismarı açıldı. Mülteciler açıldı. Savaş açıldı. Yavaş yavaş açılmadı, birden açıldı. Teker teker açılmadı. Hepsi aynı anda açıldı.

Herkes korkuyla karışık şaşkın. Endişeyle karışık üzgün. Kafası karışıkla karışık içine kapanık biraz. Hava durumu bu. Ne olsun.

Yine de yürüyoruz. Hayat akıyor. Naber'e iyilik diyoruz gayriihtiyarı.

Bir film gibi izliyoruz olup biteni, evlerimizde çay içerek. Bildiğimiz şeyleri tekrar ediyoruz, alışık olduğumuz şeyleri yapmaya devam ediyoruz. İşe gidiyoruz. Ama bir yerde bir otobüsün lastiği patlayıp trafik duruverdi mi, kanımız çekiliyor korkudan: Niye durduk şimdi?

Konular hep buralara geliyor, açıkçası imkânsız oluyor bunlar olmuyormuş gibi yapmak. Sanki hepimizin biraz biraz suçu varmış gibi olanlarda. Kaşlarımız bayraklar gibi yarıya inik, "En azından iyiler de var ve çoğunlukta" diye düşünmeye çalışıyoruz. Bazen oluyor. Bazı günler mümkün değil. Yeniliyoruz.

Tarih kanlı sayfalarını açıyor teker teker. Hay Allah ömrümüz bunlara denk gelmeseydi, çocuklarımız bunlara denk gelmeseydi, canlı bomba nedir hiç bilmeseydi, diyoruz. Dünyanın dokununca hüngür hüngür ağlayan yerlerini, daha espri yapmadan gülümseyen yerlerini düşünüyoruz. Şizofren bir küre şu dünya. Her yanında başka ruh hali, döndükçe dönüyor. Biz de hafif başımız dönmüş, artık neresinde doğmuşsak oranın sancısı ya da şansıyla savruluyoruz.

Bir laf okumuştum küçükken. Hatta tişörtünü boyayıp hediye etmiştim. "Eğer sadece güneşli günlerde yürürsen, gideceğin yere varamazsın." Bugünlerde hep bu cümle geçiyor içimden bir tren gibi. Evet, güneş yok. Belki de uzun bir süre olmaz. Ama yürümeye devam. Aynı yerde sayar gibi olsak da yürüyeceğiz. Ta ki altımızdaki yol tekrar akana kadar. Ta ki güneş sarısını tekrar yakana kadar.

Bu gidişte, her sabah uyandığımızda, kötü haberlere de kalksak aklımızdan çıkarmamamız gereken şeyler var.

Şu dünyada her şey geçici.

Yapabileceğimiz tek şey, kendi kalbimizi ve yaptıklarımızı temiz tutmak. Hayatı yıkıp bozanlara en güzel cevap, hayat tamircileri.

İyiler daha fazla, iyiler daha çalışkan, iyiler daha sağlıklı.

Işığına kavuşmayan tünel yok.

Herkesin canı benimki kadar acır, herkesin annesi benimki kadar üzülür

O kadar okudum. Yine de hiçbir şey anlamadım. Kim kime niye düşman, kimin eli kimin cebinde, kafam basmadı. Üniversitede politika okudum, hem de Boğaziçi Üniversitesi'nde, hem de onur talebesi olarak mezun oldum desem, kimse inanmaz.

Platon'un dediği gibi, ışığa çıkmadan gölgeleri gerçek zannederek geçecek belki de siyasetle ilişkim ama buna zerre kadar üzülmüyorum.

Bir erkek oyunu. Poker. Joker. Yıkar, döker.

Böyle kafiyelere bile yer yok, bence eğlencesi yok. Faydası yok mu? Elbet var. Onsuz bir arada duramayız ne yazık ki. Aslına bakarsanız, çoğu zaman kendi şarkılarımı bile politik buluyorum.

Tek taşımı kendim aldım demek, çocuk da yaparım kariyer de demek hayatta bir saf tutmak, onu savunmak gibi geliyor bana.

Ki politika en kaba şekliyle bu değilse nedir?

Oğlum, "Şu anda dünyada olup bitenleri bir anlat anne" dese, ne diyeceğimi, nereden başlayacağımı bilemem. Susup kalırım. Ona kendini patlatan insanlardan nasıl bahsederim...

Nasıl anlatılabilir...

Birkaç insanın kararıyla ölen bir sürü masum. Şu anki dünya. Deli bir dünya. Halbuki geleceğe hep daha aydınlık denir. Şu an loş geliyor bana. Nereye gider bu dünya? O birkaç insan ne kararlar verecek ve tüm insanlık daha nerelere savrulacağız?

Hani dedim ya, oyuna giremiyorum çünkü oyunu anlamıyorum diye. Bu doğru. Olan bitenin altyazısını, ne buradaki ne dünyadaki medyadan okuyabiliyorum.

Anlar gibi olduğuma da itimadım yok. Ben ne yazık ki iflah olmaz bir şüpheciyim. Bu sebeple, her türlü düşünce bana teflon gibi geliyor. Üzerinde hafif pişiyor, tadını alıyor ama yapışıp kalamıyorum.

Aklımla çözemediğim bu olaylar zincirinde, yüreğimle, vicdanımla kavradığım ve emin olduğum şeyler oluyor çok şükür.

Büsbütün kaybolmamı engelleyen, günlük fırtınalarla sarsılmaz ağaçlarım var. Tepede her daim bana yol gösteren Kutupyıldızım var. Yürek ve vicdan akıldan üstün yön göstermede.

Yüreğim ve vicdanım bana diyor ki, hiçbir insan, hiçbir gazeteci yaptığı bir haber yüzünden müebbet hapse mahkûm olmamalı. Bundan sonraki hayatı bir hücrede geçmemeli. Bir insanın canını almamış, birine dönülmez fiziksel hasarlar ve işkenceler etmemiş birinin cezası bu olmamalı.

Madem suç ve cezanın olduğu bir yerdeyiz, eli vicdandan çekmeden adalet tartısını tutmalı. Lütfen rica ediyorum, Can Dündar'ı da öyle tartalım.

Keşke şu evrende, bir toz zerresi kadar küçük yer kaplayan, dönen mavi bir kürede yaşadığımızı daha sık hatırlasak. Hiçbir şey bizim olmadan buradan gideceğimizi unutmasak.

Keşke herkesin canının bizim kadar acıdığını, herkesin annesinin bizim annemiz kadar üzüldüğünü hissedebilsek. Keşke her gün, bir dakika sessiz oturup bu üç cümleyi içimizden geçirsek:

Evrende tozdan küçük bir kürede dönüyorum. Hiçbir şeye sahip olmadan buradan gideceğim. Herkesin canı benimki kadar acır, herkesin annesi benimki kadar üzülür.

Belki bir gün dünya daha güzel bir yer olur.

Konuşan Nil

Yıllar yıllar önce bir astrolog, "Bilmem ne zamanı Yay'a geçeceksin, işte o vakit vaazlar vermeye başlayacaksın. Dediklerini dinlemeye gelecekler" demişti.

Dediklerimi mi? Benim mi? Şarkı olmasın? "Şarkı değil, konuşacaksın" demişti bir de.

Ne yalan söyleyeyim, bu üfürükçü hocalık gibi gelmişti kulağıma. Ayrıca öyle dakikalarca hayattan bahsedecek kadar da bir şey bilmiyorum. Kendi kelime merhem sürme derdinde biri olarak, başka kafalara el uzatmayı da haddim görmem.

Görmezdim...

Ta ki "Bugün Günlerden Yarın" projesi için Aydın Adnan Menderes Üniversitesi'ne davet edilene dek.

"Bugün Günlerden Yarın" gençliğe ilham aşılamaya ve cesaretlendirmeye yönelik bir proje. Ben o yaştayken yoktu. Keşke olsaydı. İlham aldığım insanları dinlemek iyi olurdu. Belki bazı şeyleri atlardım, başka şeylerde duraklardım.

Davet edilince, ben bir konuşmacı olmadığım için, "Soru cevap yapmak ister misiniz?" dediler. "İstemem" dedim.

Şimdi kimse bozulmasın ama geçmişte, çeşitli yerlerde soru cevap yaptığımda, "Kıyafetlerinizi kendiniz mi tasarlıyorsunuz?", "Single mı şarkı mı?" filan gibi sorularla karşılaşıp, hay Allah, anlatmak istediklerimi hiç söyleyemeden gitmiştim.

Salondan çıkarken benden geriye birkaç dedikodu cümlesi

kalmıştı. Bu defa öyle olsun istemedim. Ben de değiştim. Artık cümlelerim var. Sadece benim kurduğum cümleler. Ve deli gibi anlatmak, söylemek, konuşmak istiyorum. (Yay'a mı geçtim acaba?)

Aydın'a dersimi çalışarak, hatta üç aksesuvar yaparak gittim. Az vaktim vardı. Oturup düşündüm: O yaşta neyi bilmem iyi olurdu? Kendime ne derdim? O koltukta ben otursaydım hangi cümleyle kalkmak isterdim.

Ve buldum cümlelerimi.

Bir taç, bir kâinat güzeli kurdelesi ve bir tişört yaptım. Üzerine cümlelerimi yazdım. Kendi kâinatlarının güzeli olduklarını unutmasınlar diye. Bir de video hazırladım.

Şarkılar güzel ama böyle konuşarak ilham olma ihtimali de çok güzelmiş. Kendimi Oprah Winfrey gibi hissettim.

Stadyumlar doldurduğumu, herkesin notlar aldığını hayal ettim. Hemen abarttım yani iki dakikalık bir sunumu. Beni ben yapan da bu: abartmak.

Abartmaktan, hayal etmekten korkmamak lazım. Ancak abartanların başı bulutlara temas ediyor.

Kim bilir, belki bunu geliştirir başka yerlerde de anlatmaya başlarım. Belki sahneme taşır, mini konuşma bölümü yaparım. Henüz bilmiyorum.

Aslında ben buradan ne yazsam boş, o gün oradaki öğrencilere sormak lazım: Ceplerine bir cümle olsun atmaya değer bulmuşlar mı?

Buldularsa, ne mutlu bana.

Ah dünya!

Artık resmen kabul edildi ki, dünya bir savaştadır. Dünya savaşındadır hatta. Hani okuldayken kitaplarda okuduğumuz, her ülkenin taraf olduğu, sonra birbirine girip her şeyi mahvettiği zamanlara döndük.

Çocukken savaşın çok geride kaldığını düşünürdüm. Tarih kitabı işte. Adı üstünde. Geçmiş.

Beni gelecek ilgilendiriyordu o zamanlar. Şimdi ilgilendiriyordu. Sınırlar çizilmiş, antlaşmalar yapılmış, alan almış veren vermiş olan olmuş, dünya sütlimandı.

Güzel günlere doğmak diye buna denirdi. Sırtımı güvenle dayıyordum bugüne.

Halbuki bugün öyle mi?

New York Times gazetesi "Gelecek sizce nasıl olacak?" diye şıklar vermiş bize.

Şıklara bakın: Ütopik, gizemli, şiddet dolu, batık, eşitsiz, en iyi halinde, barış dolu, kalabalık, ihtişamlı, otomatikleşmiş, sentetik, lanetlenmiş.

Siz ne cevap verdiniz bilemiyorum ama endişelerimi dinlersem "şiddet dolu"', iyimserliğimi dinlersem "en iyi halinde", aklımı dinlersem "kalabalık", ruhumu dinlersem "gizemli", duygularımı dinlersem "sentetik", "otomatikleşmiş" ve "eşitsiz".

O gazeteyi kafamda şıklarla bir kenara bırakıp *Time* dergisini elime alıyorum, onda da "Dünyadaki bu şiddet hangi ülkenin neden işine geliyor?" haritası var.

Petroller, mülteciler, mezhepler, içsavaşlar...

Ortadoğu olmuş bir kanlı pasta, herkesin eli pastanın içinde. Elini sürmeyenin sürmeme sebebi bile masum değil.

Haritaya baktıkça, içinden çıkılamaz bir matematik problemine bakar gibi oluyorum.

Başım dönüyor.

E peki şimdi bu arapsaçı nasıl çözülecek, kaç can daha alınınca, kaç bomba daha patlayınca? Kaç cevap sonra bu lanetli soru noktalanacak?

İtiraf etmem gerekirse, içim ürperiyor. Gelecekten korkuyorum.

Hayatımda ilk defa dünyanın hiçbir yeri güvenli değilmiş gibi geliyor.

Ne konser salonları, ne restoranlar, ne futbol sahaları. Her yere bulaşmış bir virüs var sanki.

Neler atlattı bu dünya, hepimiz misafiriz, hancıya selam edip geçiyoruz da, yazık değil mi?

İnsanlığımızın çatallı değil de kanatlı yanını dinlemek bu kadar mı zor?

Değişim isteyen, işe kendinden başlasın.

Tıpkı sokağın temiz olsun istiyorsan, önce kendi evinin önünü süpürmen gerektiği gibi.

Güneşi hep beraber yeniden doğuracağız.

Kimseyi kendimizden ayırmayarak...

Kimseye bağırıp çağırmayarak, nazik olarak...

Hiçbir canlıya şiddet göstermeyerek...

Kimseyi bilerek kırıp dökmeyerek...

Herkesi insan yerine koyarak...

Kimseden teşekkürü esirgemeyerek...

Barışı, merhameti, iyiliği yolumuza fener yaparak...

Sevmeyi, saygı duymayı, el vermeyi unutmayarak...

İşte o zaman, gerçekten tarih kitaplarında kalır hep savaş.

Annelere hediyem: Bir video

Anne olalı, sanki bütün annelere ince ipekten bir iple dikildim. Sanki öyle kocaman bir kolye vardı, ben de bir boncuğu oldum.

Kâinattaki en güzel duyguların gerdanına asılı bu kolye sayesinde, bir şeyin içinde eriyip gitme haline vasıl oldum. Normalleştim.

Hani çocukken, bir akranın sırf o sırada senin kapının önünde ya da seninle aynı yazlık sitede diye arkadaş olursun ya, onun gibi bir şey oldu.

Sokaktaki her anneyle oturup saatlerce konuşabilirim. Hepsi arkadaşım artık benim. Can yoldaşım. Kız kardeşim.

Canım uzak arkadaşım Ceren dünyanın bir ucunda, taa Avustralya'da anne olduğunda demişti ki: "Burada devlet aynı anda hamile olan ve aynı mahallede yaşayan anneleri, daha hamileyken tanıştırıyor. Evimize bir davetiye geliyor. Hamilelik boyunca birkaç kez buluşuyoruz. E-mail grubumuz oluyor. Doğurduğumuzda birbirimize destek oluyoruz. Tabii ki hepsiyle arkadaş olmuyoruz ama birkaçıyla hiç kopmadım ben. İkisi oğlumun en yakın arkadaşı oldu hatta."

Bu anlattıklarından çok etkilendim. Bence mükemmel bir fikirdi bu. Keşke burada da olsa. Madem yok, ben kendim yapayım dedim.

Hayatımda belki de yaptığım en doğru şeylerden biri, henüz hamileyken bir anneler grubu kurmak oldu.

Hepimizin çocukları aşağı yukarı aynı yaşlarda, kimilerimiz ikinci çocuklarını doğurdu, kimilerimiz yine hamile.

Bu altı anneden oluşan takımımıza, o zamanki şişko hallerimize moral olsun diyerekten "hotmamas" adını koyduk. (Yani Türkçesi fıstık anneler gibi bir şey.)

Aziz Arif ateşlendiğinde doktordan bile önce hotmamas. Sütüm yetmediğinde hotmamas. Uykusuzluktan öldüğümde hotmamas.

Yahu Nil diye biri vardı, nerede o dediğimde hotmamas. Hepimiz birbirimizin kolu, bacağı, eli ayağı, omzu olduk.

Arada "hotmamas night out"lar yapıyoruz. Bu akşam yemeklerinde tek kural var, dekolte, makyaj, topuk!

Eğleniyoruz işte kendi çapımızda.

Demem o ki, anneye en iyi dost, çoğu zaman öbür anne.

Daha tecrübelisi, daha rahatı, daha araştırmışı, daha çok çocuklu olanı. Çeşit çeşit anne.

Hepsi birbirinden iyi.

Anne adaylarına en büyük tavsiyem, daha hamileyken gruplaşın. Çocuklarınız da birbirlerinin doğumunu bile bilsin. Böyle güzel lüks yok, şans yok.

YouTube kanalımda, tüm annelere, Anneler Günü vesilesiyle bir hediye yapmıştım. "Meğer ben Aziz Arifmişim" yazımı müzikli okumuştum.

Oğlumla bir video çektim koydum. Fikri babası buldu. "Aziz Arif önünde otursun, sen anlat" dedi.

Nihat Odabaşı sıcacık yüreğiyle bakıp çekti. Ezgi çellosuyla, Danny gitarıyla eşlik etti.

Güzel bir anı hediye ettiler bana.

Emeği geçen herkese tekrar yüzlerce teşekkür.

Hediyemi henüz izlemediyseniz mümkünse yalnız ya da annenizle beraber izlemenizi dilerim. Canım anneler.

Hepinizin ellerinden öperim. Anne olma hasreti duyan herkese de, Allah'tan bir evlat nasip etmesini dilerim.

Türkiye'nin mühendis kızlarıyla bir sabah...

Biliyorsunuz, mühendislik deyince akla erkekler gelir. Bir kadın neden mühendis olsun ki canım, daha sosyal daha az matematikli bir dal yok mu, diye düşünülür.

İşte bu önyargıyı yıkmak ve mühendisliğe gönül vermiş kızları desteklemek amacıyla, "Türkiye'nin Mühendis Kızları Projesi" başlatılmış.

Türkiye'nin her yerinden, mühendisliği seçmiş kızlara burs veriliyor, seçtikleri dalda danışabilecekleri mentorları oluyor, staj imkânları sağlanıyor. Beni de bir sabah bu pırlanta gibi kırk kızla sohbete davet ettiler.

Bir gittim, bir oda dolusu parlak zekâ. Umut dolu, hayat dolu kalpler. Hepsi ayrı ayrı hikâye. Zorluklarla baş ederek, ailelerini ikna ederek bu bursa hak kazanmışlar.

Onlarla buluştuğum an, aklımda sadece bir soru vardı:

Ben onların yaşlarında olsaydım, bir saatimi birini dinlemeye ayırsaydım, ne duymam iyi olurdu? Önce "Gençliğime Sevgilerimle" videosunu izledik. (Merak edenler için YouTube'da var.)

O videoda söylemek isteyeceklerimin büyük bölümü var. Sonra sorular sordular, cevaplar verdim.

Öyle güzel sorular sordular ki, sizinle de paylaşmak istedim.

Hep pozitiften bakan biri gibi duruyorsunuz, negatifle nasıl baş ediyorsunuz?

Karşıma beni üzen ya da hayal kırıklığına uğratan bir şey

dikildiğinde, ilk iş onunla arama bir hendek açıyorum. Arama mesafe koymaya çalışıyorum.

Böyle şeyler genellikle dibinden bakıldığında baş edilemez derecede büyük oluyor, şeklini şemalini görmek için açılıyorum biraz. Sonra yuvarlak bir ray döşüyorum etrafına.

Raya bir kamera yerleştiriyorum ve her açıdan bakıyorum bu canımı yakan şeye. İlla ki daha az üzücü, daha fazla öğretici bir açısı oluyor.

Oradan bakmaya, kamerayı oradan fokuslamaya çalışıyorum. Her zaman mümkün olmuyor, ama olduğunda, her şeyin komik bir tarafı bile oluyor. (Gibi bir şey dedim.)

Şöhret başınızı döndürdü mü? Sizi sallayıp, savurduğu oldu mu? Nasıl baş ettiniz?

Şöhreti tenime değdirmedim. Nil ve Nil Karaibrahimgil farklılardı en başından beri. Ben Nil'i korudum. Ötekine de âşıktım tabii. Onca spot, sevgi, dikkat, pırıltı.

Biraz mahremine düşkün biri olmam, o gürültü patırtıya kapılmamamı sağlamış olabilir.

Bir de hep okudum. Ne alaka diyeceksiniz...

Sizin yaşlarınızda okul bana çok önemli iki alışkanlık verdi. Okumak. Okumayı, öğrenmeyi sevmek. Bir de her şeye başka açılardan da bakışın mümkün olduğunu bilmek.

Bir felsefe ders kitabımız vardı. En zor konuşulacak ahlaki konularda, sol sayfada bir şeyi, sağ sayfada da tersini savunurdu.

İkisi de keskin zekâyla yazılmış bu iki argümanı okuyunca ikisine de hak verirdiniz. Bunlar beni bir şeylere kapılmamak konusunda aşıladı. Kendimin kâinattaki bir toz zerresinden farksız olduğunu unutmamaya çalışıyorum.

Havuz problemi şarkısını nasıl bir ruh haliyle yazdınız?

Sizin yaşınızdayken takmıştım havuz problemlerine. Yahu niye biri musluğu açarken, öbürü iki dakika bekleyip öbür musluğu açıyor, sonra biri bir yandan boşaltıyor filan. Komiğime gidiyordu. Merak edip araştırmıştım bile.

Dünyada 'pool problem' (havuz problemi) diye bir şey yok! Bir bizde var. Bize has bir problem yani bu.

Yıllar geçti, siz de ileride göreceksiniz, önünüze gelen sorulara hayatta biriktirdiklerinizle kendi özel cevaplarınızı hazırlayacaksınız.

Sizi siz yapan da bu olacak. Korkmadan bu kimyayı karıştırmak. Ben de bir aşk acısı döneminde, aşkımızın o anki halini havuz problemine benzettim. Belki de yazdığım en acıklı şarkıdır.

Boğaziçi'nde politika okudunuz, ama hiç uğraşmadınız, neden?

Okuduğum dal, değişik yönlerden beni besledi. Her şeyin her şeyle bağlantısı var. Yazdığım şarkıların bazılarının politik olduğunu düşünüyorum.

"Tek taşını kendin al", "çocuk da yap kariyer de", "ben buraya çıplak geldim utanmam yok" pekâlâ bir partinin sloganları olabilirdi.

Kadınlardan çok iyi politikacı olur. Hatta ülkeleri kadınlar yönetse dünya daha güzel bir yer olur. Bizim iki beyin lobumuz arasında, erkeklerin üç katı daha fazla bağlantı var.

Her şeye daha geniş pencerelerden bakabiliyoruz. Eminim çözümlerimiz bambaşka olurdu. Sizler büyüyün de politikaya atılın. (Salonda bazı inşallah sesleri duydum.)

Pencerenin öğrettikleri

Pencere nedir?

Telefonumuzun ekran "pencere"sine benzemez. Telefonumuzdaki gibi istediğimiz an kuş resmi açmaz. Trenleri yola koymaz. Güneş çıkarmaz. Sadece gözlemler ve düşüncelere dalarız. Hatta bazen dersler çıkarırız. Geçen hafta, bir yazarın, odasının penceresinden bir olaya şahit olup büyük dersler çıkardığını okudum ve çok etkilendim.

Yazar kırmızı koltuğunda tembel tembel uyuklarken, bir kaza sesiyle uyanıyor. Pencereden bir bakıyor, bir araba karşıdaki otoparktan çıkmaya çalışırken parmaklıklara çarpmış. Hem parmaklık zarar görmüş hem de araba. Merakla izlemeye koyulmuş.

Arabanın içinden saçları kazılı, bermudalı, gömleğinin önündeki açık düğmelerden göğsünün kılları görünen bir adam çıkmış. Yazar, adamı görür görmez sevmemiş. Sonra ön kapıdan minicik bir çocuk inmiş. Önde oturan bir çocuk! Yazar, adamı iyice sevmemiş.

Bu zavallı çocuğun, evde babası cips yerken ateşle ve kırık cam parçalarıyla oynayarak büyüdüğünü hayal etmiş. Derken adam, yazarın hiç beklemediği bir hareket yaparak parmaklığı onarmaya yeltenmiş. Elinden geldiğince yerdeki parmaklığı kaldırıp dikmeye çalışmış.

Fakat bu sefer parmaklık olanca ağırlığıyla adamın üzerine devrilmiş. Adamın tek sandaleti ayağından uçmuş. Yazar dayanamayıp kahkahayı basmış. (Nasılsa üçüncü kattaki penceresinin koruması altında.)

Yazar bu komik sahnenin sonunda, adamın iyice sinirlenip arabasına binip gideceğine eminken... Adam bir alet çantasıyla çıkagelmiş. Önce devrilen parmaklığı sıkıca yerine çakmış. Sonra parmaklıkta, o çarpmadan önce de eksik olan bir parmaklığı, gidip ilerideki görünmeyen bir parmaklığın parçasıyla tamamlamış.

Bir saat sonunda adamın parmaklıkla işi bittiğinde, parmaklık eskisinden daha iyiymiş!

Yazar, pencerenin önünde kalakalmış. Kafasında bin bir önyargıyla kurguladığı adam karikatürünü, hayat kırmızı kalemle düzeltmiş. Pencere yine yapmış büyüsünü. Hayatı, kontrolü dışında akıtarak dersini vermiş yazara.

Yazar şaşkınlık içinde kendini yazı masasının sandalyesine bırakmış. Mecbur kendisiyle hesaplaşacak. O beğenmediğim adam bendim, demiş. Ben onarmazdım. Ben panik olup kaçardım. Penceresi o gün ona tevazuyla ilgili dersini vermiş.

Ekrandaki mail'lerine, daha bir kararlılıkla, erteledikleri-ne doğru giderek cevap vermeye başlamış. Değişmiş yazar.

Ve o gün bugündür hep merak etmiş, acaba o adam başka neleri daha iyi hale getirdi, onardı...

Ve daha da önemlisi... Ben nasıl ona benzerim?

Ne olacak şu benim halim?

Bence soruyu "ne olacak memleketin hali"nden, "ne olacak bu çocuğun halin"nden, "ne olacak bu kızın hali"nden "ne olacak benim halim"e değiştirirsek, düşüncede ve hayatta güzel bir değişikliğe yol açmış oluruz.

Asıl cevap, başkalarına değil, kendimize dair sorduğumuz sorulardan çıkar.

Eğer çocuğunun sağlıklı yemek yemesini istiyorsan, sen sofrana kızarmış patates koymayacaksın.

Halbuki ağız alışkanlığı düşünce alışkanlığına, o da hayat alışkanlığına dönüşmüş.

Hep memleket, hep komşu, hem eş dost, hem yavrumuz.

Yahu peki biz?

Peki ben?

Benimle ilgili cümle kurmak bencillik değil, herkese faydadır.

Herkes evinin önünü süpürürse, sokağın tertemiz olacağı gibi... Biri kendi hayatına baksa hepimizin hayatı güzelleşir.

Dedikoduya kendimizden başlayalım.

Bir Türk kahvesi yapalım, orta.

Oturalım bir koltuğa. Açalım ağzımızı, yumalım gözümüzü.

Başkaları hakkında her gün kolayca kurduğumuz şu cümlelerden bir de kendimiz hakkında kuralım bakalım.

Duyalım bir. En son nerede görülmüşüz, yorgun muymuşuz, giydiğimiz yakışmış mı, nelerden bahsediyormuşuz, hayalimiz neymiş, sevgilimize nasıl davranmışız, o bize nasıl davranmış...

İşlerimiz yolunda mıymış, ruh halimiz nasılmış...

Zayıf mıymışız, neşeli miymişiz, nereye gidiyormuşuz...

Bir duyalım bakalım kendi ağzımızdan.

Tekrar görüşmek isteyeceğimiz istemeyeceğimiz biri olup olmadığımıza bakalım. Dışardaki gözümüzü üzerimize dikelim bir.

Başkalarına bakmak, konuya komşuya bakmak, çoluğa çocuğa bakmak, memlekete bakmak bizi kendimize bakmaktan alıkoymasın.

Kolaya kaçmayalım. Kendimizi beğenelim önce bir.

Kendimizi öyle bir yapalım ki, başka hiçbir hayat cazip gelmesin.

Önce biz. Önce ben.

Elimizdeki tek şey, sahip olduğumuz tek şey kendimiziz.

Başkaları başkalarının.

Dedikodu sırasında beğenmediğimiz yönlerimize bakalım. İlk oradan başlayalım değişime.

Dışarıdan değişim beklemek, gökyüzünden yağmur beklemek gibidir.

Yağabilir. Ama yağmayabilir de. Ömür beklemekle geçirmek için kısadır. Hemen işe koyulmak gerekir.

Başkalarını da, memleketi de, dünyayı da "ben"ler kurtaracak.

Bendeki güç, bendeki sevgi, bendeki üretim, bendeki hoşgörü, bendeki çalışkanlık.

Bütünün en küçük parçasında başlamalı değişim.

Gandhi ne güzel söylemiş: "Be the change you wish to see in the world" (Dünyada görmeyi dilediğin değişimin kendisi ol.)

Umudu yakarak yola devam

Anohni, erkek bedenine hapsolmuş altın sesli kadın, o gece sahneye simsiyah kumaşlara sarılı olarak çıktı. Yüzü bile kapalıydı.

Elindeki mikrofonu yüzündeki siyah ince kumaşa tutarak şarkı söylüyordu. Arkasındaki dev ekranda, onunla aynı şarkıyı aynı anda söyleyen fakat sesleri duyulmayan insanların görüntüleri vardı. Bir şarkıda, gözlerimizin içine bakarak şarkı söyleyen siyahi bir kadın, birinde yaşlı bir kadın, birinde yorgun bir travesti...

Anohni, o gece onların sesi olmuştu. Umutsuzların, yorgunların, düşüp ayağa kalkamayanların, kaybolmuşların. Kaybetmişlerin... Bazen de genç ama soru soranların, isyan edenlerin...

Konser boyunca, kocaman suratlar ve önlerinde simsiyah kumaşa kendini sarmış, bir nevi "orada olmayan" Anohni'yi izledik. Son albümünün adının "Hopelessness" (Umutsuzluk) olduğunu ve karanlık bir konsere gittiğimizi biliyorduk ama bu kadarını beklememiştik.

Montreux'ye kadar, kucağımda bir çocukla, kayıplarına henüz ağlamaya fırsat bile bulamadan işe koyulmuş Atatürk Havalimanı'ndan geçerek gelmiştim. İçimde mum gibi yanan bir umudu söndürmemeyi başararak binebilmiştim uçağa.

Anohni adeta iki parmağıyla o cılız ateşi de tısss diye söndürdü. Özellikle ekranda, yalvaran gözlerle, "Umutsuzluk... sadece umutsuzluk hissediyorum. Kendimi bir virüs gibi hissediyorum" diye ağlayan gözlerle bize bakan kadını görünce, içime mürekkep gibi dağılan üzüntüye kendimi bıraktım.

Derler ki, insanların ruhları gözlerinden pencere misali dışarı bakar. Konser boyunca gördüğüm acı dolu gözler, gözlerimin içine bakıp, "Neredesin, gel elimi tut, omzunda ağlayayım, bana bir şeyler söyle, en azından bir ninni söyle de huzurla bir gece olsun uyuyayım" der gibiydi.

Acılarını soramadım ama biliyorum. Tacizi bilen, ölümü bilen, şiddeti ve dışlanmak nediri bilen insanlardı onlar. Ve bunları geride bırakmak için her şeylerini verirlerdi. Demek birbirimizi hissedip elimizi uzatmak için tek gereken şey, onların gözlerinin içine bakmak. Seslerini kısıp onların sesi olmayı denemek. Onların dudaklarında kendi sesimizi duymak. Ve böylece, belki bir anlığına bile, ötekileştirdiğimiz, canını yaktığımız herkesi kendimizden sayabiliriz.

Sonra Muse konseri vardı. Cayır cayır gitarıyla, öfkesini umutla söyleyen bir adam harikalar yaratıyordu yine sahnede. Matt Bellamy...

Neden yapıldığını çözemediğim o küçük adam. Yeteneklerinin ve sesinin sonu yok. Sanki yerdeki böcekten kâinatın sonundaki bir yıldıza kadar gidiyor sesi. O incecik kafa sesine her çıkışında, ayaklarımı yerden kesip beni yerçekimsiz bir yere alıyor ve orada kulağıma, "Güçlü ol! kazanan biz olacağız!" diyor.

Önümde iki çocuk oturuyordu. Nedense, daha konserin başında, onları görür görmez Matt Bellamy'nin çocukları olduğunu düşündüm. Öyleymiş de. Böyle bir babayı nasıl izlediklerini, yer yer kendimi de düşünerek izledim ben de. Sahneye baktığım kadar onlara baktım.

Küçük oğlan, konserin başlarında uykusuzluktan kafasını önündeki tırabzana dayamaya başladı ve onu alıp uykuya götürdüler. Kız kaldı. Herhalde kızlar hep babalarına kalıyor. O da hayranlıkla izlediği babasını anlamaya çalışıyor gibi geldi bana.

Babasını ikiye ayırmaya çalışıyordu. Evde ne dersem yapan adam ve sahnede ne dese yaptıran adam. Bir dev. Eve girince normalleşen bir efsane kahramanı. Çocukların belki de en iyi taraflarından biri, senin dışarıda kim olduğundan aslında o kadar da etkilenmemeleri. Annen Julia Roberts da olsa, senin için önemli olan yanı kolları, sıcak sesiyle sana izahları ve mutfakta yaptığı makarnası oluyor. Yer yer de seni delirten sınırları! Güzel olan da bu.

Annenin ve babanın, özel isimleri de olsa, neredeyse evrensel birer cins isim olması ve aşağı yukarı aynı işe yaraması.

Hiçbir yere boşu boşuna gitmiş olduğumu düşünmem ben. Eğer bir yerdeysem, oraya benim için bir şey bırakılmıştır ve hazine avcısı gibi onu bulmam gerekir. O gözle bakınca da insan aradığını bulur.

Anohni ve Matt Bellamy bana bu duyguları bıraktılar.

Şimdi bunları unutmadan, umudu yakarak yola devam.

Sıkılmak iyidir, sıkı can çıkmaz

Kendime, içinde doya doya sıkılabileceğim bir ofis tutunca, ilk işim kapı girişine bir komodin koymak oldu. Girer girmez cep telefonumu kapatıp, içeride rahat nefes alayım diye.

Fark ettim ki, uzun zamandır şöyle yan gelip sıkılmaya vaktim olmamış. İçimdeki kadınları hep meşgul tutmuşum. Birisinin annesi, birisinin çocuğu, birisinin arkadaşı, birisinin kardeşi, birisinin iş arkadaşı, birisinin sevgilisi derken, benim benimi unutmuşum gitmiş. Benim Nil'imi yani.

Halbuki biz onunla ne eğlenirdik! Sabaha kadar dertleşir, çıkmaz yollarda kaybolur, yolumuzu birbirimizin gözünün içine bakarak yeniden bulurduk.

Biz şarkılar söyler, dans ederdik. Yürüyüşe çıkar, bazen bir ekmek alır dönerdik. Kimse bizimle yemezdi bazen, oturur kırar yerdik o ekmeği.

Can yoldaşım Nil'imi özlediğimi söyleyince, iyi ki diyorum, "Kendinize ait bir oda tutun" demişler bana. Yoksa kırk yıl düşünsem, bu hamleyi yapamazdım.

Neyse, ben bu tavsiyeyi dinledim ve kendime bir yer tuttum. İçine de bir masa, bir gitar, bir koltuk, bir çay bardağı, bir su bardağı, bir de su ısıtıcısı koydum tamam ama, içeri her seferinde benimle giren şu cep telefonuma bir çare bulmam gerekti. Komodini de ondan aldım.

Fark ettim ki, bu devirde tek başına kalsan da sıkılmak zor zanaat. Hemen pıt pıt cevap yazmaya koşmalar, kim ne yapmış ne demiş bakmalar, video izlemeler derken 1 saatin sonunda içimde bir burkulmayla kalakalıyorum. Minik bir sosyal felç geçirmiş gibi, koltuğa yığılıyorum.

Kendimi şu soruları sorarken buluyorum: Neden benim bacaklarım o kadar uzun değil? Neden ben tatile oraya gitmedim? Neden ben ondan yemedim? Neden benim de ondan yok? Neden benim bu kadar eğlenen kalabalık bir arkadaş grubum yok?

Beni hiçbir yere götürmüyor bu sorular, ekşileşmiş bir şekilde kalakalıyorum. Benden ne komposto oluyor o saatten sonra, ne reçel. Sıkılmaktan beni alıkoyan cebim, bunu yaptığı yetmiyormuş gibi içimi sıkıyor.

Sıkılmadan bir şey olmayacağını öğrendiğimde, küçüktüm ben. Çok sıkıldığım için şarkı yazdım. Sıkılırken yazı yazdım. Sıkıldığım için, odada ses olsun diye ağzımı açıp şarkı söyledim. Okulda sıkıldım arkadaş buldum, serviste sıkıldım müzik dinleyip hayal kurdum, sahilde sıkıldım deniz kabuğu topladım, odamda sıkıldım oyun kurdum. Sıkılmayı unuttum sonra.

Hisar Okulları'nın düzenlediği TEDx konferansında, "Tavşan deliğinden aşağı" başlığı altında konuşma yapmamı istediklerinde aklıma bu geldi.

Bir tavşanı takip edip, tavşan deliğinden aşağı harikalar diyarına düşen Alice'i düşündüm. Ya Alice hiç sıkılmasaydı?

Alice Harikalar Diyarında kitabını açtım yıllar sonra. İlk cümlesi şuydu: Irmağın kıyısında, ablasıyla oturmaktan Alice'in canı fena halde sıkılmaya başlamıştı.

Hah işte gördünüz mü? Biliyordum! Sıkılmış işte.

Alice'in bir cebi olsaydı ve sıkılmaya vakit bulamasaydı, o zaman tavşanı kaçırıp harikalar diyarına gidemeyecekti.

Gidemeseydi n'olurdu? Sosyal medyada mutlaka bir kediye rastlardı ama bu kedi istediği anda belirip kaybolan, kaybolunca da gülümsemesi havada kalan Cheshire kedisi olmayacaktı.

Belki, belgesellerin birinde bir tırtıl videosu görürdü ama bir mantarın üzerinde nargilesini tüttüren mavi bir tırtılla sohbet etmeyecekti.

Belki tanımadığı birisiyle iskambil oynardı ama kraliçe kızmasın diye telaşla, beyaz gülleri kırmızıya boyayan 5'li ve 7'li iskambil kartlarıyla karşılaşmayacaktı.

Muhtemelen bir sürü selfie görecekti ama bunların hiçbiri, bir odaya sığamayacak kadar büyümüş bir kızın yüzü olmayacaktı.

Alice, sıkılmasaydı tavşanı takip etmeyecek ve harikalar diyarını kaçıracaktı. Ben de sıkılmadığımda harikalar diyarımı kaçırıyordum.

İşte bu yüzden tuttum şu yeri. İçinde oturup uzun uzun sıkılıyorum bazen.

Kendimle sohbet ediyoruz. Oturup, çay içip dertleşiyoruz. Uzanıp hayallerimizden bahsediyoruz. Kitap okuyup, başkalarının harikalar dünyasına seyahat ediyoruz.

Şanslıysak o gün bir tavşan görüp, takılıyoruz peşine. Bir delikten aşağı düşüyoruz onunla. Düşerken alıyoruz gitarı elimize, başlıyoruz söylemeye.

Ganimetlerle dönüyoruz oradan. Hiç söylenmemiş şarkılarla. Kendi kaybolunca gülümsemesi havada kalan şarkılarla.

Aynada gözlerime bakmak istiyorum o an. Bakamıyorum. Ayna koymayı unutmuşum. Ne güzel.

Yeni şarkım: "Benden Sana"

Ben de bilmiyorum. Nereden geliyor bu sesler. Bu sözler. Bu melodi.

Neden benim dilimden dökülüyorlar?

O sırada duyulmamış şarkılar dünyada geziyorlardı da, pencereden beni görüp içeri mi girdiler?

Güneşin batışına bakıyordum. Elimde gitarım vardı. Sarılmıştık. Her zamanki gibi öyle sarmaş dolaş duruyorduk.

Çocukluğumdan beri ona sarılmayı seviyorum. Çok iyi çalamadığımı o da biliyor. Ama yetiyor ona benim birkaç akorum, birkaç ritmim.

Konuşuyoruz öyle. Kalbimi açıyorum ona. Hatta kalbim diyemem sırf... Ben ona ortadan yarılıyorum.

O gün pek bir şey konuşmadık. Ofisim dediğim yerdeki deri koltukta oturup, pencereden turuncu pembe güneşin günün perdesini yavaş yavaş kapayıp bizi birazdan karanlıkta bırakışına bakıyorduk.

Derken ağzımın içine laflar doldu, sesim müziklendi. Dilimden laflar döküldü boş odaya:

"Karanlıktan gelecekler / önünde dikilecekler / sarı sarı dişleri olucak / sivri pençeleri olucak..."

Dediklerimi dinlemeye vakit yoktu. Devamını söylemem lazımdı:

"Yakalayacak sanıcaksın / ama hep sen kazanıcaksın / ben

sana koşmayı öğreticem / içinden gülmeyi öğreticem..."

Sonra her şey bitene, bütün laflar dökülene kadar orada beklemem gerekti. Başka zaman yoktu. Bazen başka zaman olmaz. Hepsini söyledim. Bir daha da tek kelimesini bile değiştirmedim.

Yalanlar söyleyecekler / sözlerinden dönücekler / buzdan kalpleri olucak / acı sözleri olucak

Yaralayacak sanıcaksın / ama hep sen kazanıcaksın / üstlerine gitmeyi öğreticem / düşünce kalkmayı öğreticem

Bazen de susmayıp bağırmayı / utanmadan hüngür hüngür ağlamayı

Sevgililer gelicekler / kalbini delicekler / ahu bakışları olucak / tatlı dilleri olucak

Hep sevicek sanıcaksın / ama bazen yanılacaksın / o an orda durmayı göstericem / "bu da geçer yahu"yu öğreticem

Bazen de tam ortadan kırılmayı / yere düşen camlar gibi dağılmayı

Bazen yalnız bırakacaklar / ne yapacaksın bakıcaklar / hep planları olucak / hep bir başları olucak

Kırılacak sanıcaksın / ama hep sen başarıcaksın / içinden yanmayı göstericem / kendini sevmeyi öğreticem.

Bittiğinde kayıttan çıktım. Kâğıdı kalemi bıraktım. Dışarısı karanlıktı. Koşa koşa eve gittim.

Serdar'ın karşısına oturdum. Çaldım. "Çok güzel" dedi.

Onun çok güzel demesi yıllardır benim benzinim, şansım, gücüm kuvvetim. Yine doldurdu yelkenlerimi rüzgârıyla.

Sonra Aziz Arif banyodan çıktı. Banyodan çıkınca onun eline minik bir hoparlör veriyorum, müzikle yatağına gidiyor. Dans ederek, şarkı söyleyerek uyumanın, kötü rüyaları kovalayacağına inanıyorum. Derken... Dedim o böyle elinde hoparlörle yürüse, bu şarkının filmi olurdu.

Heyecanla koşup Serdar'a söyledim. O da bana kendi çektiği karlı filmi gösterdi. Oğlumuz yürüyor, babası da arkada. Üzerine şarkıyı çaldık. Tüylerimiz diken diken oldu. Bu böyle kalsın dedik...

Benim çalıp söylediğim, babasının da çektiği haliyle... Serdar, "Ben olsam şu an böyle yayınlarım" dedi. Ama benimle ne mümkün!

İki ay şarkıyı mıncıkladım.

Yüzlerce şey denedim, bozuldu. Bir daha, bir daha söyledim, yok aynısı olmadı. Ne kemanların üzerine ne klipler hayal ettim... Olmadı. İçim hep o ilk basit olanı fısıldadı.

Soydum onu ben de tekrar. Üzerine giydirdiğim her şeyi attım. Bir tek, Cenk Erdoğan'ın perdesiz gitarı eşlik etti gitarıma o kadar.

Ezgi sana teşekkür, kardeşim Onur sana da, Bülent sana da... Hep, "Bırak bu kadarı yeter" dediniz.

Sertaç, Nurkan, Emre denediklerimizin hepsi çok güzeldi. Ama şarkı sadeleşmek istedi.

Sonradan ben de şarkıyı dinlerken, anneme ve babama bin kere teşekkür ettim. Şu karlı hayat yolunda, içimi hep sıcak tuttular.

Dinlemek isterseniz, Youtube'da var.

Olmadı, Google'ı "Nil Karaibrahimgil Benden Sana" diye gıdıklayın, çıkıyor.

Arkadaşım Ozan ne güzel yazmış, şarkıyı paylaşırken. Demiş ki: "Ya çocuk olmak istiyorsun. Ya anne olmak. Ya baba olmak. Ya da yola çıkmak."

Kalbinde sevdiği birini taşıyan, yollardaki herkese gelsin "Benden Sana".

Dilerim elini uzattıklarına ulaşasın Elindekinin de kıymetini bilesin

Bir arkadaşıma, "Bak bana kabala ipi hediye ettiler, ben de taktım" dedim.

"Böyle şeylere hiç inanmam, çok komik çok saçma" dedi.

"Ben de öyle çok inandığımdan falan değil ama hediye eden arkadaşımın ablasının dilekleri gerçek olmuş..." dedim.

Biz kadınlar kendi aramızda böyle konuşmalar yaparız.

Sonra bir baktım, o inanmayan arkadaşım acil gerçekleşmesini istediği dilekleri olduğunu hatırlayıp kabala ipi sipariş etmiş.

Hem de, "Ne olur yeni yıla girmeden olsun" diye tembihlemiş.

Bunu duyunca hem güldüm hem de şunun farkına vardım: Hayatta dileklerimizin gerçekleşmesinden daha çok istediğimiz bir şey yok.

Yeni yıl, yeni zaman bizde başlangıç hissi uyandırdığı için umutla doluyoruz.

Her türlü, saçma ya da değil, töreni yapmaya da açığız.

Dilerim elimizi uzattıklarımıza ulaşmayı önemsediğimiz kadar elimizdekilerin de kıymetini biliriz.

Ulaştık diye onları avucumuzda bilmeyelim.

Yıllar önce bir yeni yıl duası yazmıştım. İzninizle onu tekrar paylaşıyorum:

* Yeni yıl hoş gelsin, sefalar getirsin.
* Sevdiğiniz kim varsa, sağlığı iyi olsun.

* Kalbi ritmini çalsın. Yanakları kiraz pembesi, dudakları bal olsun. Teni sıcak kalsın, enerjisi dışına taşsın. Ciğerlerinden nefes, midesinden gurultu, bacaklarından güç eksik olmasın.

* Kanı bol olsun, damarlarında dönüp dönüp dolaşsın.

* Sevdikleriyle bir arada olsun. Kolu kollarına değsin, gözü gözlerinin içine baksın. Lafları birbiriyle başlasın. Nesi varsa bölüşecek biri olsun, nesi yoksa bulup getirecek biri olsun. Bu birileri az ama öz olsun. Bazıları dünyada tek olsun. Sevgisinin tamamını harcasın. Harcasın ki ona büyük bir miras kalsın.

* Sevmekten bıkıp usanmayacağı biri olsun. Onun yeri ayrı olsun. Onu soysun, başucuna koysun ama yalan uydurmasın. O her şeyine, her haline tek tanık olsun. Bir hareketiyle güldüren, bir hareketiyle ağlatan olsun. Duyguların hepsi onda olsun. Kalbi buna teslim olsun. Bütün şarkılar onu anlatsın. Âşık olsun, sırılsıklam olsun. Kurumasın.

* Yapmaktan bıkıp usanmayacağı bir işi olsun. Başarının gerçek adının bu olduğunu unutmasın. İbadet eder gibi, bu keşfini her gün yeniden kutlar gibi onu yapıp dursun. Yaptıkça daha iyi yaptığını görsün. Daha iyi yaptıkça bunu başkaları da görsün. O ise başkalarının bunu gördüğünü dış gözüyle görsün, iç gözüyle işine baksın.

* Neşesi bol olsun. Kendini mutlu etsin, durduk yere neşelenmek nedir bilsin. İçinde bir şey durup durup zıplasın. Duydukları, gördükleri onu gıdıklasın, kahkaha attırsın. Gürültü çıkarsın. Saçma şeyler söylesin. Çocuklukta en şımardığı ana sık sık gidip gelsin. Nereye gidip geldiği bilinmesin.

* Değiştirmek istedikleri değişsin. İçte ve dışta, iyi günde ve kötü günde tadilat yapsın. Eskilerini atsın, ruhunu havalandırsın. Kapıda hep kamyonu dursun. Dilediği yere taşınsın. Kendinden taşınmak isterse, içindeki güç, dışındaki sevgi ona yardımcı olsun. Bileği bütün alışkanlıklarıyla, bağımlılıklarıyla güreşsin.

* Bir şey ona sürpriz olsun. Günlerinden bir günü bir pakete sarılı olsun. Açılınca içinden hiç beklemediği güzel bir haber çıksın. Bu gün üç yüz altmış beşten herhangi biri olsun. Öylesine bir pazartesi, arkaya kavuşturduğu ellerinde unutulmaz bir salı saklasın. Öyle tahmini mümkün olmayan bir şey olsun ki bu, hayatın zekâsını anlatsın.

* Bir hayali gerçek olsun. Bir hayale gözünü yumsun. Peşinden koşup onu sobelesin. Hayalini kendinden saklamasın. Bir çizgi filmde olduğunu, her şeyin mümkün olduğunu unutmasın.

* Bu duayı okusun. Kendi sesiyle duysun. Duası gerçek olsun.

* Her kelimesine şükretsin. Tek satırına nazar değmesin. Amin.

Yaşadığım ülkeden ne bekliyorum?

Burada mutlulukla, huzurla yaşamak istiyorum.

Kendim olmaktan, nasılsam öyle olmaktan korkmadan.

Nasıl yaşamayı seçtiysem öyle.

Hangi dildeysem, dindeysem, fikirdeysem onunla.

Sokakta yanımdan geçen herkesi kardeşim gibi görmek istiyorum.

Aklımı, ruhumu, idrakimi o kadar genişletmek.

Farkların altını çizmeden.

Sen ben o, biz siz onlara hiç bölünmeden.

Tek bir şeymişiz gibi.

Sanki birisine bir şey olursa, bana da olmuş olur duygusuyla.

Yaşadığım bu güzel, bu tutkulu, bu misafirperver, bu iyi insan dolu yerde, kimsenin özgürlüğüne basmadan koşabilelim istiyorum.

Barışın olduğu.

Mutluluğunu aramanın ve düşünceni söylemenin hakkın olduğu.

Sofralarda artık başka şeylerin konuşulduğu.

Gencecik insanların kalplerinde sadece umut olan.

Sabah gazetelerde müjdeler olsun istiyorum artık.

Anaların babaların ağlamadığı.

Gözyaşlarının kuruduğu, feryatların sustuğu.

Şunlar şunlar oldu, böyle çoğaldık, bunu da başardık gibi şeyler.

İyi haberin de haber olduğu bir yerde.

Öyle ki, aklımı başka şeylerle meşgul etmek istiyorum.

Buradan başka bir yeri hayal etmemeyi istiyorum.

Aradığım ne varsa burada bulmayı.

Oralardan bahsetmeden, oralara özenmeden, orada olmadığıma üzülmeden.

Oralar buraları düşlesin istiyorum.

"Bizde bu yok, bizde bu az, bizde bu yasak, bizde bu nerdeee" cümlelerini kurmamayı istiyorum hiç.

Buraya iltifatlar etmek,

Burada olduğuma şükürler etmek,

Köklerimi korkmadan burada salabilmek istiyorum.

Geleceğe bakınca berrak ufukları görmek.

Bana benzeyenler kadar benzemeyenlerin de olduğu bu zengin ülkede,

Herkesin benzersizliği kutsansın istiyorum.

İsimlerin önündeki sıfatlardan, nüfus kâğıtlarında yazanlardan bağımsız,

Sadece insan olduğumuz için, birbirimize saygı duyduğumuz.

Rüzgârı güzel, mevsimleri ondan güzel, denizleri ah anlatılmaz güzel ülkemde,

Şeffaf olsun istiyorum her şey,

Doğruyu söylesin herkes,

Gerektiğinde "haklısınız haksızdım" demesini de bilerek.

Eğer en değerli şey kendin olmaksa, kendimi bir güzel yaşamak istiyorum doğduğum yerde.

Ve seninle birlikte, canım kardeşim.

Siz hiç şükran duygusuyla ağladınız mı?

Kadın olduğumdan herhalde, her tesadüfün bir sebebi olduğunu düşünürüm.

İyimser olduğumdan da, olmayan şeyde de hayır ararım.

Çocuk kaldığımdan, bir masaldaymış gibi, olduğum yerde sihir ararım. Bir yerdeysem, orada bir laf vardır, biri vardır, bir yol vardır.

Çok cesur olmadığımdan çoğu zaman ıskalamışımdır. Ama aynı zamanda çok hevesli de olduğumdan, zaman zaman yakalamışımdır da.

Bir yere davet edildiğimde, küçük büyük bir yolculuğa evet dediğime, hiç pişman olmamışımdır.

O gün de olmadım. Tam aksi!

Bazen de öyle şeyler oluyor ki, geri sarıp baktığında, "O insanla buluşmam gerekiyormuş, demek o da bu vesilelerle olacakmış" diyor insan.

O gün de öyle oldu. Arkadaşlarımla kahvaltıya evet demem, beni Watsu'yla tanıştırdı.

"Watsu ne?" diyeceksiniz. Suda yapılan bir masaj.

Ama ona masaj dersek, diğer her şeye başka bir şey dememiz gerekir, çünkü Watsu, bir insanın hayatını değiştirebilme gücü olan inanılmaz bir su seansı. Su harikası. Su büyüsü.

Anlatamayacağım, şimdiden söyleyeyim.

Kahvaltıda, "Burada su masajı yapan biri var" dediler

bana. "A, ne değişik" dedim. Denemek istedim, suda masaj hmmm, nasıl bir şey. Hiç duymadım. Ama harika bir fikirdi.

Deniz Susever yapıyor bu masajı. İnsanın elinden tutuyor, ayak bileklerine yüzdüren iki küçük simitçik takıyor ve sonra bir saat gözlerini kapamanı istiyor senden. Ve yerçekimini çıkarıyor hayattan.

Siz hiç kendinizi yerçekimsiz bir yerde, serbest salınıma bıraktınız mı? Ben bıraktım. Yılan kıvrıldı.

Watsu'yu bir şair bulmuş. Hiç şaşırmadım. Çünkü şiir gibi. Çıkınca konuşamadım. Şiirle anlatılabilirdi.

Harold Watsu'nun su şiiriyle belki:

Yılan kıvrıldı
Parlak taşlarını
bıraktı suya,
Ve sevdiğimiz ne varsa
pırıl pırıl
Oynadı suda
Yılan kıvrıldı
Parlak taşlarını
bıraktı suya
Ve elimizdeki her şey
parlayarak
Aktı o suya.

Hayatımda ilk defa, kendimi annemin kollarına bırakır gibi onun kollarına bıraktım.

Su 36 derece, vücut ısısı. Tuzlu tatlı karışık.

Sanki anne karnındaki su.

Annemin karnında geçirdiğim, ilk evim olan o ilk dokuz aya gittim önce. Ne güzel bir zaman.

Annemin kalp atışları, suyun hissi, tatlı kıpırtılar, yüzümde bir tebessüm, yüzüyorum. Bir kadının içinde yüzüyorum. Masal gibi değil mi?

Sonra o kadın beni içinden çıkaracak, yüzüme bakıp ağlayacak, beni hep sevecek, adı anne olacak...

Hayata geldiğim için teşekkür ettim.

Sonra kendi anne olma anıma gittim. Canım oğlumun içimde geçirdiği o balayı aylara, çıkıp da gözümün içine baktığı ana.

Hayata getirebildiğim için teşekkür ettim.

Sonra yerçekimsizliğin, kendini bırakmanın güzelliğine teslim oldum.

Ne o öyle, gözümüzü açıp ayakları yere basınca içimizi kaplayan o telaş! O bırakamama hali. O kontrol merkezi. Kumanda merkezi. Hayatı şekillendirmek için delice çabamız.

Bazen birine diyesimiz gelir ya, "Bırak kendini bana, söz veriyorum hiç pişman olmayacaksın. Gözünü açtığında seni götürdüğüm yere şaşıracaksın" diye.

İşte öyle bir şeydi.

Siz hiç şükran duygusuyla hüngür hüngür ağladınız mı? Ben ağladım.

Her zaman olmak istediğimiz yerdeyiz

Bir zamanlar, dağda bir taş işçisi varmış. Gece gündüz dağa vurup durmaktan yorulmuş. Usanmış. "Ah" demiş, "keşke daha güçlü olsam... Mesela bir şövalye olsam, savaşıp zor durumda olanlara yardım etsem."

İşte tam bu anda bir peri belirmiş ve onu şövalyeye çevirmiş. Şövalyelik ilk başta harikaymış, ama şövalye olarak da her istediğini tam olarak yapamadığını fark etmiş. "Aslında" demiş içinden, "kral olsam çok daha güçlü olurdum ve her istediğimi yapardım."

Peri onu krala çevirmiş bu sefer. Kral olmak harikaymış ilk başta. Her istediğini yapıyormuş gerçekten. Derken bir bakmış, kraldan büyük güneş var. Güneş varsa bereket var. Bereket varsa, halk mutlu. Kralın elinden bereket için bir şey gelmiyor, güneşin geliyor. "Güneş olsam, işte o zaman kraldan büyük olurum" demiş.

Güneşe çevirmiş bu defa onu peri. Parlayarak bereket getirmeye, elinde mevsimler çevirmeye başlamış tam istediği gibi. Gökyüzünde hükmünü sürerken, birden bir bulut gelmiş kapamış üstünü. "Ah" demiş, "bulutlar benden güçlü, hem yağmur yapabiliyorlar hem de güneşi kapatabiliyorlar. Bulut olsam" demiş. Der demez de buluta dönüşmüş.

Peri bir dediğini iki etmiyormuş.

Bulut olmuş giderken, yağmurlar yağdırıp istediğinde gökyüzünü kaplarken büyük bir gücün kendisini ittiğini görmüş. Rüzgâr! Rüzgâr isterse bulutu itip dağıtıp geçebiliyormuş.

Ondan güçlü rüzgârın olduğunu fark edince, rüzgâr olmayı dilemiş bu sefer. Ve olmuş da. Rüzgâr olup esmeye başlamış. Oradan oraya hükmünü sürerken bir de bakmış bir dağ!

Dağ, istediğinde rüzgârı durduran koca bir duvar gibi dikilmiş önüne. "Dağ olmak vardı" demiş. "Her şeyin önünde durabilecek kadar güçlü olmak." Ve dediği gibi olmuş. Dağ olmuş.

Dağ olup dikilirken, rüzgârları durdururken bir ses duymuş karnında... Tak tak tak tak... "Bu da ne?" demiş, "İçimi oyan, taşlarımı çıkaran..." Bir de bakmış bir taş işçisi, "Dağı küçük küçük kıran bu taş işçisi dağdan güçlü" demiş içinden. Ve taş işçisi olmayı dilemiş periden.

Taş işçisi daha güçlü olmayı dileye dileye taş işçisine varmış yine.

Bu hikâyeyi Judith Liberman'in *Masal Terapi* kitabında okudum. Hatırladığım kadarını kendimce yazdım. Çok sevdim bu küçük hikâyeyi ben. Biz insanlar taş işçisi olmaktan şikâyet eder dururuz.

Bir peri olsa, hepimizin dileyecek şeyi var. Hayalimizde hep bizden güçlüsü, akıllısı, şanslısı, genci, güzeli, başarılısı, yüreklisi var. Halbuki hayat daireler çizip duruyor. Hayatın sürekli daire çizip duran yaramaz bir çocuk olduğunu bilenler, bazen yine de bu büyük yolculuğunu yapmayı seçebilirler elbette.

Hayat durmak değil, varmak da değil, yolculuk etmek belki de. Hayat yolculukta geçer. Varacağımız yerin olduğumuz yerden pek bir farkı olmayacağını bilirsek, belki yolculuğun tadına daha çok varırız.

Doya doya şövalye, kral, güneş, bulut, rüzgâr, dağ ve en güzeli de taş işçisi olmayı beceririz o zaman.

Yine birbirimizin oğullarını öpüp kokladık

Belki de abartıyorum onu. Sırf çocukluğuma dayandığı için değerli olan şeylerden olabilir.

Hani vardır, aslında bir şeye benzemeyen şarkılar, sırf çocukken duydun diye ilk notalarıyla gözlerini doldurur. Belki öyle bir şey.

Bir dakika. Aslında bir şeye benzemediğini falan söylemiyorum. Aslında söylüyorum da. Çünkü kendinden başka hiçbir şeye benzemiyor. Onun için arkadaşım oldu. Belki onu senede sadece bir hafta görebildiğim için, bilmiyorum.

Her defasında karışık bir kafayla uzun bir yoldan geliyor. Ta Avustralya'dan. Sanki dünyada başka yaşayacak yer bulamamış gibi. Gitti en uzağa oturdu.

Gelir gelmez kocaman saçlarını sallayıp içindeki bütün tozu dumanı ayaklarıma döküyor. Elektrik süpürgesinin torbasını boşaltırsınız ya, öyle kafasının içi.

Bir ara herkes ne güzel derin derin konuşuyordu. Sonra "kafa açmak" diye saçma sapan bir deyim peydah oldu. Komik bulundu. Kim biraz ciddi ciddi soru sorsa, bunalsa, bu laf ortaya atıldı, duyan herkes kahkahalarla güldü.

Sonra kaçtı derin düşünceler. Küstüler. Ben de bir süre bu kelimenin etkisinde kaldım. Düşüncelerini toparlamaya çalışmaktan başka şeye vakit ayıramayan ben bile, "Amaan be, gezelim tozalım, gülelim oynayalım" demeye başladım.

Neyse ki etrafımda bu deyimi kullanan kimse yoktu. Duman üfleyerek boş verenler kulübünün hiçbir zaman üyesi olmadım. Evet, bununla gurur duyuyorum.

Eğer kafan çalışıyorsa açacaksın. Tıkalı kafadan kim ne fayda görmüş?

Ama işte bazen bir deyim gelip her şeyi berbat edebiliyor.

Ha, bu arada, Ceren de hiçbir zaman o kulübün üyesi olmadı.

"Seninle ya derin derin konuşuluyor ya da susuluyor" demiş ona biri. "E, doğru" dedim. Hazır o gelmişken bir sürü temizlik yaptım. İnsan yanında arkadaşı olunca daha bir canlanıyor, pencerelerini açıyor.

Hayatımın ritmini duydum, hikâyemin anafikrini hatırladım, gereksiz diyalogları sildim.

Bazen kim bilir nasıl bir yolda, kim bilir saat kaçta arabasını sağa çekip telefon eder. Ağlayarak, "Seni çok özlüyorum" der. Ben telefonu ondan tamamen farklı bir ışıkta ve kalabalıkta açarım. Ama mutlaka, "Ben de seni" derim. Çünkü nerede olursam olayım, ben de onu çok özlüyorumdur.

Her insanın hiç çekinmeden, "Salak salak konuşma" diyeceği bir arkadaşa ihtiyacı vardır. Ve eğer onu bulursa şayet, kaybetmemek iyi olur.

Dünyanın öbür ucunda da olsa, nefes alıp veren ruhunun rüzgârı dünya döndükçe sana vurur. Nasıl oluyor sormayın. Ama oluyor işte.

"İnsanlara amma soru soruyorsun" dedi bana. Ben de ona "Kafan sürekli sisli, bir netleşemiyorsun" dedim.

"Haklısın" dedim, o da bana, "Haklısın" dedi.

Arkadaş dediğin, diğerlerinin senin hakkında düşünüp de yuttuğu cümleleri ağzından kaçıracak. Kalpten kopan her şey duyulur. Ve asla yaralamaz. Kesse bile kanatmaz.

"Sürekli erteliyorsun ama ben de erteliyorum, o yüzden seni anlıyorum" dedi. "Sen kimlere öfkelenip bağırıyorsun?

Bence insan en çok bağırabildiklerine yakın" dedi. Ama kendimce çürüttüm onun bu teorisini.

Yine yokuş aşağı yürürken, "Şanslıyız" dedik. Yine birbirimizin oğullarını öpüp kokladık.

Bu sefer geçen sene olduğu gibi birer defter alıp, içinde herhangi bir sayfaya, sıra geldiğinde okunacak gizli bir cümle yazmadık. Geçen senekileri okuyan olmadı çünkü.

Yine gidip Beşiktaş'tan birbirinin aynı iki pijamadan aldık. Eskiden beraber kaldığımız zamanları unutmamak için belki, bilmiyorum. Ama herhalde giyen olmaz bunları. Pembe ve çirkinler.

Giderken yine diyete girmeye karar verdi. Oğlanın küçülenlerini oğluma bıraktı.

Sarıldı, bir daha sarıldı. Bir daha sarıldım. "Yine gelin" dedim. Yirmi bir yıldır neden onun yanına gitmediğime hüzünlendim. İçimden bir ses iyi bir arkadaş olmadığımı söyledi.

Çocukların ölmesine anneler sebep olmaz

2015 yazında, çocukların kovayla kumlara su taşıdığı denizden, sahile bir ufak beden vurdu.

Dünyaya henüz gelmiş bir bebek, gözlerini çaresiz bir annede açmıştı. Hepimiz gözümüzü annemize açarız ve onun hayatı hayatımız olur.

Anne savaştan kaçıyordu. Ailece kendilerini Bodrum diye bir güney şehrine atmışlardı. Bodrum tatil yeriydi. Yaşıtları, annelerinin kucaklarında, bellerinde n'olur n'olmaz diye takılmış simitleriyle ayak çırpıyordu.

Akşamüstü gölgede bir havlunun üzerinde şekerleme yapıyor, uyanınca tanımadıkları çocuklarla birlikte ha gayret kumdan kaleler yapıyorlardı.

Çocukken, tanımadıkların da senin arkadaşındır. Kardeşindir. Çocukken, yarına kalsın diye kale yapılmaz. Kale yapmanın tadına varmak için kale yapılır.

Dalgaların yıkması hayatın tatlı oyunudur. Hayatla böyle oynanır zaten. Sen yaparsın, o yıkar. Sen bir daha yaparsın.

Onun annesinin bunlarla oyalanacak vakti yoktu. Gözlerini ufka dikmişti. Çocuğuna güzel gelecekler verebileceği yarına bir an evvel varmak istiyordu.

Yarın ufkun ötesindeydi. Şu denizi bir geçseler her şey daha iyi olacaktı. Batıya doğru gitmeliydi. Kıtaları denizleri aşmalı, Kanada'ya varmalıydı.

İleride bu zorluklardan bahsedecek, evladı onunla ve babasıyla gurur duyacaktı.

"Küçücük bir botla? Korkmadan, on yedi kişi, can yeleksiz, dalgalarla boğuşa boğuşa Kos'a mı vardınız?" diyecekti o tatlı sesiyle.

Bunları düşünürdü kadın, gündüz plajda oynayan çocuklara baktıkça.

O çocuğum daha bilmezdi. Dünya, vicdansızlar tarafından çıkarılan acımasız hain savaşların sahnesiydi. Eskaza bu savaşların olduğu bir coğrafyada doğdun mu, bahtsızdın.

Doğum şans işiydi. Gözünü bir yerde açardın, uzun, orta ya da kısa bir ömür yaşardın, sonra da gözünü bir yerde kapardın.

Eğer bahtına gölge vurmuşsa, herkesin gündüz kumdan kale yaptığı sahilden gece yarısı bota binerdin. Eğer bahtına gölge vurmuşsa, daha fazla insan binebilsin diye can yeleğini annene çıkarttırıp denize attırırlardı.

Eğer bahtına gölge vurmuşsa, o bot batardı dalgalarda. Boğulurdun. Sabah daha çocuklar uyanmadan, o sahile ölü olarak vururdun. Bahtına gölge yapan o vicdansızlara iki kelime edecek kadar bile büyümeden ölürdün.

Çocukların ölmesine anneler sebep olmaz. Tuhaftır ki babalar sebep olabilir. Erkeklerin dünyasında, her çocuğun çocuk olduğu, insan olduğu, herhangi bir aileye seçmeden doğduğu hissiyatı yoktur. Bunu ancak kadınlar bilir. Onlar umursar.

Erkeklerin güç oyununa göz yummaması gerekenler onlardır. Savaşı bilmeyen, sadece kurbanı olan kadınlar.

Onların savaşlarda kurşunlarla, hainlerle ölen çocukları vardır. Bir türlü sevemezler savaşı.

Bir anne çıksın, hadi çıksın ve desin ki, "Ben savaşı seviyorum."

Suriyeli güzel evladın gazetelerde boy boy fotoğrafını gören her anne, vicdanı olan her baba, insan olan her insan ağladı. Yaz güneşi gitti.

O yaz güneşi, o canım çocuğun bedeni kapattı.

Anneler, ben artık kime hitap edeceğimi biliyorum...

Annelere, vicdanlı babalara ve insan gibi olan tüm insanlara sesleniyorum.

El birliğiyle bu zulmü durduralım.

Hepimizin yapabileceği bir şey var.

Umut bitmez ömür bitmeden

Kaşlarım alnımın ortasında üçgen yaptı oturuyor.

O ağlayan çocuk posteri gibi bakıyorum etrafa.

Gülünecek şey, sevinilecek şey, heyecanlanacak şey bulamıyorum.

Kararıp oturmayı da bilmiyorum işin kötüsü.

Hüznün ötesine bakmak istiyorum hep.

Acının sonrasında ne var?

Livaneli'nin dediği gibi bu günler "bir parantezdir geçecek" mi?

Yoksa Huxley'in dediği gibi "bu dünya başka bir gezegenin cehennemi" mi?

Öyle olduğuna inanasım gelmiyor benim. Parantez olmasını istiyorum çünkü, cehenneme benzetmiyorum burayı. Öyle düşünsem, anne de olmazdım. O şarkıları da yazmazdım. Her sabah, en karanlık sabahlarda bile içimde bir umutla da uyanamazdım.

Hepimiz bir zamandır nefesi oksijen tüpüyle alıyor gibiyiz. Bacaklarımız suda yürüyor.

Evet, hayat devam ediyor etmesine ama sanki bu az nefeslerle, bu ağır adımlarla. İnsan kendini taşıyor oradan oraya. Yüreğini de taşıyor. İçindeki korkuyla, kaygıyla, hayal kırıklığıyla, hüzünle.

İki gün kötü haber gelmese, üçüncü gün geliyor. Buradan gelmezse dünyadan geliyor. Dünya da çıldırmış gibi bakıyor.

Ne yapacağız peki?

Söyleyeyim, iyi insan olmaya devam edeceğiz.

Akşamları eve yorgun argın gelip masaya kocaman bir sevgi koyacağız.

"Nasıl hayatı zenginleştiririm? Nasıl moral veririm? Nasıl yardım ederim?" diye soracağız.

Dünyayı bulduğumuzdan daha iyi bir yer olarak bırakmak için, ne yaptığımıza bakacağız. Başkaları onu bozdukça tamir çantasını açacağız.

"Niltemenni" diye bir video yapmıştık. İçi iyi dileklerle dolu.

"Dilerim yeni yılda sevdiğiniz kim varsa, sağlığı iyi olsun" diye başlıyor. Peş peşe dilekler diliyor. "Büyük mutluluklar olmadığında küçük mutlulukları biriktirin" diyor. Ben Nil'den böyle zamanlarda bunu bekliyorum.

İyi insan olmaya devam edelim diye.

Bıkıp usanmadan.

Küsüp gitmeden.

Çünkü umut bitmez ömür bitmeden.

Yine yendim kendimi

Ne zaman alışıldık Nil'e aykırı bir şeye kalkışsam, mücadelem başlıyor. Şimdi ben buna kalkışmalı mıyım, yoksa düzeni bozmayayım mı?

Çoğu zaman ütüyü bozmam ben. Ama içim buruşukluk istedi mi, işte o zaman da o Nil karşımda duramaz benim.

Dağa gittiğimizde içimdeki sesler kavgaya başlıyor. Şimdi sen koca kadın, dört bin metrelere çıkıp, çıldırmış gibi aşağı mı kayacaksın yani?

Ya üşürsen / ya düşersen / ya unuttuysan, bilemezsen / ya yorulup da gidemezsen?

Bu şiiri yıllardır duyuyorum içimde. Hangi Nil'in yazdığını da çok iyi biliyorum.

Onun yol tabelalarına kalsa, insan yeni şeylere adım atamaz. Konfor alanından çıkıp keşifler yapamaz.

Bu defa, malum onu aşağıda bırakmak imkânsız, onu da kaptım çıktık yukarı.

İnsan hiçbir zaman tek başına kullandığı bir arabada yol almıyor. Hep dolmuşta. O dolmuşta ailesi var, çocukluğu var, geçmişi var, kendinin onlarca hali var. Hepsi de şoföre para uzatıyor evelallah.

Fakat dolmuşlar da tıpkı arabalar gibi birçok yöne gidemez. Tek yöne gider.

Birini dinlemek zorundayız. Bazen onu dinleriz, bazen bunu.

Önemli olan, kimin sözünü dinlediğini bilmek.

Ki diğerlerine cesurca, dürüstçe cevap verebilesin.

Ben bu sefer ayağımda *snowboard,* dört bin metrede suratıma rüzgâr eserken, "haydi" diyen Nil'i dinledim. Kulağımı dolmuşta sonra duyulacak olan tartışmalara kapattım.

Kendimi bir çekicin çiviyi duvara çakması gibi o dağa, o ana çaktım. Doğadan çoğu zaman kopuktu hayatım. Dağlara bu kadar dokunamıyordum. Gökyüzüne bu kadar yaklaşamıyordum.

Rüzgârda bu kadar uzun durmuyordum. Tepemde uçan iki metre kanatlı akbabaya rastlamıyordum bile.

Ses yoktu burada. Dağlardan, kardan başka bir şey yoktu. Buraya nasıl geldiğimin önemi yoktu. Buradaydım işte.

Öğreneceklerim vardı. Hissedeceklerim vardı. Burada, bu dağda bırakacaklarım vardı.

Sonrasını merak ediyorsanız, videosu Instagram'daki @ niltakipte adresimde var.

Kendimi bir tüy gibi eteklerine bıraktım dağın.

Bir öğretmenim vardı, çok az konuşan. Dedi ki: "Bir ritim tuttur."

Hayatta her şey ritim. Her, bir ki üç sayışımda döndüm. Dağ ile vals yapıyordum.

Hiç sormadım kendime: döneyim mi? Sorduğumda dönüşüm bozuluyordu, karar verene dek.

En güzeli ritimdi. En güzeli sorgusuz sualsiz dönüşlerimi yapmaktı.

Bir an şunu fark ettim. İşte yıllardır meditasyon yapmak nasıl bir şey acaba diye merak ettiğim şey bu. Bu aktif bir meditasyon. Başka bir şey düşünemiyorsun. Hatta ne yaptığını bile düşünmüyorsun. Yaptığın şeyin içinde kayboluyorsun.

Buna *flow* (akış) deniyor. Bir şeyde akıyor olmak hali, inanılmaz bir diyar.

Kafanın susması. Ne yapacağını düşünmeden yapmak.

Bedenin konuşması. Bedenin kafadan ayrılması. Bütün bu duygular... İki dakika bile olsa yeter.

Düşünce beni yakalayana kadar dağda hep bunu denedim. Akış düşünceden hızlı koşuyor, bunu gördüm.

Acaba dedim hayatımıza bu akışı nasıl sokarız? Dolmuştakileri nasıl sustururuz? İçimizde yıllar içinde kafiyelenmiş bütün o "aman dikkat" şiirlerinin ezberini nasıl bozarız?

Dünya delirirken tutunabileceğimiz bir şey bulduğumu zannediyorum. Doğa. Sükûnet. Dağ, rüzgâr, kar, akbaba. Kendini zorlayan bir şey bulup onda daha iyi oluşunu izlemek. Kendini bir kedi yakalar gibi ensenden tutup alışılmadık bir yere koymak. Sonra gözün açıkken, bir rüyadaki gibi akmak.

Not: Bir de şarkı yazıyorum reçeteye, mutlaka dinleyin. Şarkının adı "Going to a Town". Önce orijinalini Rufus Wainwright'tan dinleyin, sonra da harika bir yorumunu Lily Allen'dan.

Ne yaptın Mirkelam?

Lisedeydik biz, öyle hatırlıyorum.

Arkadaşım Nursu'yu aramıştım, "Gördün mü televizyondaki şarkıyı?" diye.

Mirkelam diye bir çocuk çıkmıştı, Bruce Springsteen gibi koşarak "Her Gece" diye bir şarkı söylüyordu.

Vay be, ne şarkıydı.

Ben de öyle şarkılar yazıp öyle klipler yapmak istiyordum ama bu isteği içimde bastırıyordum.

Bu isteğim odasından çıkamıyordu.

İyi bir üniversitede okuyup, muhtemelen müzikle hobi olarak uğraşacaktım.

Öyle bir cümle vardı etrafta. Bana ait olmayan, ama üzerime sinen.

Şebnem Ferah "Vazgeçtim Dünyadan" dediğinde, o odanın kapısı şiddetli bir rüzgârla açıldı.

"Hadi çık dışarı" diyordu bu şarkılar bana. İlham veriyordu.

Tüylerimi diken diken edip saçlarımı havalandırıyordu.

Şebnem karanlık koridorlarda haykırdıkça, gitgide büyüyen bir canavar gibi üzerimdeki giysiler yırtılmaya başladı.

Beni çağıran bir yol, bir ses vardı.

Bana yol gösteren, ilham veren şarkılar vardı.

Boğaziçi Üniversitesi Uluslararası İlişkiler Bölümü'nde okurken iyice ukalalaştım ben.

Kendimde daha önce hiç olmayan bir güven hissediyordum.

İngilizceydi şarkılarım ve Tori Amos ile The Doors dinliyordum.

Türkçe şarkılar anlatmak istediklerimden pek bahsetmiyordu o yıllarda.

Derken Teoman'ın "Paramparça" şarkısı geldi.

"Telesekretere konuşamayanlardanım" dediyse biri şarkıda, oluyordu demek bu iş.

O zaman, "Ben çalışmamışım" dedim. Oturdum, Türkçe şarkılar yazmaya başladım.

Yıllar sonra Teoman'a telefonda, "O laftan o kadar etkilendim ki, oturdum sadece kek tarifi olan bir şarkı yazdım" dedim. Yani ben bir oktuysam ve bir cesaret ileriye atıldıysam, bunda Mirkelam'ın, Şebnem'in, Teoman'ın, MFÖ'nün çok etkisi var.

Birileri "mazeretim var asabiyim ben" deyince şarkısında, ufuk genişletiyor.

Hem dinleyenlerinin ufkunu, hem de diğer şarkı yazarlarının.

Mirkelam kendi şarkılarını, sevdiği şarkıcılara söylettiği bir albüm yaptı.

Sevgi albümü dedi adına. Çok genç daha Mirkelam.

Çok güzel şarkılar daha yazacak eminim.

Ben de "Asuman"ı söyledim albümde.

Minik bir bölümünü, Instagram'daki @niltakipte adresime koydum.

Şarkıyı bilirsiniz...

"Ne kadar ayıp, ne yaptın Asuman? / Kalbimi kırdın, yap bi pansuman!" diyordu Mirkelam.

Ben onu "Ne yaptın Mirkelam?" diye söyledim.

"Şarkıyı Nil'leştirebilir miyim? Seninkinin aynısı olursa bir anlamı yok, zaten onun en güzelinden yapılmışı var" dedim.

"Tabii, nasıl istersen yap" dedi.

Benim Asuman'ım Mirkelam oldu.

Şarkı da belki biraz daha değişik oldu.

Volga Tamöz'le beraber yaptık, biz bu yeni "Asuman"ı çok sevdik, umarım siz de seversiniz.

"Laubali"yi de Özlem Tekin sevdirmişti bize, şimdi Mabel Matiz'inki yumuşacık yerleşiyor kalplere.

Sanki "Laubali"yi başka anlamda kullanmış, öyle güzel olmuş ki.

Göksel'e de "Unutulmaz" ne yakışmış. Sanki Göksel'in şarkısıydı, hep onun o sıcacık sesindendi.

Mirkelam'ın güzel şarkılarını hatırlamak için harika bir albüm oldu.

Emeği geçen herkesin eline sağlık.

İlhamlarınızın feneri hiç sönmesin.

Öfke sadece sahibini ısırır

Mesajı aldığımda ilk, numarayı engelleyeyim olsun bitsin dedim.

Birisi bana alınmış, gücenmiş, küsmüş, gidiyormuş, bir daha da gelmeyecekmiş.

Bunun gibi bir mesaj. Bana neden kızgın olduğunu da yazmış. Her gerçek gibi, yarı gerçek.

Benim tarafımdan bakınca, başka okunan bir mesele.

Bunun bir önemi yok. Önemli olan karşı tarafta uyandırdığın duygu ve algı.

Kimseyi duygularından dolayı suçlayamayız.

"Neden öfkelendin, öfkelenecek bir şey yok ki? Neden ağlıyorsun, üzgünsün, üzülecek bir şey yok ki?"

Bunlar dünyanın en saçma cümleleri. Ben bu cümleleri bırakın büyüklere, üç buçuk yaşındaki oğluma bile sarf etmiyorum.

Ben aynı şeye kızmıyorum ve üzülmüyorum diye, niye onun için hayal kırıklığı yaratan bir şey olmasın ki?

Biz aynı mıyız? Duygularımız aynı mı?

O benim her sevindiğime seviniyor mu, hayır. E o zaman, negatif duyguları yok sayarak onlardan kaçmak da çok manasız değil mi?

Önce duyguyu önümüze serelim, bir yaşayalım ne menem bir şeyse, sonra onun tesellisini, onarımını da yaparız. Yok sayarak değil ama var sayarak.

Neyse işte bu mesaj geldi ve hiç beklemediğim bir anda ve tabii bütün günüm bulutlandı.

Hemen ortak tanıdığımız ve her şeyi bilen birine mesajı yolladım, altına da "İnanamıyorum bunu söyleyebildiğine, numarasını engelleyeyim, bir daha da beni rahatsız etmesin" yazdım.

O da, "Tabii evet öyle yap" dedi.

Bu, öfkesine karşılık benim öfkemdi.

Haksızlık yapıyordu ve öfkem tabii hemen ayağa kalkıp, onu engellemeyi ve yok sayarak cezalandırmayı önerdi.

Tam elim tuşa gidiyordu ki, bunu yapmanın amma korkakça olacağını düşündüm.

Ne yani, her gelen oka duvar mı öreceğim?

O zaman kendimi gün geçtikçe daralan duvarlardan oluşmuş bir odaya hapsetmiş olurum.

Ben açık alanı seviyorum. Ok da gelir, kelebek de.

Kendimi iletişime kapamam, onu haklı da çıkaracaktı ayrıca. Ki ondaki bilgi doğru değildi. Yine de üslubu sertti.

Konuşmayı kesmenin, cevapsız bırakmanın, *Kelebek*'teki köşemde yıllardır dilimde tüy bite bite kendime ve size anlatıp durduğum her şeye ters olacağını düşündüm.

Dediklerimi yapmıyorsam, dememin manası da yoktu.

Size karşı da duyduğum bir tuhaf sorumlulukla, onu teselli edici, yanlışını düzeltici ve sonu sevgiyle biten bir mesaj yazdım.

Öfkeye, sevgi. Hayat acı olsa, ekşi olsa yenmez. Ama tatlı ekşi yenir.

Geçenlerde harika bir hikâye okudum bununla ilgili.

Çok eski zamanlarda ayı avlamak için, ağaca bir kovan bal koyarlarmış.

Balın önüne de ağır bir taş sarkıtırlarmış iple. Ayı gelirmiş. Balı istermiş. Bala ulaşmak için, koca taşı itermiş.

Koca taşı itince, taş geri gelir ona çarparmış.

Ayı buna çok öfkelenir ve ona vuran taşı bu defa daha güçlü itermiş.

Taş da daha hızla geri gelir, daha hızla çarparmış.

Ayı buna daha da öfkelenir taşa vurmaya devam edermiş, ta ki taş onu yenene kadar.

Öfkeye öfkeyle karşılık verirsek, onu bayırdan aşağı yuvarlanan kartopu gibi devleştiririz.

Bir yerde bir öfke mi gördünüz, sevgi, merhamet ve teselliyle karşılık verin.

Nasıl küçülüp, güçsüzleştiğini göreceksiniz. Öfke vahşi bir hayvan gibidir, öbür öfkelerin etiyle beslenir. Siz yaprak verdiğinizde şaşalar ve aç kalır.

İşte ben de öyle yaptım, bahar dalı uzattım.

Sonra bütün hafta kendimi kutlamakla geçti.

Gerçekten şaka yapmıyorum. Bunu yapabildiğim için kendimle gurur duydum.

Nasıl oldu da, öfkeye kapılmamayı, onu kalbimde yumuşatıp yutmayı başardım, şaştım.

Eskiden yapamazdım. Küçük adımlarla da olsa, yol alıyorum demek.

Böyle olunca en çok da ne oldu biliyor musunuz? Bana batmadı ucu öfkenin.

Ne zaman onu düşünsem, ucunu nasıl yuvarladığım geldi aklıma.

Öfke sadece sahibini ısırır. O yüzden onu evime almadım.

Kapımdan içeri sokmadım.

Bu eskiden bir kere daha olmuştu. Size kesin anlatmışımdır.

Hamileyken, beni havaalanındaki radyasyonlu güvenlikten geçirmemesini rica ettiğim biri, "Hayır, herkes geçecek" demişti.

Ben de, "Mutsuzluğunuz sizin olsun, onu bana bulaştıramayacaksınız" dedim içimden ve yan sıraya geçtim.

Tabii buyurun dediler.

Yandan geçtim, elle kontrol edildim, bu kadar basit.

Eğer orada kalıp, onunla kavga etseydim, hayatıma kavga girecekti.

Böyle girmemiş oldu. Madem o yol tıkalı, öfkenle tıkamışsın, o zaman ben de o yoldan geçmem başka yol bakarım dedim.

Tabii bazen başaramıyorum. Keşke böyle aikido yapar gibi hareket edebilse ruhum her zaman.

Olmuyor her zaman. Bazen kendimi misilleme örerken yakalıyorum.

Yakışıyor mu sana diyorum. Yakışmayan şeyleri giyiyorum ben de arada.

Giymediğimde de böyle oturup yazıyorum. Bir dahaki sefere okuyup, hatırlayayım diye.

Bir yaz plajı yazısı

Aziz Arif'le denizdeyiz. Plajda tanıştığımız ve tanışır tanışmaz büyük bir kanal açma ve baraj inşaatına başladığımız Ali de yanımızda.

Ali'nin, bütün Ali'lerde olduğu gibi, topu var. Bir süre sonra sudayız. "Ali topu at" diyoruz. Atmıyor Ali. Ve o unutulmaz "evet ama"lı diyaloğumuz başlıyor.

– Ali, topunla Aziz Arif, sen, ben oynayalım mı?

– Evet ama topun uykusu var. Sudan çıkarıcam onu, biraz uyuycak.

– Ali toplar uyumaz ki...

– Evet ama onu şimdi sudan çıkarmam lazım. Sabaha kadar anca kuruyor. Kuruması çok uzun zaman alıyor bu topun.

– Hmm anlıyorum ama bu top plastik Ali, plastik hemen kurur.

– Evet ama bunu biz özel bi yerden aldık. İthal plastik bu. İthal plastik hemen kurumuyor.

– Peki o zaman biz de sudan çıkınca kurularız.

– Evet ama bu topta su leke bırakıyor. Ve lekeyi çıkarmak için olan peçete odada ve oda uzak.

– Ali müjde! Bizde peçete var! Çıkarır çıkarmaz su lekelerinin olmaması için sileriz topu.

– Evet ama kısacası bu topu şu anda sudan almam gerekiyor.

Dedi ve aldı topu Ali.

Sonra ben, "Acaba Ali'ye başka türlü nasıl yaklaşabilirdim, küçük çocuğa büyük insan sıkıcılığında tepkiler mi verdim" diye dizime kadar gelen suda düşünürken...

Aziz Arif'in sudan çıkan ithal plastik topa ağladığını fark ettim ve, "Onu kendi küçük mavi topuyla oynamaya ikna etmeliyim" diye düşünürken...

"Bir dakika, önce duygusunu yansıtayım" dedim.

Öyle ya, önce duygusunu yansıtmalı, sonra iki pozitifli seçenek sunmalıyım.

Aziz Arif suda ağlarken, o buz gibi suya vücudumun kupkuru sıcacık kısmının birden üşümesini hiçe sayarak eğildim (eğilmek ve onunla göz hizasında olmak önemli çünkü) ve, "Aziz Arif, şu an ağlıyorsun çünkü Ali'nin topu almasına üzüldün. O topla oynamak istiyordun ama Ali topu aldı. Bu da seni üzdü" dedim.

O da yüzüme bakıp daha da ağlamaya başladı, çünkü üzüldüğü şeyi birkaç kez tekrarlamış oldum.

Şimdi sıra iki pozitif seçenek sunma işine geldi.

Bunu bizim kızlar grubuyla gittiğimiz bir oyun terapisinde öğrenmiştik.

Çocuğa seçim yapmayı ve seçiminin sonucunu yaşamayı öğretiyor, ama bazen böyle durumlarda biraz karışık geliyor bana.

Şöyle bir cümle: Aziz Arif, suda kalıp mavi topunla oynamayı seçebilirsin ya da suda kalıp mavi topunla oynamamayı seçebilirsin.

Yok bu olmaz. "Oynamamayı" dedim. Olumsuz oldu.

Bir daha deneyeyim: Aziz Arif kendi mavi topunla oynamayı seçebilirsin ya da suda topsuz oynamayı seçebilirsin.

Hmmm, şimdi de "topsuz" dedim. Olumsuz sayılmaz mı o?..

Sıfır top mu deseydim ama daha matematiğe hâkim değil, yani hiç bilmiyor sıfırı.

Erkek çocuklara matematiği çok erken öğretmeye çalışmayın diyolar. Kimdir bu "diyolar" ya?

"Diyolar" yeni *Ana Britannica* bu arada. Her gün mutlaka o cümlelerden kuruluyor. "Kahvaltıdan önce ılık su için diyolar" gibi.

Neyse, ben şimdilik "topsuz" versiyonunu deneyeyim, sonra Ayşe'yi arar sorarım. Derken...

Biz bir şekilde mavi topla oynamaya başladık.

Allahtan çabuk sakinleşen, tutturunca tutturmayan bir oğlum var.

"Annem iyiden iyiye saçmalamadan şu mavi topu ona atayım da hayat devam etsin" demiş olabilir.

Bu kadar bilgiyle ne yapacağız biz sözüm ona modern anneler?

Annem gelir "aferin" der, babası gelir "gel garaj yapalım" der, konu komşu "yerim" der.

"Anne aferin demiyoruz", "Serdar biz yönlendirmiyoruz", "Müjde Teyzecim o yemek değil ki, yerim demiyoruz" demekten ve haldır haldır iki olumlu seçenek aramaktan bitap düştüm.

Bütün hıncımı da Ali'den çıkardım.

Bir de şu var, bayılıyorum:

Yahu biz aferinle, lahmacunla, yerim seni denilerek büyüdük, kötü mü olduk yani? Herkes kendine bayılırmış da haberimiz yokmuş.

O değil de, ben Ali'ye suda ne demeliydim acaba?

En iyisi pedagoğu arayayım ben.

Pemra sen de Özgür Bolat'ı ara, şu aferini durduramıyorum, onu iyice bir anlatsın.

Yavaşça, olmaya koyulmak

Biz Waldorf felsefesinden ilham alan yuva diye yola çıkınca, çocukların eğitimiyle ilgili bir sürü ıvır zıvır süpürüldü önümüzden.

Bütün oklar kendimize döndü. Çocuklar rahat bırakıldı.

Onlar sevgiden gelmiş küçük merak toplarıydı ve kendi yollarını bulurlardı.

Bizim yollarımızda gezinmeleri gerekmezdi.

Herkes kendine çekidüzen vermeli ve Gandhi'nin dediği gibi 'dünyada görmek istediğin değişimin kendisi ol'malıydı. Ol.

Aslında çok şey gizli bu iki harfte.

Ol, nezaket istiyorsan, nazik ol. Sana güvensinler istiyorsan, güvenen ol.

Sevilmek istiyorsan, seven ol.

Çocuğun çalışkan olsun istiyorsan, çalışkan ol.

Teşekkür etsin istiyorsan, teşekkür eden ol.

Sen ol ki, o da olsun. Oldurmanın tek yolu olmak.

Demek, söylemek, dilinde tüy bitirmek, tehdit etmek, ödül vermek boş.

Tek yolu, o şey olmak.

Neyse ben bizi ziyarete gelen Waldorf danışmanımız Ulla'ya bunu sormuştum: Yani sen bize çocuğunuzda görmek istediğiniz şeyin kendisi olun, ya da ne yapın edin, ona dönüşün mü diyorsun? Evet dedi.

Vay be, insan onca niyet ediyor kendini değiştirmeye, bir çocuğun olunca mecbur kalıyorsun.

Bir bundan etkilendim.

Yani, sen evini, odanı, dağıttığını toplamıyorsan, o niye toplasın?

Sen teşekkür etmiyorsan o niye etsin?

Seni yalan söylerken duyuyorsa, o niye dürüst olsun?

Sen bağırıyorsan, o niye bağırmasın?

Oklar, spotlar ve tüm mikrofonlar döndü mü yine anneye, babaya, öğretmene? Döndü.

Sonra, güzel bir soru sordu Ömer, "Neden Waldorf'ta yavaş hareket etmek önemli?" diye.

Ulla'nın cevabı yine çok güzeldi: "Hem sen, hem de küçücük bir çocuk senin ne yaptığını net görebilsin diye!"

Hızlı hareket edersen, ne sen ne yaptığını anlarsın, ne de o seni takip edebilir.

O günden sonra, kendime bir 'slowmo' (yavaş çekim) düğmesi taktım.

Su mu dolduruyorum? Yavaş yavaş dolduruyorum.

Kitabı alıp yerine mi koyuyorum?

Yavaş yavaş koyuyorum.

İki ayağım bir pabuçta gezerken, yıllarca kendimi pek pratik addederdim.

Fakat şimdi görüyorum ki, pasaklı bir hızlı çekimde her şeyi hallettim sanırken, etrafı da rahatsız etmek çoğu zaman yapılan.

Ocağın altı kapalı mı bile, kapıdan çıkar ayak daha yavaş yapılabiliyor. İyi de oluyor bir şeyi gerçekten yapmak.

Şimdi ayakkabımı bile yavaş yavaş bağlıyorum.

Bağ hangi delikten geçiyor, neden bir tarafı kısa kalmış bunun, dur düzelteyim diyorum.

Bakın diyorum, bir şeyi yavaş yapmak onu gerçekten yapmakmış.

Yapmayı sevdiğiniz bir şeyi, azıcık daha yavaş yapsanız bile, tadı çıkıyor.

Hayatın tamamına bunu yayınca da bambaşka.

Aceleye lüzum yok.

Çocukların kafalarının tepelerinde içine zarf atıp duracağımız bir delik yok.

Oraya hedefler yazıp, Hıdırellez ağacı gibi dileklerimizi asmayalım saçlarının tellerine.

Elbette, dileyelim, hadi buradan hep beraber ve hepsi için: Sağlıkları iyi, neşeleri, şansları bol olsun.

Sonra biz de yavaş yavaş 'olma'ya koyulalım.

Sağlıklı olmaya, neşeli olmaya, şansa inanan olmaya.

Nasıl olacak başka?

Hoş geldin Nil'in Kızları!

Üç yıl önce oğlum oldu, geçen yılın sonunda ise kızlarım!

Uzun zamandır, sesimle sözümle dokunduğumu hissettiğim kızlara elimi uzatma ihtiyacı içindeydim. Bazen konserlerde, "Tek taşını kendin al, çocuk da yaparsın kariyer de" derken, kendimi göklere bayrak çekermiş gibi hissederdim. Sanki bir kızlar cumhuriyeti vardı. Şarkıları hazırdı. "Haydi" desem, yürüyüp meydanlara taşacaktık. Kız kardeşim yoktu, onlardı benim kız kardeşlerim. Sanırım her şeyin bir zamanı varmış. Nihayet onlara elimi uzatacağım yeri buldum.

Türk Eğitim Vakfı'yla birlikte "Nil'in Kızları Burs Fonu"nu kurduk. Yepyeni, ışıl ışıl, upuzun bir yola çıktık. Yürürken avuçlarımı iki yana uzattım. Kızların elleri tutacak ellerimi.

Kendi yoluna koyulmuş kızların, kim ne derse desin hayaline giden kızların, başını öne eğmeyecek, düşünce dağlar gibi kalkacak kızların.

Nil'in kızı, sadece kendisine benzemeyi göze almış biri olmalı hayalimde. Dış sesleri susturmayı bilen, içsesini her daim duyabilen biri. Yolundan dönmeyen, vazgeçmeyen, boyun eğmeyen.

Uçan bir balonu tutar gibi, hayalinin ipini çocukken yakalamış ve asla avucunu açmamış biri.

Hayallerini başının üstünde uçuran ve rüzgârıyla seyahat eden bir masal kahramanına benzetiyorum onu. O benim kahramanım olacak. Ben onun yoluna taşlar diziyorum. Canım kızım o benim.

Nil'in Kızları Burs Fonu'na ilk bağış, Emre Güven'le çektiğimiz fotoğrafların satışa sunulacağı serginin gelirinden oldu.

Fotoğraflarda, bugüne kadar yazılarımda özellikle genç kızlara vermeye çalıştığım mesajları üzerime ve giydiklerime yazdım.

Emre Güven'in harika gözü, Mahizer Aytaş'ın olağanüstü zevkiyle gardırobumdan karıştırdığı kıyafetler ve Deniz Yükselci'nin biricik sanat yönetmenliğiyle, fotoğraflar benim hayal bile edemediğim yerlere gitti.

Zaten böyle bir sergi açma ve gelirini Nil'in Kızları Burs Fonu'na bağışlama cesaretini fotoğrafları görünce buldum.

Türk Eğitim Vakfı'yla işbirliğimiz sayesinde sergi geliri, orta eğitimini tamamladıktan sonra üniversiteye gitme imkânı bulamayan ve iş, aş mücadelesinde geri düşen kızlarımıza gidecek.

Nil'in Kızları Burs Fonu'na katkının bu sergiye gelecek sanatsever ve iyilikseverlerin de ötesine geçmesi ve cümlelerimin daha fazla genç insanla buluşması için fotoğraflardan bir de takvim yaptık. Doğan Novus etiketiyle çıktı.

Nil'in Kızları'na desteği büyütmek için, bundan sonra beni uzun bir yürüyüş ve hummalı bir çalışma bekliyor.

Bir heyecan ve umutla yeni bir yola çıkarken, bir de üzüntülü bir hoşça kal yaşadım ne yazık ki...

Canım kayınpederim Nizamettin Bey'i kaybettik. Işıklar içinde, huzurlar içinde, nurlar içinde yatsın. Kalbim onun mavi gözlerindeki sevgi dolu sıcacık bakışı hiç unutmayacak.

Nil'in Kızları takvimini almayanlar için... İşte Nil'den her ay için bir mesaj... Belki size de ilham olur...

Ocak: Aklın almadığına kalbini aç

İnsanın duyduğu ilk ses kalbinin küçük fısıltısıdır. Çoğu zaman onu gözümüze doğru uçan minik bir sinek gibi kovalarız. Nice zaman haklı çıkan anneme gider gibi, gidip o sese özür dilemişimdir. Akıl akıllıdır ama insan aklı zaten kuş kadardır. Çok iyi hatiptir akıl ama hakkını verelim. Bizi nelere ikna eder. Yine de yılın başındayız, bu sene fısıltıları duyma senesi olsun dileyebiliriz. Farkındalığın elinden hiçbir şey kaçamaz.

Şubat: Yönünü bilenin yolu açılır

Hani hep derler, neyi aradığını bilmeyen onu bulamaz. Nasıl bulsun? Çoğu zaman yönümüzü bilmeyiz, bu dünyanın sonu değildir ama bulabiliriz. Elimizde doğuştan sıkı sıkı tuttuğumuz bir pusula var. Bazen ona bakmadan yıllar geçer. İşte ben diyorum ki, şubat ayı buna vesile olsun. Avucu bir açalım, şu terli pusulaya bir bakalım. Kuzey nereyi gösteriyor? Kuzey bizim yönümüzdür işte. Bazen kuzeyimizden çoook uzaklara savrulmuş olduğumuzu görebiliriz. Mühim değil. Çünkü yönünü bilenin yolu açılır.

Mart: Keşkeleme ilerle

Şu kediler de martta az mı keşkeler! İnsan nefes aldığı kadar keşkeler. Keşke öyle olmasaydı, keşke onu yapmasaydım, demeseydim, gitmeseydim, gelmeseydim. Bu keşkek cümlelerini artık yemeyelim diyorum ben. Ruhun midesini ağrıtır bu cümleler. Yahu ne faydası var keşkelemenin. İlerleyelim canlar. Bunun daha nisanı, mayısı, haziranı var. Önümüz bahar.

Nisan: Yapmazsan olmaz

Keşke olsa. Ama artık keşkelemiyoruz değil mi? Gidip yapıyoruz. Çoğu zaman hayretler içinde, yapmadığım şeyin olmadığını gördüm. Olmayınca da sağa sola, hayatın kendisine filan suç atmaya çalıştım. Suskundular. Odada tek ben vardım. Gidip yaptığım da oluyordu. Demek gidip yapmamıştım. Nisan çiçeklerini içinize çekin, gidin yapın. Olunca da bir küçük çiçek koparıp kulağınıza takın. İnsan baharını kendisi getirir.

Mayıs: Kız çocukları bir ülkenin annesidir

Kadın, anne olsun olmasın, yeryüzüne sevgi verir, yenilik getirir, risk alır, anlar, anlatır, bakar, büyütür, çoğaltır, besler, pes etmez, koşturur, çalışır, destek olur, merak eder... Bu liste böyle uzayıp gider. Anne olanları da yeryüzüne insanlığı koyar. Nefes alan her insan bir anneden gelir. Mayıs ayı, Anneler Günü'ne de denk gelir. O gün etrafında sana ışık olmuş, yoldaş olmuş, emek vermiş herhangi bir kadına teşekkür et. Yılda en az bir kere bunu yapmayı unutmamış olursun.

Haziran: Sıkılmak ruhun vitamini

Sıkılmanın ne güzel bir şey olduğunu, nasıl Nuh'un gemisi gibi içimdeki hayalleri topladığını çocukluğumdan hatırlıyorum. Sonra büyüyünce baktım ki, sıkılmanın değeri unutulmuş. Yok efendim Instagram, WhatsApp, mail, Snapchat, Facebook, yok efendim hadi bir kahveye gel, dur şu dizi başladı derken sıkılmaz olmuşuz. Yok dedim buna bir dur demek lazım. *Alice Harikalar Diyarında* bile, "Alice'in canı o gün çok sıkılıyordu" diye başlıyorsa vardır sıkıntının harikaları. Keşfetmek için, haziran ayında kendinizle baş başa doya doya sıkılacağınız bir yere gidin. Deniz kenarı olur, dağ kır bağ olur, fark etmez. Yeter ki iç sesinizi duyacak kadar zamanınız olsun.

Ağustos: Abart, çoğalt, parlat

Abartmadan işin zevki olmuyor, bunu siz de çok iyi biliyorsunuz. Poğaçaya bile biraz fazla peynir koyarsınız tadından yenmez. Bir şeyi abartarak anlatırsanız herkes dinler. Abartmadan hayat çok sönük olurdu. Yastıkları kabartır gibi abartmalı.

Çoğalt. İyi yaptığın şeyden bir sürü yap. Herkese paylaştır. İyiyi güzeli çarp, çoğalsın. Bir tohumun varsa ek, tekrar tohum al, ek. Hayat sen varsın diye bollaşsın. Parlat, yaptığın her şeyi parıldat.

Parlat. Görenler dönüp baksın. Hem başkalarını da parlatmak güzel şey. İnsana sen parlaksın denirse, o insan kendinin en güzel haline gelmeye çabalar. Sen ağustosta karınca ol. Abartan, çoğaltan, parlatan ol. Kış geldiğinde, ağustos böceği şaşsın sana.

Eylül: Bendeki bana yeter

Bu lafı, Bach'ın kantatı "Ich habe genug"u yanlış tercüme ederek buldum. Artık yaşadıklarım bana yeter diyen, hayli acıklı bir eser, fakat bana dediği "sahip olduklarım bana yeter" oldu. Hayatta her şeyi içimizdeki tercüman simultane çeviriyor. Benim tercüman biraz umut dolu, sevindirik biri. O böyle okuyunca, bana böyle duyuldu. 'Sahip olduklarım yeter' eşsiz bir bakış açısı.

Ekim: Saklama, sakınma, saklanma

İnsan bazen zannediyor ki, saklarsan sana kalır. Fark ettiniz mi, bazen sakladıklarınızı kendiniz bulamazsınız. Şahsen ben keşfettiğim ve yaptığım hiçbir şeyi saklamıyorum. Göz önüne koyuyorum ki, aradığımda ben de bulayım. Hele bugün bu hızlı internet çağı bize hayat paylaşınca güzel diyor.

Hiçbir şeyini sakınmazsan, başkalarının da senin hayallerine katkısını görürsün. Ayrıca saklanma da. Çık güneşe. Alnın ışıkları alsın. Dünyadaki hayat varlığını fotosenteze borçlu. Sen de fotosentezini gölgelerde, mağaralarda saklanarak değil, güneşlere çıkarak yapacaksın.

Kasım: Tektaşını kendin al

Tektaşını kendi (alması şart değil) alabilecek olan kadın, benim kahramanımdır. Bir kadının özgürlük yolunu açan şey, bence ekonomik bağımsızlığı. Ben kendime tektaş almadım. Ama istediklerimi aldım. Bunun için de kimseye hesap vermedim. Bu da kanatlarımın olmasının tek koşuludur.

Ekonomik gücü olan, istediği yerden havalanır ve konar. Evlilik bir mahkûmiyet değil seçim olmalı. Bunun da koşulu, tektaşını kendin alabilecek güce sahip olmak.

Aralık: Kanatlarım var ruhumda

Hiçbir zaman unutmayın kanatlarınız olduğunu. İçinizdeki sese, meraka, ateşe ve burayı geldiğinizden daha güzel bir yer olarak bırakacağınıza güvenin. Siz de açın kanatlarınızı. Ruhunuzda özgür bir kuş olduğunuzu unutmayın.

Özgür Kız'ın size 2018'de söyleyecekleri bu kadar. Yıl boyu unutmamak için, D&R'dan "Nil'in Kızları 2018" takviminden alabilirsiniz. Takvimin tüm geliri, Türk Eğitim Vakfı'yla işbirliğiyle kurduğumuz Nil'in Kızları burs fonuna aktarılıyor.